ライフルバード

狙撃捜査

世界最初の銃器による狙撃手《スナイパー》を、レオナルド・ダ・ヴィンチだとする仮説がある。決定的・歴史的な証拠には欠けるが、一五二〇年のフィレンツェ攻囲戦にて、マスケット銃を使用したという。

現代、狙撃は緻密な芸術《アート》にたとえられる。

第一章

1

子供は、親から才能を受け継ぐことがある。平田《ひらた》香織《かおり》が母から受け継いだのは、「星の数ほどいる男の中からろくでなしを選び出す」という悪《あ》しき才能だった。

分相応、なのかもしれない。確かに香織は大学を出ていないし、それほどの美人というわけでもない、この程度の女にはあの程度の男がお似合いなのだ——そう考えて自分を納得させようとしたが、やはり無理があった。自分は彼に暴力を振るったりしないが、彼は香織に暴力を振るう。これが分相応なのだとしたら、あまりにも救いがなさすぎる。

父も、母によく暴力を振るっていた。母と娘で、逃げながら生きてきた。

「…………」

虚《むな》しいため息をつく香織の目の前で、激しく明滅する光が洪水となって溢《あふ》れる。来日したロックバンドの演奏を最前列で聞いているような大音量にもすっかり耳が慣れている。

熱いとされているリーチが素通りして、すでに六千円も回しているのにかすりもしない。下皿に数発転がっている玉を上皿に戻しつつ、目を細めて苦い顔をする。ここは熊本市内、中心部。下通の繁華街にあるパチンコ店だ。

久しぶりの休日、サンドに万札を突っ込んだのが運の尽きだった。ある程度覚悟してから始めたわけだが、ここまで調子が悪いと苛立《いらだ》ちが募る。

「ひどい休日……」

小声でひとりごちる。もちろんパチンコ台から出るサウンドにかき消される。香織の隣では、化粧の濃いおばさんが険しい顔で台のボタンを連打していた。最近の液晶画面がついた台には、ゲーム性を高めるためのボタンやレバーがついているものが多いが、それらのギミックは結果に影響をおよぼすことはない。液晶で流れる動画の演出が変わるだけなので、顔色を変えて連打するようなものではない。

あのおばさん、相当カッカしてるなあと香織は胸のうちでつぶやくが、昼間から金を無駄遣いしているという点ではあまり他人のことは悪く言えない。ドル箱に大量に玉が落ちてきて、店員を呼ぶ、あの瞬間のためにほんの数分で数千円が溶けていく。

店内にはタバコの煙が充満している。一般的には喫煙者は年々減っているというが、パチンコ店の光景にはまったく変化がない。香織はタバコは吸わない。体力だけが自慢なので、それを維持していたいからだ。タバコを吸っている友人たちは必ず「息が切れやすくなった」という。香織はある社会学者の著書の影響で長距離ランニングを始めて、今ではフルマラソンを四時間以下で完走できるほどだ。

香織は二五歳。走っているおかげで体は引き締まっている。派遣社員。仕事はストレスがたまりやすく、給料は安い。そして、休みになるとパチンコくらいしかやることがない。

平日の昼間から、パチンコ店は大勢の客で賑《にぎ》わっている。厚化粧のおばさんに、派手なファッションのチンピラ、いかにも仕事をさぼっているふうのサラリーマン。パチンコを頻繁にやる人間は、生きることに疲れているか、愚かなのか、それとも両方かだ。

パチンコをやれば損をする。「捨てるつもりで」数万の金を突っ込むのが当たり前のギャンブルなのだ。パチンコをやらない人間は、なんであんなに金を浪費するゲームに熱中するのか理解できないと言う。パチンコなんてバカがやるものだと言う。そんなことは、パチンコをやる側からすれば百も承知なのだ。

同棲《どうせい》相手に殴られて、何か面白いことが起きるわけでもなく、ただただ仕事に疲れるだけの毎日を送っていると、生きている実感がどんどん薄くなっていく。パチンコや競馬など、基本的に損をするものだとわかっていても、それでも勝敗がつくまで待っている間は緊張し、不安になり、結果的に自分が生きていることを思い出す。ごくたまに大当たりで返ってきたときは、これ以上楽しいことはこの世に存在しないような気がしてくる。

パチンコをやっている人間には、わかっている。香織のように自覚的に、あるいは無意識でも理解している。他に楽しいことが何もないのだ。生活は年々苦しくなってくる。ギャンブルがなければ息がつまりそうになる。

二万五千円いいところなしで負けたところで、香織は今日はここまでだな、と諦《あきら》めた。負けたことに対して苛立ち、自分自身に対して腹が立つ。

終わっている。泣けてくる。

人として、終わっている。


香織は二階建ての借家に戻った。住所は熊本市呉服町。このあたりは寺と神社が多く、古い建物のおかげで町並みが落ち着いている。閑静な住宅街に溶け込む地味な外観の家だが、内装は和風モダンで高級感が漂う。やや広めの庭に車を停《と》めるためのスペースがあり、家の裏側には物置もある。この借家の最大の魅力は、いい立地、いい造りなのに家賃が安いことだ。

忍びこむように、音をたてないように、ゆっくりと鍵《かぎ》を使った。同棲していた元恋人――高垣喜一郎《たかがききいちろう》がいるのではないかという恐怖からだった。

香織の申し立てによって、裁判所から保護命令が出ている。

「配偶者からの暴力の防止及び被害者の保護に関する法律」――いわゆるＤＶ防止法だ。高垣は国の命令でこの家から退去し、香織に接近することもできなくなった。しかし、ＤＶ防止法の保護命令は強い罰則をともなっているわけではない。一年以下の懲役、一〇〇万円以下の罰金――。最初は優しく近づいてきた高垣も、今ではヤクザの下っ端《したっぱ》のように粗暴に振る舞うので、その程度の罪ならまったく怖がらないかもしれない。一応鍵も交換してあるので安心だとは思うが、胃の裏からこみあげてくるような恐怖は抑えきれない。

ここは——借りているだけとはいえ——長年住んだ家であり、愛着もあり、なかなか引っ越す決心がつかなかった。それに、理不尽だった——こちらは何も悪いことはしていないのに、なぜ逃げたり隠れたりしないといけないのか？　惨めさに、また泣けてくる。

誰もいないことを確認してから、香織は「ただいま……」と言った。

香織の職場は、ある電話会社の熊本料金コールセンター。職種はオペレーターで、派遣社員だ。料金に関する質問や苦情を受け付ける。信じられないほどストレスがたまる仕事だが、手取りは二〇万ちょっと。パチンコで二万五千もスッたのは正直、痛い。

——私はバカよりもひどい、愚かだ。

そういえば熊本は、市内のパチンコ店と性風俗店の数が他の県庁所在地よりずっと多いという話を聞いたことがある。そのため、自己破産や借金苦による自殺の率が高いのだとか。どこまで本当かはわからないが、自分のことを顧みると、そういうこともあるかもしれない、と思う。


唯一のとりえである体力を維持するために、香織はトレーニングウェアに着替えてトレッドミルで走ることにした。昔はルームランナーやランニングマシンとよくいったものだ。ベルトコンベアのように回転する踏み台の上を走ることで、狭い場所でも長距離の有酸素運動が可能だ。テレビの通販を観《み》て衝動的に買ったものだが、意外と重宝している。香織はトレッドミルをリビングに設置しているので、テレビやレンタルＤＶＤを見ながら走ることができるのも便利だった。

長距離のランニングは単純で退屈なので、何か工夫しないと長続きしない。香織は、なるべく映画を観ながら走るようにしている。逆に「走っているとき以外は映画を観てはいけない」と決めてしまうのだ。

足を痛めないようによく準備運動しておく。特に、アキレス腱《けん》は入念に伸ばす。ほんの数分の運動で一生もののケガを防げるのなら安いものだと思う。香織がまだ高校生だった頃、体育の授業中、目の前で男子生徒がふざけた拍子にアキレス腱断裂をやらかして倒れた。香織が準備運動を忘れないのは、その光景が瞼《まぶた》の裏に焼きついたままいまだに離れないからだ。

今日は『愛と青春の旅だち』のＤＶＤをセットしてからトレッドミルで走り出した。少し古めのラブロマンス映画が香織の好みだ。

最初は時速七キロで。ほんの少しだけ傾斜をつけて、ゆっくり。徐々に速度をあげていく。時速一〇キロで一〇分も走れば、全身に汗が浮かびだしてくる。今日はこのまま三〇分ほど――距離にしておよそ五キロ分は――いけそうだ。

『愛と青春の旅だち』の主演はリチャード・ギア。なにしろ三〇年近く前の作品だ。劇中の彼はまだ若く、その演技にも野心が満ち溢れている。

舞台は海軍士官養成学校。リチャード・ギアはだらしない父親への反発を抱えたまま、パイロット候補生となる。学校の鬼教官は若いパイロット候補生たちに言う。「街の女たちには気をつけろ」と。誘惑してくるだろうから、と。

『ススんだ時代にバカな話だと思うだろうが――』

『おめでたい大学出に忠告しておく』

『貴様らは女たちの夢なのだ』

確かにその通りだ。その夢は、映画の中ならかなう。現実の自分は、休日なのに女一人でパチンコ。たまったストレスを走ることでなんとか発散しようとしている。こんな惨めな人生が、いつまで続くのか。仕事を変えればどうにかなるのか。それとももっと根本的な自己の改造が必要なのか――。

2

大谷浩二《おおたにこうじ》は、まだ本物の人間を撃ったことはない。

撃ちたいと思ったこともない。

犯罪を制止するのと人を撃つのは別のことだと教えられた。

海外研修帰りの教官は熱っぽく語った。

「人間を殺すとは思うな、犯罪を撃つのだと思え」

蒸し暑い午後だった。出動服の下で汗が滲《にじ》み始めている。汗でシャツが肌にはりつき、細かい化学繊維が突き刺さるような不愉快な感触を覚えるが、大谷浩二巡査部長はビルの屋上に伏せたまま、姿勢をほんの少しも乱さなかった。正しい姿勢を維持するのは、任務中の狙撃手《そげきしゅ》にとって最も大事なことだ。

この地、熊本は鍋《なべ》の底のような気候だと隣県の人間に言われることがある。夏は南国の暑さで、冬は北国のように冷える。湿気も多く、梅雨は長引く。気候のことだけ考えれば、たしかに長期間の拷問にはぴったりの不便な土地だ。しかし、大谷は熊本以外の町をほとんど知らないので、どの程度不便なのか比較はできない。県外に出たことが数えるほどしかない。この町で育って、この町で警察官になった。

大谷は熊本県警機動隊、銃器対策部隊の狙撃手を務めている。狙撃の訓練は主に、陸上自衛隊第八師団、北熊本駐屯地で積んだ。熊本県警だけでなく、各地の銃器対策部隊の狙撃手は、ほとんどが陸自の施設で訓練を行う。陸自普通科の先輩狙撃手たちに「留学生」とからかわれながら様々な技術を学んだ苦難の日々も今ではいい思い出だ。

機動隊といっても、大谷は狙撃手なのでヘルメットも大盾も装備していない。出動服に略帽という軽装だ。

銀行を半円状に囲んでいる正面の部隊は、ポリカーボネイト製の防弾ヘルメットを被り、強化プラスチックの大盾を構え、ジュラルミン製のこて、首や鎖骨に弾丸が侵入しないように改良されたボディアーマー、防弾ベストまで着込んでいる。蟻《あり》一匹這《は》い出る隙《すき》もない。

今からおよそ六時間前、熊本市中心部、熊本経済銀行に二人組の強盗が押し入った。バッグからいきなり拳銃《けんじゅう》を取り出し、その場に居合わせた課長代理の男性を射殺したそうだ。銃声と通報から強盗たちは重武装だと判明し、所轄が銀行付近を厳重に封鎖。機動隊、そして銃器対策部隊が出動した。

銀行強盗二人組は、そのまま人質をとって銀行に籠城《ろうじょう》。熊本空港にヘリコプターを用意し、逃走用のバスを銀行正面に回すよう要求している。「ヘリで平壌《ピョンヤン》かパレスチナを目指す」などと、犯人たちは意味不明のことを喚《わめ》いている。交渉にあたっているのは県警捜査一課。担当の刑事が「お年寄り、女性、子どもは解放してほしい」と頼んだら、犯人からは「たまたま、行内に年寄りと子どもはいなかった。女というだけで解放はできない」と返ってきた。

所轄の警官が「離れていてください」と声をはりあげても野次馬の数はいっこうに減らず、地方局だけでなく全国放送のリポーターも駆けつけてきて、現場の四方を封鎖する規制テープを乗り越えてきそうな勢いだ。

事件は午前一〇時に始まり、現在は午後四時。初夏なのでまだ陽《ひ》は高く、風がほとんどないのでアスファルト上に陽炎《かげろう》が立ち昇る。風と陽炎。狙撃手にとって重要な二点だ。三時あるいは九時方向からの風があれば弾道への影響は大きい。標的の姿に陽炎が重なれば、狙《ねら》いにくくなる。

大谷が伏せているのは、熊本経済銀行を二〇〇メートル離れた位置から見下ろす六階建てビルの屋上だ。距離と角度が申し分なかったので、日本郵政グループの熊本ビルを使わせてもらっている。市電が走る県道28号を挟んで、斜向《はすむ》かいにあるビルの一階が、すでに一人殺した武装強盗たちが立てこもる銀行だ。

二脚を使って設置している狙撃銃は輸入物ではなく国産品だ。豊和工業のM1500という。警察内での制式名称は「特殊銃一型」である。この国では、ほんの数件だけ狙撃によって事件が解決したことがあるが、その際に使用されたライフルはすべて豊和製だった。三〇―〇六口径の弾丸が五発装塡《そうてん》できる、ボルトアクション式。ボルトアクションのライフルの操作感覚は、極端に大型化したホッチキス（そんなものが存在すればの話だが）に近いと大谷はいつも思っている。

大谷は海外の狙撃銃も撃ったことがあるが、豊和のM1500は良質な部類に入ると言っていいだろう。独特のトリガープルもややぎこちないボルトの動作も、慣れればどうということはない。この距離なら、発砲許可さえあればほぼ確実に犯人の頭を撃ち抜くことができる。

発砲するべきか、やめるべきか。それは日本の警察官に常につきまとう問題だ。引き金を絞って、もしも犯人の命を奪えば、それがどんな状況であれマスコミや大多数の市民に非難される。

当然のことだ。いち警察官が裁判を飛ばして死刑を執行してしまうわけであり、それが頻繁に起こるようなことがあれば法治国家の沽券《こけん》にかかわる。その程度のことは大谷も理解している。

しかし、だとすれば、なんのために日本警察の重武装化は進んでいくのか。なんのために大谷のようなプロフェッショナルが育成されねばならないのか。

つじつまが合わない。

組織犯罪は高度化し、一部では軍隊並みの装備も確認されているが、一般的には近年殺人事件の数は減少傾向にあり、この国の治安は守られている。テレビや新聞はまるで犯罪が増加し、未成年すらも凶悪化しているかのように報道しているが、それはすべてセンセーショナルな話題で大衆を煽《あお》るための誇張にすぎない。サギまがいの偏向報道だ。マスコミはつまるところ金になればそれでいいわけだが、警察はそうはいかない。

機動隊、銃器対策部隊の狙撃手は、撃たない銃を抱えた間抜けなピエロなのか、と疑問に思うことはある。

狙撃手は、指揮官よりも全体を把握している。

スコープを覗《のぞ》きこめば、覆面をした犯人の顔が見える。閉め切ったブラインドやカーテンの隙間から、怯《おび》える人質の姿を時折確認することもできる。彼らの一挙一動を観察し、行動パターンを自分なりに分析し、発砲許可を待ちながら狙撃の弾道を計算しているうちに、この現場にいる誰よりも事件について詳しくなるのだ。

お偉いさんやマスコミや、現場を包囲している機動隊の仲間にさえわからないことが、狙撃手だけには手にとるように理解できる。捜査の華は刑事かもしれないが、凶悪事件の現場において狙撃手は神になる。ただし、なかなか出番を与えられることがない暇な神だ。神かピエロか、ずいぶんな落差だ。

「こっちの出番ありますかね」

大谷の隣にいる日下《くさか》巡査が、双眼鏡で銀行を監視しつつ、つぶやいた。

「ないだろうな。俺たちは撃たないのが当たり前なんだ」

面倒だと思ったが、一応大谷は答えた。

軍隊や海外のSWATと同じく、機動隊の銃器対策部隊も狙撃手は二人一組で行動する。狙撃手と、観測手だ。狙撃銃のスコープだけを覗いているとどうしても視界が狭まってしまう。それをフォローするのが観測手の仕事だ。大谷と日下は、合わせて「S1」というユニットとして扱われる。

現在、熊本経済銀行周辺に展開しているユニットはS1からS3まで、合計六人。熊本県警、銃器対策部隊狙撃班――通称S班。班長は大谷だ。

S班以外の銃器対策部隊は、特殊銃三型を装備して盾を構えた機動隊の背後に控えている。姿を隠しているのは、武装した犯人をこれ以上刺激しないためだ。特殊銃三型――サブマシンガンを見せれば、強盗グループを威圧する効果はあるかもしれないが、追い詰めすぎて逆上させてしまう可能性も否定できない。

「許可さえでれば、大谷班長の狙い撃ちであっという間じゃないですか」

「建物の中には撃てない。人質がいるだろ」

「福岡県警の特殊急襲部隊《SAT》が応援に来るって話、どうなったんでしょうね」

「知らないよ。この時間になっても現れないってことは、熊本の役所《ウチ》（県警本部）が何か理由をつけて断ったんだろう。独力で解決できる、と」

熊本県警が福岡県警の応援を喜ぶわけがない。ただでさえ熊本の警察官は縄張り意識が強く排他的なことで有名なのだ。

「変な見栄《みえ》はらないで、福岡の特殊部隊《スペシャル》にお任せでいいじゃないですか、大谷班長、ねえ。連中、死ぬほど訓練してるのに出番は少ないから喜びますよ、きっと」

福岡県警は、その管轄下にいくつか日本でも有数の凶悪犯罪多発地域を抱えている。暴力団や外国人のマフィアが、どこから手に入れたのか、軍用の拳銃やアサルトライフル、はては手榴弾《しゆりゆうだん》やロケット弾で武装しているのだ。こんな話を聞いても、一般人や素人には理解できないだろう。この世界は、いくつかの層に分かれている。とびきり分厚いケーキみたいなものだ。スポンジにクリームの気持ちはわからない。

「アサルトライフルで撃ち合うってどんな気分なんでしょうね？　いや、もちろんやってみたいわけじゃないんですけど。福岡のＳＡＴは自衛隊の89式小銃を制式として導入すること、本気で考えてるっていうし……」

「…………」

狙撃手の時間は、その大部分が「銃の整備」と「命令を待つ」ことに費やされる。どちらも、話し相手がいればストレスが軽減される。問題は、大谷にとって日下はそれほど楽しい話し相手ではないということだ。

「ところで班長、あの建物のガラスの種類ってわかりました?」

「複層ガラスだってさっき聞いた」

「樹脂のサンドイッチだと厄介ですね」と、もっともらしい顔と口調で日下。「ガラスに『粘りけ』が出てくる」

そんなことは無論わかっている。この後輩は、大谷が何千枚のガラスを撃ち割ったのか知らないのか。

日下は警察学校を卒業したての新人。成績が優秀で身体能力も高いことから、銃対の部隊長が一本釣りで狙撃手の育成コースに組み込んだ。しかし、こうして本人を目の前にすると、とてもそこまでする必要があった人材とは思えない。大谷はもちろん「昔の警官のほうがよかった」とは言わない。人間の質なんて時代ごとにそう変わるものではない。「変わった」と感じるのは本人が歳《とし》をとったときだけだ。——とはいえ、日下の集中力に欠ける態度には不安を覚えずにはいられない。

『おい、無駄口を叩《たた》くな』

大谷が呆《あき》れていたら、無線に接続されたヘッドセットから熊本県警機動隊副隊長の(銃器対策部隊の隊長を兼ねる)藤島《ふじしま》警部の声が聞こえた。普段の無線担当は中隊伝令だが、今日は大規模な事件なのですべてのチャンネルを藤島警部がチェックしている。

「こちらS1、了解。無駄口は叩きません」

日下のかわりに、大谷が答えた。藤島警部のおかげで余計な口をきかずにすんだ。


それから数十分後、大谷は変化を感じ取った。まだ、現地の対策本部にいる連中や、隣にいる日下は何も気づいていないが、この場において最も神に近い大谷にはわかる。銀行の中の様子は時折垣間見《かいまみ》ることしかできないが、妙な気配だ。何かが起きる、と確信めいたものが脳裏で鎌首をもたげる。

そして、内側からロックされた銀行の自動ドアの向こう側に、制服を着た男性と女性の銀行員が二人並べられた。自動ドアは透明な強化ガラスなので、人質である二人の怯えきった表情も確認できた。その目を見た瞬間、大谷は嫌な予感がした。緊張の糸が張り詰める。一度、大きく深呼吸しておく。大谷は銀行と銃に改めて集中し、汗も暑さも気にならなくなった。

大谷はかつての高校球児だった。齢《よわい》三〇を過ぎた今も、草野球の県警リーグでは四番でピッチャーを務めている。暑さのことを忘れるこの感覚は、甲子園でも味わった。リードしている状況のマウンドで、ランナーを背負ったときの緊張感はよく思い出す。そして大谷の甲子園は一回戦で負けて終わった。

負けても野球では人は死なないが、警察官、機動隊の仕事はそうはいかない。基本的に負けることが許されない。

大谷の嫌な予感が的中した。複数の甲高く乾いた銃声がして、並んだ二人の銀行員が後ろから頭を撃たれた。べっとりとした質感の鮮血と脳漿《のうしょう》がバケツでぶちまけたように自動ドアにはりつき、ガラスを貫通した弾丸は機動隊の特型警備車に当たった。

「やりやがった」と、日下が低くうめいた。

無線でのやり取りがにわかに慌ただしくなった。野次馬がざわつき、テレビのリポーターたちは興奮して上擦った声を出す。「スコープの外の世界」だ。

外の世界はどうでもいい。

大谷は、銃と事件現場のことしか考えないようにする。

外国製のスコープには、縦、横に目盛りが刻まれている。実戦では、標的の位置に合わせてスコープのノブを回している暇はない。最後は弾道計算と自分の感覚に従って、スコープの目盛りで照準を調整する。

やがてロックが解除されて、自動ドアが開き、銀行から一人の男が出てきた。黒い目だし帽で顔を隠し、革ジャンにジーパン。体格は中肉中背。右手に拳銃を持っている。

出てきた男の姿をスコープでとらえて、大谷は驚きで目を丸くした。――なぜ、人質を殺したあとに、のこのこ犯人が姿を現した？　しかも一人だけで。無防備に。

『こちら藤島。S1、どうだ』

「S1、スタンバイOK。射界はクリア。いつでもいけます」

『S1、そのまま待機』

「了解」

いつでもいけますと答えたが——本当にそうだろうか？

大谷は自問した。

いけるのは、いける。

ただ、本当にいっていいものか、どうか。

あの犯人は囲まれているのがわかっていて、なぜいきなり銀行から出てきたのだろう？

移動用のバスも到着していないのに——。違和感がぬぐえない。何かがおかしい。

目だし帽の男は右手の拳銃を発砲した。遠くで野次馬が悲鳴をあげる。弾丸は正面の機動隊員が構えた防弾の盾にめりこみ、その隊員は「おおっと」と驚いて大きくのけぞった。

『こちら藤島。県警本部長から、警備部長を通して許可が出た。実行しろ』

許可が出た——。

そのためにここにいるはずなのに、いざ「撃っていい」と言われると戸惑った。しっかりと保持したライフルを急に重く感じた。これは人を殺すための道具なのだ。

相手は銃を持っているし、すでに三人殺している。たった今、仲間の機動隊員にも発砲してきた。だが、しかし。

いつかこんな日がくるだろうと覚悟はしていた。むしろ、言葉は悪いが期待する思いも心の奥底には隠れていたと思う。それなのに大谷は、まるでたった今ライフルを手渡されたばかりのように浮き足立っている。

喉の奥に胃酸を感じた。頭が鈍く痛む。脳の中心で本能が警鐘を打ち鳴らしている。

「ハアッ」と、大谷の口から今まで一度も吐いたことのない種類の息がこぼれた。

――まさか許可が出るなんて。

どんなときでも人命優先。優柔不断で保身と責任回避しか頭にない日本警察のお偉いさんたちが、まさか許可を出すなんて。どうせ実際に殺すのは下っ端だからと、どこかの誰かが気楽に決断を下したのか。

スコープ越しに見えるのは標的だけではない。自分の弱さだ。狙撃をするための機械でありたいと常に思っていたが、今の自分はその状態にはほど遠い。混乱し、一度決めたはずの覚悟がぐらついている。

大谷の脳裏を、瀬戸内シージャック事件、三菱銀行北畠支店占拠事件、長崎バスジャック事件といった、警察が犯人を射殺した事件の数々がよぎった。どれも訓練ではなく実際に起きた事件であり、何度も資料を読みこんだので詳細まで把握している。しかしどの事件の資料も報告書も、実際に撃った人間の心の動きについての記述はおざなりだった。

扱い慣れたはずのライフルが、まるで他人の持ち物のようだ。

撃つのか、撃たないのか。

神かピエロか。

『どうしたS1！　仕事をS2に回すのか！』

そう言われた瞬間、半ば反射的に人差し指が動いた。

発射炎が瞬き、銃声が轟《とどろ》き、大口径ボートテイル型ホローポイント弾が銃口から飛び出した。発射ガスの影響で、大谷の周囲で埃《ほこり》が舞い上がった。音速を超える速度のライフル弾は、狙い通り、目だし帽の男の頭部を貫通した。

目だし帽が袋の役割を果たし、鮮血も脳漿もほとんど飛び散らなかったが、頭蓋骨《ずがいこつ》の中身は弾丸の通過によって瞬間的に生じる空洞と衝撃波でカクテルのようにシェイクされているはずだ。そして大脳と小脳のカクテルは、顔中の穴という穴から溢れだす。

取り調べも裁判も、拘置所や刑務所での生活も、犯人のその後の人生もすべて吹き飛ばしてしまう——それが、警察官が犯人を射殺するということだ。

大谷浩二巡査部長は、生まれて初めて人を殺した。

3

いきなり『ぶっ殺すぞ！』で始まることもたまにある。

とある電話会社の料金コールセンター。派遣のオペレーターとして働いている香織は、厄介な客に当たるたびに目の前が真っ暗になるような気がする。心臓も不自然な早鐘を打ち、まるで「早くこの仕事を辞めろ」と警告しているかのようだ。

コールセンターは、顧客から会社への様々な電話に対応する職場だ。最近急激に増えているのは苦情の処理——いわゆるクレーム対応で、これが香織だけでなく大勢のオペレーターを悩ませている。

コールセンターのオペレーターは普通の受話器は使わず、電話はすべてパソコンに接続したヘッドセットで行う。香織が勤務するコールセンターは高層ビルの一四階で、窓からは雄大な熊本城を眺めることができる。いくら立派な建物でも、見慣れればどうということはない。城主のいない城は威厳を伴わない、ただの風景でしかない。

数十人いるオペレーターの座席は、淡い青色のパーティションで、上から見ると台形のように区切られている。台形の座席を交互に組み合わせていくことで、オペレーターの声がぶつかるのを防いでいるのだ。音響が計算されたレイアウトだった。

インフォメーションセンター（総合受付）から料金部門へ転送されてきた通話の着信が、小さなウィンドウのポップアップとしてパソコンのモニタに表示された。キーボードのエンターキーを押して、その顧客を香織が受け取る。

「こちら熊本料金コールセンターの平田と申します。お客様から何かご質問やご不満な点がありましたら、何なりとおっしゃってください」

事務的な口調で、決まり文句を言う。するといきなり、

『ぶっ殺すぞ！』と怒鳴られた。たまにこういう客もいる。『なんやねん、すましおって。調子にのっとるんじゃろ、われ！』不自然な関西弁だった。普段は標準語を使っているくせに、クレームを入れるときだけ関西弁という妙な客は意外なほど多い。

「どういったご用件でしょうか？」

『ご用件もなんもあるかい！　そっちから来た請求書の料金が高すぎるっちゅーねん！

どうなってんだって。ふざけてんのか、おい！』

「失礼ですが、電話のご使用回数とご使用方法によっては高額になることもございまして……」

パソコンのモニタには、かけてきた相手の電話番号が表示されている。逆探知しているわけではない。データベースに、契約者のデータが登録されているだけだ。会話は基本的に録音されているし、本当に悪質な客はブラックリストに入れる。しかし、いちオペレーターが客の質を判断することはできない。上が決める。

ここで働いているオペレーターの九割が女性だ。男性は人の話を聞くのが苦手なのか、怒鳴られるのが苦手なのか、理由はよくわからないがとにかくあまり見かけない。

『とにかく俺は、一銭も払わんからな！　携帯止めたりしたら、タダじゃすまさんぞ！』

一方的に怒鳴り散らして、相手の男は電話を切った。利用料金未納者の携帯電話を止めるかどうか決めるのは、香織ではない。会社にもよるが、香織の派遣先は料金未納のまま一定期間が過ぎれば必ず電話を止める。そうしなければ、バカにならない損失が出るらしい。携帯の停止後に、さっきの男はまた怒鳴りつけてくるのかもしれない。運が良ければ、それをとるのは香織ではなく別のオペレーターだ。

どうしても自分で処理できない客は、ＳＶ（スーパーバイザー）に回す。それでもダメなら課長が対応する。ＳＶにクレームを回し過ぎると、上司に「使えないオペレーター」という印象を与えてしまう。

早番は午前八時五〇分から、午後五時二〇分まで。

遅番は午前一一時五〇分から、午後八時二〇分。

コールセンターはほとんどが土日祝日も対応しているので、シフト勤務になる。残業が入れば帰りが午後一〇時を過ぎるのも珍しくない。昼休みも午後二時から三時にずれこむことが多く、遅いときは午後四時になってしまうこともあり不規則で、生活のリズムが狂って体調不良になりやすい。

香織に次の通話が入った。

『携帯電話の料金がおかしいので、調べてほしいのですが』

「失礼ですが、お客様のお名前と、問題のある携帯電話の番号を教えていただけないでしょうか？」

『090―3×××―7×××。向島《むこうじま》です』

「契約者さまご本人かどうか確認させていただきます」

個人情報に関《かか》わるので、ネットワーク暗証番号か生年月日か契約住所で本人確認をする。怪しい場合は、機種を聞く場合もある。ただし、明らかに男性の声で契約者が女性でも、年齢がおかしくても、確認事項が答えられれば、本人として扱う。それがルールだ。

向島、と名乗った男は確認事項をクリアした。本人として扱う。パソコンのマウスを操作して必要な情報を出す。

「使用料金を確認しました。こちらからでは、特に異常な点は見当たりませんが……」

『でも、やっぱり高すぎるんですよ。クローン携帯とか、そういうのにやられたんだと思います。心当たりもあります。もっとちゃんと調べてください』

こういう手合いも厄介だ。いきなり怒鳴ったり妙な関西弁を使ったりはしないが、絶対に自分の非を認めようとしない。いい加減な知識をもとに、ありえない妄想を振りかざしてくる。使用記録を見れば問題の有無は明らかなのに。

香織は数字を出して丁寧に説明するが、相手は聞く耳を持たない。

『あんたみたいな下っ端じゃ話にならない。低学歴のバカ女なんでしょ？　もっと偉い人に代わってください』

「……わかりました。少々お待ち下さい」

ここまでだ。これ以上やっても無駄だろう。保留ボタンを押して、ＳＶに回す。

マイクを切り替えてから、

「一件お願いします」

『わかりました。引き受けます』

「すみません……」

保留ボタンを解除。マイクも元に戻す。今日最初の失点一だ。

そのあとはしばらくごく普通の相談が続いたが、失点のことはずっと尾を引いていた。

普通の客が一〇人いても、おかしな客が一人いればストレスが勝る。人間の心は、なぜかそういうふうにできているらしい。

電話でなら、相手にどんなことでも言える人種が存在する。匿名でならどんなひどいことでもネットで書けるのと同じだ。そういう人間は不都合をすべて他人のせいにして、周囲にどんな迷惑をかけても気にしない。

嫌な客のことを、いちいち覚えて悩む人間はこの仕事に向いていないという。だから、私は転職するべきなんだろう――と香織は思う。だが、ここをやめて次に何をする？　どんな仕事ができる？　なんとか気持ちを切り替えようと、努力する。

この仕事を始めて、香織はいくつか気づくことができた。世の中には大勢のろくでなしがいる。まともな人間はごく少数だ。しかし、社会全体を正常に保っているのはその少数のほうであり、ろくでなしどもはその邪魔ばかりしている。そこまで考えたところで、香織は自問する。私はいったいどっちだろう？　まだ、どちらでもない気がする。世の中の役に立ってはいないが、少なくとも積極的に誰かを傷つけようとはしない。

また、新しい客からかかってきた。

『ねえ、料金のことなんだけど』

不機嫌そうな中年女性の声。この第一声でわかる。恐らく、オペレーターのことを人間とは思っていない。

『五万超えるって、ありえないんだけど。故障してんでしょ？』

本人確認のあと、利用記録を調べてみる。ファミリー割引の契約だった。

「どうやら、お子様用に登録されている携帯電話の料金が非常に高額のようですね」

『はぁ、あんたバカなの？』

うるさい、バカはお前だと言い返したくなるが我慢する。

『うちの子はまだ小学生なのよ！　そんな何万も使うわけないでしょ！』

それでも記録は嘘《うそ》をつかない。こういうケースは増えている。

携帯電話を使ってウェブサイトを閲覧したり、音楽や映像、ゲームなどをダウンロードすると、通常の料金とは別にパケット通信料金が発生する。これは時間ではなく通信量単位で課金されるので、不用意に利用すると高額の支払いになる。

『パケット通信？　うちはファミリー割引だから平気でしょ』

「パケット通信定額サービスはまた別途の契約となっておりまして……」

『わけわかんないことばっかり言って！　騙《だま》そうとしてるんでしょ！　この詐欺師！』

いくら仕事とはいえ、なんで知らない人間にここまで言われなければいけないのか。どこで覚えたのか知らないが、向こうはゴネればこちらが折れると思っている。怒鳴り散らせばどうにかなると思っている。

「使用記録が残っていますので、ご希望ならば読みあげますが」

『うるさい！　バカ！　余計なことすんな！』

「……今後、気をつけます」

『今後もいるつもりなの？　向いてないから辞めな！』

「………」

『なにだまってんの！　この、偉そうに！　ぶん殴ってやりたいわもう！』

限界だった。ＳＶに処理してもらうしかない。マイクを切り替えて香織は言う。

「すみません、そっちに一件回します。もう、本当に頭の悪い客なんで気をつけてください」

『――ッ！』

次の瞬間、ヘッドホンが壊れそうなほどの怒声が響いた。香織は思わず両目を丸くした。電話していた相手が怒り狂っている。あまりの剣幕に、内臓が裏返りそうな嫌悪感がこみあげてくる。

香織はすぐに自分のミスに気づいた。「保留」のボタンを押し忘れていた。たとえマイクを切り替えていても、保留ボタンを押していなかったらこちらの声が向こうに聞こえてしまう。頭の中が真っ白になって、とにかく香織は激怒した客をそのままＳＶに渡す。ＳＶがどんな顔をしているのかは香織の席からはわからないが、きっと苦虫を噛《か》み潰《つぶ》しているだろう。こうなったら、平謝りするしかない。

結局、香織がミスをした件はＳＶからさらに上――課長のところまでいった。そのあと、正社員だけで構成されているお客様相談室へ。昼休みになると同時に、広い額に汗をかいた課長が香織に近づいてきた。蛇のような動きで。

「やっちゃったね平田さん、この仕事楽しい？　向いてると思う？」

課長の魂胆はわかっている。派遣の契約更新の際に、香織が自分から「ここを辞めます」と言いだすようプレッシャーをかけてきているのだ。課長は頰《ほお》が丸く目が細く、小柄で、撫《な》で肩で、派遣社員に対して高圧的な態度をとる。

今日は遅番だった。会社を出る段階で夜の九時を過ぎていた。体と精神が同時に疲労すると、もう何もかもどうでもいいような無気力が襲ってくる。しかも、夜道を一人で歩いていると別れた恋人が襲いかかってくるんじゃないかと唐突に不安になってくる。背後に視線を感じるたびに兎《うさぎ》のように怯えて周囲の気配を探る。このあたりは寺社や墓地ばかりで夜は特に静かだ。つけられてはいないようだが、ひとけのない場所は早足で通り過ぎるに越したことはない。

ため息とともに帰宅した。

化粧を落とし、服を脱ぎ、テレビをつけて、リビングのソファでごろりと横になったところで力が尽きた。

人間の細胞は新陳代謝によって毎日生まれ変わっている。今日の平田香織と明日の平田香織は微妙に別の人間なのだ。しかし、その生まれ変わりに居合わせてくれるのは、今日もテレビの深夜放送だけだろう。

何もかもが悪い方向に進んでいる、と香織は思う。何をどうすればこの人生が好転するのか、想像することすらできない。

自分の能力が低いからこんなに辛《つら》いのだろうか？　努力してこなかったからこんなに辛いのだろうか？　そうではない、と思いたい。もっと大きな何かが間違っている気がする。歯車が上手《うま》く噛み合っていないような、何か大事なものを学び忘れて今まで生きてきたような——曖昧《あいまい》な感覚だが。

今日、乱暴なクレームを入れてきた人たちは、みんな子供のころからああやってゴネて得をして生きてきたのだ。やがて、そういうやり方が通じない日が来るはずなのに。でも、当たり前のことを教育してくれる人間が近くにいなかった。何かを学び忘れて、ぽっかりと開いた穴に不満を流しこんで生きている。ただの勉強の話ではない。もしかしたら本当の格差とは、大事なことを学べた人間と、学び損ねた人間の間に生じるものなのかもしれない。

「…………」

ソファの上でぼんやりしていたら、ニュース番組が始まった。今日の午前一〇時。市の中心部にある熊本経済銀行に二人組の強盗が押し入り、いきなり課長代理の男性を射殺したそうだ。二人組はそのまま人質をとって銀行に籠城。そこを機動隊が包囲した。

大事件じゃないか、と香織はにわかに目をみはった。

四時二〇分ごろ。二人組はさらに二人の人質を射殺。その後、強盗の一人が銀行の外に出てきたので、機動隊の狙撃手が頭を撃ち抜いた。残ったほうの強盗は、銀行内で自分のこめかみに拳銃を突きつけて引き金を引いた。自殺したのだ。

香織の勤務先から、事件現場まで車で二〇分といったところか。近所、というほどではないかもしれないが、もし犯人が逃亡したりすれば巻き込まれる可能性もあった。

――ひどい事件もあったものだ。

香織がクレームの対処に悩んでいる間に、犯人も含めると五人もの人間が死んでいた。

やがて、犯人の身元が明らかになったとニュースキャスターが告げる。どこからか入手した二人の顔写真がテレビの画面に大映しになって、香織は思わずあッと驚きの声をあげた。

射殺された強盗のうちの一人は、顔見知りだった。

いや、そんな軽い言葉ですまされるような関係ではない。


映っているのは、父の顔だ。


いつも母に暴力を振るっていた父――森永信三《もりながしんぞう》だ。

香織は母方の姓を名乗っている。

――おかしい。

香織は体を起こし、息をするのも忘れてテレビの画面を見つめていた。

ニュース番組では、父の顔写真の下に「桧山幸徳《ひやまゆきのり》（55）無職」というテロップが出ていた。香織は首を傾《かし》げる――別人？　いや、いくら両親の離婚後疎遠になっていたとはいえ、父の顔を間違えるはずがない。

そのまましばらく香織は番組を見続けた。そのうちに、「間違ったテロップを出してしまいました」とお詫《わ》びがくるかもしれないと思ったからだ。しかし、いくら待っても情報が訂正されることはなかった。番組が終わる。慌ててリモコンを操作して、別のニュースにチャンネルを変える。やはり、父の名前は「桧山幸徳」になっている。

香織の全身から、脂っこい汗が滲みだす。立ち上がって——自分が下着姿なのも忘れて——窓から外の様子を見る。もしもマスコミが香織の身元をつかんでいるのなら、自分を放《ほう》っておくわけがない。凶悪な殺人犯の娘として世間から白い目で見られる——。

借家の周囲は相変わらず静かなものだった。戸締りを確認して、カーテンを閉める。

「どういうこと……？」

答えが返ってくるわけはないのに、思わず疑問を声に出してしまう。交通事故で強打したせいで、父の鼻はやや丸くつぶれていた。木の枝に引っかけて深く切って、こめかみにボクサーのような傷があった。その両方の特徴を、犯人の顔写真は確かに備えている。やはり、自分の記憶は間違っていない。

間違っているとすれば、向こうだ。マスコミ、ニュース番組、テレビ局。

なぜそんな間違いが起きてしまったのか？　ある意味香織は助かったのだが、だからといって単純に喜ぶことはできない。今後、悪い展開も考えられる。明日は、朝一番で久しぶりに新聞を買うことになりそうだ。

4

香織の母・平田芳江《よしえ》と父・森永信三はどちらも長崎県出身。北高来《きたたかき》郡の山地にあった小さな村の出身だと聞いている。森永は村の鼻つまみもので、とりえは男っぽいルックスと口の上手さ、その二つだけだった。

母は村長の一人娘。村長――香織の祖父――は森永を毛嫌いしていて、母に向かってはっきり「あの男は信用できん。ろくでなしだ。あの男にこれ以上近づいていくなら、お前も勘当する」と口を酸っぱくして言っていたという。しかし、芳江は偽りの優しさを見抜くことができなかった。駆け落ち同然で故郷の村を飛び出して、熊本で暮らすようになった。

香織は熊本で生まれた。そのとき父は、パチンコ店で開店待ちの行列に並んでいたそうだ。やがて父は芳江に暴力を振るうようになり、中学生になった香織は父に犯されそうになり、離婚が成立した。ろくでなしと別れてからも、祖父に勘当された母はどうしても故郷《け》に戻ることができず、大手スーパーで馬車馬のように働いたすえ一〇年前に脳梗塞《のうこうそく》で呆《あっ》気なく死んだ。その葬儀に父は呼ばなかったし、父のほうも姿を見せなかった。それ以降もずっと、香織と父とは道端ですれ違うことすらなかった。

事件報道に振り回された翌朝。香織は新聞を契約していなかったので、近所のコンビニで主要三紙の朝刊を買ってきた。今日も遅番なので、出勤まで時間に余裕がある。どの新聞紙も、記事の内容に大差はなかった。すべてに、香織の父である森永信三の顔写真が掲載されている。出身地は長崎県、年齢は五五歳。そういった情報は香織の記憶通りなのに、名前だけが桧山幸徳になっている。なぜ、どうしてそんなことが——母と離婚したあと、婿養子にでもなったのだろうか？　いや、それだと下の名前まで変わっている説明がつかない。

偽名——父は、何か犯罪に関わって、偽造した身分証明書を持ち歩いていたのではないか——。香織はそんな推論を立てるにいたった。まだ事件が起きてから一日しかたっていない。たとえば警察は、森永信三の持ち物を調べて、偽造の運転免許証や保険証をつかまされてしまったのではないか。一応の辻褄《つじつま》は合う。これから事件背景の捜査が進んでいけば、いずれ刑事が香織の家にも訪ねてくるに違いない。

そこまで考えたところで、香織は読んでいた新聞紙を床に投げた。——さて、次に何をするべきだろうか？　逆に、こちらから警察に連絡をするという選択肢もある。下手に黙っていたら、のちのち痛くもない腹を探られることになるかもしれない。

それに——。

警察に相談し、その結果本当に何かの間違いだと判明すれば、少なくとも香織の気分は晴れる。香織の勘違いという話になっても、それはそれで構わない。このままだと、マスコミや周囲の目に怯える日々がしばらく続くことになりそうだ。

「あ」そうだ、と香織は思いだして、寝室に向かった。簞笥《たんす》のひきだしの一つに、母の私物が詰まった小箱が収納されている。久しぶりにその箱を取り出して、蓋《ふた》を開けると、すぐに母が大事にしていた手帳が見つかった。そこに、母の故郷――長崎県北高来郡、芽路《めじ》鹿《か》村――の村役場や駐在所に通じる電話番号、祖父の住所などが書いてある。

生まれ故郷の村役場、駐在所なら、森永信三の現状を把握している可能性がある。それに、あの村の人間ならニュースを見て違和感を覚えるはずだ。

電話をかける。まずは村役場の番号。

『あなたがお掛けになった電話番号は、現在使われておりません。電話番号をお確かめになって、もう一度お掛け直し下さい』

次に駐在所。結果は同じ。

怪訝《けげん》に思った香織は、パソコンをたちあげて芽路鹿村のことを検索してみた。結果は、古い地方新聞の記事が一件ヒットしたのみだ。

『北高来郡芽路鹿村、隣村と合併。事実上の廃村。地図から消える――』

廃村ではどうにもならない。

――そんなことになっていたのか。

やはり、熊本市内の警察に連絡を入れるしかなさそうだ。

香織が住んでいる呉服町は、熊本南署の管轄範囲である。昨日、銀行強盗事件が起きたのは熊本北署の管轄内。捜査本部が立っているのも北署だろう。

何人も殺した銀行強盗の一人は香織の父だ。今のところ、それを否定する材料は香織の中には存在しない。死んでから、こんなふうに迷惑をかけてくるなんて夢にも思ってみなかった。確かに父は暴力的で、母はいつも腹や背中など人目には触れにくい場所を赤く腫《は》らしていたが、銀行強盗なんて大それたことができるような人間ではなかった気がする。女子供に対しては容赦なく手をあげるが、強そうな男と喧嘩《けんか》しているのを見たことがない。会わないうちに、父は変わったのか。悪い方向に舵《かじ》を切ったのか。

「………」

一度、深呼吸した。一一〇番にかけると余計な手間がかかりそうな気がしたので、香織は電話帳で熊本北署の番号を調べてから固定電話の受話器を手にとった。これ以上思い悩んでいても仕方がない。

『はい、こちら熊本北警察署です。どういったご用件でしょうか？』

女性の職員が電話に出た。

「あの、すみません……昨日起きた強盗事件についてなのですが……犯人が知っている人間かもしれないので、調べていただきたいのですが」

『お名前聞かせてもらってもよろしいでしょうか』

「平田香織です」

『少々お待ち下さい。係のものにかわります』

「よろしくお願いします」

第二章

1

何人か電話がかわったあと、ようやく事務の職員ではなく北署の刑事が出てきて、本日中にでも「署でお会いしましょう」という話になった。少し悩んだが、結局香織は「体調不良」と会社に電話を入れて仮病で休むことにした。事件のことを気にしながら仕事をしていたら、昨日よりもずっとひどいミスをやらかしそうに思えたからだ。

熊本市電に乗った。

水道町で降りて、歩いて五分で熊本北警察署だ。

香織は「異常な建物だ」と口に出しそうになる。学生のころに何度か前を通りかかったが、久しぶりに見ても同じ感想だった。世にも珍しい、逆ピラミッド構造の警察署だ。写真を見ても、十人のうちの九人は美術館か何かだと勘違いするだろう。地上五階、地下一階。建物の前面はハーフミラー張りで、幾何光学に従って美しく風景を反射している。

この奇妙な建物は、「くまもとアートポリス」という計画のなかで生まれた。「県全体を計画的に美術的な都市にしよう」——そんな計画だ。県知事の欧州視察後に始まった。デザインに優れた建物を市内に増やすために、大金が費やされた。どんなに頑張っても熊本がベルリンになることはないのに、と香織は思う。熊本人の心に根を張る深刻な都会主義の結果とでもいうのだろうか。一部の熊本人の東京（あるいは海外の大都市）への憧《あこが》れ・愛憎は凄《すさ》まじいものがある。「日本の端っこ」でありながら、「九州では中心地」として栄えたという自負があるのか——。元寇《げんこう》で戦い、加藤清正《かとうきよまさ》を半島に送り出し、西南戦争で戦場となり、昭和に入ってからも精強な兵隊を政府に提供し続けたことと、その県民性は無関係ではないだろう。

受付で係の職員にアポをとったことを話すと、二階の小会議室に案内された。「ここでしばらく待っていてください」だそうだ。名前は小会議室といっても部屋はそれなりの広さで、香織一人きりだと落ち着かない。廊下を行きかう職員たちが、窓からこちらを覗《のぞ》きこんでは怪訝《けげん》な視線を向けてくる。

ベニヤ板のように薄いテーブルにパイプ椅子《いす》、かなり使いこまれた様子のホワイトボード。テーブルごとに必ず灰皿が置いてある。この部屋に刑事たちが集まって、事件捜査の会議が行われたこともあるのだろうか？

五、六分ほどして——、

「どうもどうも」

と初老の男性が小会議室に入ってきて、香織に向かって軽く頭を下げてきた。

「北署刑事課の伏見《ふしみ》です。今日はわざわざ署まで来てくださってありがとうございました」

「あ、いえ、こちらこそ。お忙しい中すみません」

「忙しいのはお互いさまでしょう、ねえ」

刑事の伏見は背が低く、しかし肩にがっちりとした筋肉がついているのがくたびれたスーツの上からでもわかる。額の髪の毛は頭頂近くまで後退し、完全にはげあがるのも時間の問題だろう。口や目は笑っていても、常に眉間《みけん》にしわが寄っている。あまり警察組織に詳しくない香織でも、伏見が出世街道を外れた時代遅れの現場主義者だということは容易に想像できた。

「例の強盗――について、お話があるとか」

「はい」とうなずき、香織は数枚の写真を伏見に向かって差し出した。簞笥《たんす》の小箱に、母の手帳と一緒に入っていたものだ。父母が一緒に撮影した記念写真。故郷の村で撮ったものと、熊本に出てきてから撮ったものの割合が半々だ。

伏見は、そのうちの一枚を手にとって見つめた。父の信三、母の芳江――二人とも地味な浴衣姿だ。村祭りか何かのときに撮ったものらしく、背景に写っている通りすがりの芽路鹿村の人々も浴衣を着ている。香織は簡単に父のことを説明した。

「なるほど……この顔は、犯人として公表された桧山幸徳によく似ていますね」

「同一人物ではないか、と思っているんです。出身地も、年齢も同じですし……」

「完全な人違いならともかく、重なるデータがあるのは確かに奇妙です」しかし、と伏見は頭をかいた。「桧山幸徳――犯人の身元は確かなはずなんですよね。あれだけの大事件ですから、県警は運転免許証の登録データの他にも、ちゃんと住民票や国民健康保険の記録を調べてから会見で発表しています。そのすべてが偽造、というのはありえない。あるとすればそれは、国家規模の陰謀でしょうか」

陰謀、と聞いて香織は苦笑してしまった。そんなものは自分にとって映画の中だけのものだ。

香織もまさか、組織ぐるみの隠蔽《いんぺい》や捏造《ねつぞう》が行われていると考えているわけではない。ただ、何か警察が大きなミスをしているような気がしてならないのだ。

「では、この写真は他人の空似ということですか」と香織。

伏見は顎《あご》の無精ひげを撫《な》でながら、

「確率的にはゼロじゃない」

「ただの偶然……」

「一応、こちらの調べでは桧山幸徳に一卵性双生児の兄弟はいません。一人っ子で、両親ともすでに死別。結婚していた記録もない」

「もう一度だけ、調べてもらえませんか……？」

「ふうん」鼻から息を吐き、伏見は写真を見つめたまま首を傾《かし》げた。「では、この写真を少しこちらで預かってもよろしいですか？　法医学に頼ります」

香織も首を傾げて、

「法医学……ですか？」

伏見はうなずき、

「他人の空似とはよく言いますが、顔の特徴が細部まで完全に一致することはまずありえません。それを分析します。スーパーインポーズ法というのはご存知ですか？」

「いえ」と香織はかぶりを振る。

「もともとは、白骨死体の身元を明らかにするための検査法です。白骨死体の頭蓋《ずがい》と、該当者と思われる人物の顔写真をコンピュータで重ね合わせ、輪郭や皮膚筋肉の厚さ、顔面各パーツの位置関係を解剖学的に検討し、個人識別を行います。検討するのは眼窩《がんか》や小鼻など一八項目。現在では三次元での顔画像解析も可能ですが、今回はそこまでする必要はないでしょう」

「はあ……」

香織にはよくわからない。すべて外国語で説明されているかのように頭に入ってこない。

「この写真を貸してもらえれば、スーパーインポーズ法支援コンピュータに取り込んで森永信三さんの顔を分析し、デジタルデータに変換します。それから、遺体安置所の桧山幸徳の顔と照合する。これで違う人物だと判明すれば、それで終わりです。何事もなかった、安心していい。もちろん、写真は傷つけずにそのままお返しできますよ」

「時間はどれくらいかかりますか？」

「写真を、県警の科捜研にいる友人に送ります。向こうも忙しいし、正直言って緊急の用件ではありませんので、最優先でというわけにはいかないでしょうね。明後日か……遅い場合には一週間くらいかかってしまうかも」

「大丈夫です。事実関係がはっきりすればそれでいいので……自分が納得したいだけなんです。よろしくお願いします」

「何かありましたら、ここに電話を」

香織は伏見の名刺を受け取った。伏見芳樹《よしき》という名前と、熊本北署刑事課の電話番号だけが書かれた、シンプルなデザインだった。

2

首都圏でもまず起きないような凶悪な銀行強盗事件が発生したために、熊本北署は人の出入りが激しく、近くの公園にはテレビ局のスタッフが何十人もキャンプのように集まっていた。事件そのものは犯人の射殺と自殺によって一段落していたが、背後関係の調査まで終わらない限り解決とは言えなかった。犯人たちは銃器をどこから手に入れたのか、銃器対策部隊の狙撃は適切なものだったのか——。犯人が二人とも死んでいるので、ある意味道は険しくなったとも言える。通路ですれ違う誰もが額に汗して忙しそうなのに、伏見のような刑事が自分——たかが派遣社員の香織——の相手をしてくれたのが少し不思議だった。伏見だけは暇だったのだろうか？　手が空いていた？　背景調査の主力からは外されていた？　考え過ぎか、と香織は自嘲《じちょう》する。写真を調べてもらえるならそれでいい。

思っていたよりも簡単に片付きそうだ。それに、警察に相談しただけでずいぶん気持ちが楽になった。警察署を出て路面電車に揺られている間に、自分の言動を振り返って香織は恥ずかしくなってきた。他人の空似――「確率的にはゼロじゃない」。なるほど、落ち着いて考えてみれば、あれほどの大事件の捜査中に警察がミスをする確率のほうが低い気がする。あまりのことに、気が動転していたのだろう。父がなぜ銀行強盗をしなければいけなかったのか？　その父が別人として報道される理由は？　どういうことはない。スーパーインポーズ法とやらが、香織の思い込みと勘違いに決着をつけてくれるはずだ。

昨日よりは少しましな気分で香織は帰宅した。仮病で会社を休んだので、きょうはまだ時間がたっぷりある。また映画を観ながら走ろうか、それとも久しぶりに映画館に行こうか、本屋で何冊か買ってこようか――楽しい時間の使い方を考えながら家のリビングに入っていく。

そこに、男がいた。香織は手に持っていたバッグを落とした。

同棲《どうせい》していた元恋人、高垣喜一郎だった。

まずい、油断していた。突然のことに、思考の中に空白が生じる。香織の顔色は瞬時に蒼白《そうはく》となり、膝《ひざ》から力が抜けた。

「よう」

高垣はそう言って軽く片手をあげた。髪を茶色に染め、別れたときよりも肌が日に焼けているような気がする。革ジャンを着こみ、下はダメージジーンズをはいている。長身で腕が太い。双眸《そうぼう》に荒《すさ》んだ光が宿っていた。

「二階の窓の鍵《かぎ》、開いてたぞ。相変わらず不用心だな、香織は」

逃げる、警察に通報する、大声で叫ぶ——ここでようやく様々な選択肢が香織の頭に浮かんだが、なにひとつ実行に移すことはできなかった。自分の鼻血で呼吸ができなくなるまで暴力を振るわれたことがある人間でなければ、この感覚は理解できないかもしれない。捕食者と対峙《たいじ》した小動物のように。香織の胸中には濃厚な死の予感すらあった。

「家裁から通達が来たときはマジでびびったよ」

香織の申し立てで、裁判所から保護命令が出た。DV防止法。法律上は、高垣はこの家から退去し、香織に接近することもできない。

「凄《すご》く残念だよ。こっちはDVなんてつもりはなかったのに。しつけっていうのかな。愛の鞭《むち》だよ。それなのに、伝わってなかったなんて」

高垣は、声も態度も落ち着いていた。無表情に近い。決して激昂《げきこう》したりせずに、淡々と香織を追い詰めていくのが高垣の恐ろしいところだった。

「け、警察が……」香織の声は震えている。

「呼べよ」高垣は唇だけで笑う。目には表情がないままだ。「でも、パトカー到着するまで無事でいられると思うなよ。ちょっと罰則を調べたんだ。一年以下の懲役、一〇〇万円以下の罰金。そこに傷害罪がくわわったとしても、何十年も刑務所で過ごすような罪にはならない。で、俺が次に出てきたとき、本当にもう何をするかわかんないよ。それは、悪いとは思うけど……たとえ香織が一生歩けなくなるような大ケガをしたり、最悪命を失うような結果になっても、仕方のないことじゃないか？」

高垣は立ち上がり、素早く香織に駆け寄った。香織は踵《きびす》を返して彼に背中を向けるのがやっとだ。その背中を、高垣は迷わず蹴《け》る。

背中側に強烈な衝撃を感じるのとほぼ同時に、香織はバランスを崩して前のめりに倒れた。その際、リビングのドアに頭をぶつけた。目の前が真っ白になり、額の皮膚が裂けたんじゃないかと思うほどの激痛が走った。しかし一瞬で赤く腫《は》れあがっただけで、出血はなかった。

「鍵を」

言われるがままに、香織は命綱を手繰る慌ただしさで家の鍵をバッグから取り出し、暴力的な元恋人に従順に渡した。

「金は？」

香織は、財布ごと渡した。彼はそれを開いて、

「これだけ？」

と薄く笑った。

「カードは？」

「財布の中に……」

「ああ、あった。で、暗証番号」

「それは……」

高垣はものわからぬ犬をしつけるように、香織の顔を平手で打った。てのひらの底が、香織の顎をとらえていた。ごっ、という鈍い音が体の内側に響いた。打たれた皮膚が耐えがたい熱をはらみ、脳が揺れて目まいがする。

「俺だってこんなこと、したくないよ。お前のこと好きなんだからさ」

痛みのせいか、それとも恐怖のせいだろうか——どちらかはっきりとしなかったが、香織の両目から涙が溢《あふ》れた。

「今さらムショは怖くないな。かえってハクがつくってもんじゃないか？」

諦《あきら》めてカードの暗証番号を伝えると、高垣はようやく満足げにうなずき、倒れた香織をわざと踏みつけながら立ち去っていった。去り際に「またくる」と言い残して、彼は香織の胸に恐怖の鎖を巻きつけておくのを忘れなかった。痛みとともに放置された香織は、これからどうすればいいのか考える力を失っていた。慟哭《どうこく》し、苦悶《くもん》し、後悔する。

3

熊本県警機動隊、銃器対策部隊・狙撃手《そげきしゅ》の大谷浩二は、その仕事柄、米軍の兵士が書いた本をよく読んでいた。自分が犯人を——人を殺してしまったときのために、心の準備をしておきたかったからだ。戦争に参加して人間の心は変わるのか。引き金を絞ったときに何を感じたのか。殺人によって何を得て、何を失うのか。参考になりそうな話もあれば、「未経験者」からしても「それはないだろう」と言いたくなるような与太話《よたばなし》もあった。

そして、大谷は実際に犯人を撃ち、罪と直面した。警察官の殺人が法律で裁かれるかどうかは関係ない。大谷は、警察官である以前に人間なのだ。人が人を殺すのは、罪に決まっている。法律や宗教ができる前から、ずっとそうだったはずだ。

わかったことが一つだけある。自分がどう変わったのか、何を感じているのか、よくわからないということだ。はっきりした答えなど存在しない。殺人に正解も間違いもない。罪をどうとらえるのかは人それぞれ。大谷の場合、罪の意識は胸中を埋め尽くす霧のようだ。その霧の中に入ると、何もかもがぼやけてしまう。

犯人の死を悲しんでいるわけではない。悔やんでいるのとも少し違う。自分の狙撃を誇りに思っているのかといえば、それも少し違う。すべての要素が少しずつ混ざりあって、薬品とも毒ともつかない化学変化を起こし、こびりついて離れることがない。寝汗をかく。悪夢を見るが、目覚めたときには覚えていない。境界線があいまいで、心の動きは複雑で、上手《うま》く言葉にできないから他人に相談することもできない。自信は、得ることができたかもしれない。しかしそのかわりに、大事なものを失った——安らぎだ。

次に、銃対の仕事で似たような状況に陥ったら自分はどうするだろうか、と大谷は自問する。恐らく、また引き金を絞るだろう。

心の動揺がおさまるまで。

スコープ越しに答えを探すように。

指先の感覚に答えを求めて。


大谷は、熊本県警機動隊の独身寮に入っている。精鋭の銃器対策部隊だからといって、特別扱いはされていない。新築の寮なので一人に一部屋だ。昔だと、相部屋も多かったという。警察学校の寮から、県警の独身寮へ。警察が飼っている犬のように、大谷はずっと寮で暮らしてきた。家賃は安い。平均の半分以下だろう。機動隊の訓練は厳しく、銃器対策部隊に入ってからはさらに余裕がなくなり、休日も外出せずただ寝転がって訓練の疲れを癒すだけという日々なので、金は貯《た》まりやすい。独身寮の欠点は、トイレ、風呂《ふろ》、台所が共同なことだが、地下に食堂もあるので慣れてしまえば快適そのものだ。

トイレと台所は汚れやすいので、たいていは入寮したばかりの新人に掃除をやらせる。鉄拳《てっけん》制裁をしてでもやらせる。大谷は先輩風を吹かすのは嫌いなので、全員の当番制にするべきだと思っているが、この手のシステムを巡査部長一人の力で変えるのは難しい。上下関係を嫌がって、わざわざ近くに賃貸マンションを借りる若手も最近は増えている。

食堂では、朝食と夕食が学校の給食のように出てくる。メニューはシンプルであまり豪華なものは出てこないが、高タンパク低脂肪の食材を多用し、カロリーは計算されている。

大谷は寮の食堂で、納豆と焼き魚、そして蒸した鶏肉《とりにく》ばかり食べている。

結婚すれば、独身寮からは追い出される。しかし大谷には恋人どころか、出会いそのものがない。一番多く顔をあわせる女性は食堂のおばちゃんだ。大谷は夜遊びもしない。何が楽しみで生きているのかと質問されると、大谷は「仕事」と答えるしかない。無論、興味がないわけがない。機会があれば、とは思うがなかなか積極的になれない。

日本の警察官で、犯人を射殺したことがある警察官はそう多くはない。県警上層部はそのことを憂慮していて、半ば強制的に大谷は有給休暇をとることになった。「疲れを抜け。家族や友人と話せ。休みの間に必ずカウンセリングを受けろ……」と、とにかくやかましい。お節介というよりただの迷惑だ。大谷は、仕事に忙殺されたい気分だったのに、現場を知らない連中にそれを奪われてしまった。本を読んだり映画を観たり、あとは自主トレーニングをやるくらいしか時間の使い道がないから、完全に余暇を持て余してしまう。

少し前に、一度だけ、部下の日下巡査が訪問してきた。「心配だったので様子を見にきました」と彼は言う。しかし、大谷はすぐに気づいた。日下の顔に浮かんでいた、隠し切れない薄ら笑いに。強いものには媚《こ》びて、弱いものは虐《いじ》める傾向の人間特有の表情だ。心配している？　そうじゃない。本心は違う。警察官としてある意味瀬戸際に立っている人間を嘲笑《ちょうしょう》しにきたのだ。大谷はその表情に見覚えがあったので、ただちに適当な理由をつけて追い返した。

孤独には慣れている。

大谷はただの体育会系ではない。成績も優秀だった。得意科目は数学。趣味は読書と映画鑑賞。静かな時間を愛する大谷は、学生時代もどこか浮いていた。金や女、テレビの話題にほんの少しも興味がなかった。

そんな大谷も、高校のころは野球に熱中していた。進学校に通っていたが、そこは運動部にも力を入れていた。熊本市内には他に甲子園の常連校が存在していたが、ごくたまに大谷の進学校が予選を勝ち抜くこともあった。

大谷が二年のエースピッチャーだった年、強豪校を打ち破り、その進学校は一五年ぶりの甲子園出場を果たした。教師やPTA、そしてOBたちといった周囲からかかった期待は、今でも不健全で行き過ぎたものだったと思う。

そして炎天下の一回戦。大谷は力投した。リードしたまま最終回を迎えた。あと一つ、アウトをとれば二回戦――というところまではいった。最後の――そうなるはずの――敵チームのバッターが、平凡なライトフライを打ちあげた。勝利を確信した歓声があがった。もしかしたら、大谷もガッツポーズをとっていたかもしれない。

結果的に、ライトフライで試合は終わらなかった。そこを守っていた三年の戸松《とまつ》という選手がエラーしたのだ。途中で完全にボールを見失っていて、まったく見当違いの場所でグローブを構えていたのだ。

それから、塁に逆転のランナーがたまった。焦った大谷は、変化球に頼った。その当時は、フォークを使いこなせるピッチャーは甲子園では珍しいほうだった。高校生の肘《ひじ》にフォークは負担が大きいので、指導者側があまり使わせたくない、というのもあった。――

それゆえに、大谷は自分の切り札だと考えていた。

その切り札のフォークがすっぽ抜けた。低いところで構えたキャッチャーが滑稽《こっけい》なほどうろたえた。「フォークのすっぽ抜け」と聞いて人が想像するボールそのもの、額縁に入れて飾りたくなるような、見事なまでのすっぽ抜けだった。いわゆるくそ球を相手のバッターがセンターに打ち返して、サヨナラのホームランになった。今思い出すと、「あのときの俺たちは、まるで山際淳司《やまぎわじゅんじ》のスポーツノンフィクションみたいだ」という感想を抱く。『八月のカクテル光線』だ。よくある、といえばよくある話。甲子園につきもののありがちな悲劇。

試合は負けた。それはもう仕方のないことだ。

問題は、そのあとだった。よくある話、ではすまなかった。

エラーをした戸松は、目立った実績があるわけでもずば抜けた身体能力があるわけでもない、ただ必死にやっていただけの努力型の三年生だった。エースで、体も大きな大谷ではなく、敗戦の責任は戸松一人に押し付けられた。

大人たちは大人気ないことをした。戸松の親まで、近所の人間に白い目で見られた。彼のおかげで大谷のことを悪く言う人間は少なかったが、だからといって「助かった」と思えるほど大谷はのんきでも薄情でもなかった。しかし、大谷一人で戸松を助けることはできず、数度の自殺未遂の末に、戸松は一家で遠くに引っ越していった。

戸松の引っ越し以降、大谷はさらに孤立することが増えた。警察という「ムラ社会」に入りながら、それでも狙撃手という特殊なポジションを目指したことに、あのときの苦い思い出が少しは影響しているのかもしれない。

集団に属しつつも、孤高であることを望む。

「てのひら返し」「弱いもの叩《たた》き」は熊本人の悪い県民性だという人がいる。大谷は、さすがにそれには同意できない。県民性など幻想だと思っている。地方都市、田舎とはたいがいそういうものではないのか。

大谷は、自分が生まれ育った土地がそれほど好きではなかった。県民性は幻想でも、この熊本がやや排他的な社会なのは否定できない。熊本を捨てて上京した人間に、嫉妬《しっと》や憎しみがこもった陰口を叩く人間がいるのも事実だ。同窓会のときに旧友の誰かが、引っ越した戸松についてこう語っていた――「あいつは外国人になっちゃったからな」と。

熊本が嫌いで、孤立しがちだったことと、大谷が狙撃手になったことが線でつながっているとすれば、犯人を射殺したことも「私情」ということになるのではないか――。いや、これは考えすぎか。どんなことでも、悪いほうに解釈するのは簡単だ。ただし熊本には、大谷に考えさせすぎる何かがある。

もう一つ、大谷が苦手としている熊本の特質がある。それは、読売ジャイアンツファンが圧倒的に多いことだ。地理的にいえば、福岡ソフトバンクホークスのファンが多くてもいいはずなのに、そうはならない。大谷は、ジャイアンツが嫌いなのではない。熱心にジャイアンツを応援する熊本人が少し嫌いだ。根っこにコンプレックスを感じる。

八キロほどランニングし、寮のジムで筋肉を鍛えたあと、シャワーを浴びてテレビを見ていたら寮の管理人から呼び出された。来客がある、という。事前の連絡もなしに、警察の独身寮だとわかっていてわざわざ訪ねてくるのなら、普通の客ではないのだろう。

「北署の刑事課？」

「ええ、伏見といいます。一応、警部補を」

大谷の階級は巡査部長。半ば反射的に姿勢を正した。

「ご苦労様です、警部補」

「いや、そうかたくならないでください」

独身寮の近くにあるファミリーレストランに移動した。場所が場所だけに警察関係者を見かけることが多い店だが、平日の午後二時という時間帯だったので店内には数えるほどしか客がいなかった。奥の席で、向かい合って座った。

「今日はいったい、どのようなご用件で……？」

初対面である。共通の知り合いがいるかどうかはわからない。いないような気がする。

「いえ、妙な感じでしてね……」と伏見は懐から封筒を取り出し、大谷に向かって差し出した。封筒の中には写真が入っている。「これ、誰だと思います？」

変な人だ、と大谷は思った。その写真の顔は、今、国内のニュースで最もよく見かけるものかもしれなかった。

「桧山幸徳、俺が撃った銀行強盗犯、殺人犯です」

ここではた、と大谷は気づく。

「もしかして、内務監察の続きですか？」

身内の犯罪を調査するのが内務監察の仕事だ。彼らのやり口は巧妙で、ときにはまったく無関係の部署の人間を装って近づいてくることもある。家族までネタにして本音を聞き出そうとしてくることもあるらしいが、あくまで噂《うわさ》だ。必然的に嫌われ役に徹するしかない部署なので、噂話は悪い方向に流れがちなのだ。

「どうして北署の人がわざわざ……」

「いや、本当にそういうんじゃありません」

伏見は笑って何度も首を左右に振った。人当たりの良い柔和な表情で、不意打ちを企んでいる人間の顔には見えなかった。

「この写真、桧山じゃないんですよ」

「はい？」大谷は目を白黒させた。

北署の刑事──伏見は、手早く写真をもとの封筒に片付けて、タバコの箱を取り出し、一本口にくわえた。それを見た大谷は、反射的に「すみません、ちょっと」と言ってしまう。その一言で、伏見も気づいた。

「なるほど、現場の警察官は肉体労働だが、その中でも機動隊は特別だ。そりゃあ、タバコの煙は苦手ですよね」

「それで……」大谷は、話の先を聞きたがった。

「はい」と伏見はうなずき、

「数日前に、平田香織さんという女性から相談を受けましてね。警察が『桧山幸徳』として発表した犯人は、私の父である『森永信三』かもしれない……と」

「そんなバカな」

「私も、最初はそう思いました。さっき大谷さんにお見せしたのは、平田香織さんから預かった森永信三の写真。しかしあなたは、桧山だと勘違いした」

「……………」

「森永という人物の写真と、警察が発表した犯人桧山幸徳の写真を、コンピュータ支援型のスーパーインポーズ法で照合したんです。そうしたら……」

「まさか、一致した？」

「そういうことです」

「どうして……そんなことが？」

「私にもわかりません。とにかく、普通じゃない」

テーブルに、飲み物とサンドイッチが届いた。大谷がグレープフルーツジュース、伏見はコーヒーだ。サンドイッチを頼んだのは大谷だったが、いつの間にか食欲が失《う》せていた。

銀行で死んだのは――いや、大谷が殺したのは本当は森永信三という男で、警察発表には間違いがある？　偽装経歴――しかし、なぜ？　あるいは熊本県警の重大なミス？

様々な憶測が大谷の脳内を駆け巡るが、当然結論は出てこない。

「では、桧山幸徳とは何者なんですか？」

「一応、戸籍登録も運転免許証も調べてみました。これが、そのコピーです」

伏見は別の封筒を取り出して、大谷に手渡した。中身を確かめる。

二枚のカラーコピー。

「や、やっぱり、同じ顔じゃないですか、い、い、い、い、い、い」

「……はい」

「もしかして双子？　あるいは他人の空似？」

「スーパーインポーズ法で一致したんですよ。他人の空似はありえません」伏見はコーヒーを少しだけ飲んだ。「森永にも桧山にも、記録上、兄弟はいない」

「こんな奇妙なことが、ありえるんですか？」

「現に、こうして起きている。だから私が調べています」

「なんてこった……」

ここが自分の部屋だったら、大谷は頭を抱えて突っ伏していただろう。厄介なことに巻き込まれている――そんな予感が強く生じていた。

あの銀行強盗事件に不審な点があるとすれば、それは大谷も関係がある。事件は、狙撃で決着がついたことになっているのだ。その決着がもしもいかさまめいたものだったとしたら、それは人間の尊厳を踏みにじるも同然だ。

――人の生死が関《かか》わる現場では、何事も明解でなければいけない。善悪がどうこうという話ではない、嘘《うそ》がないことが大事なのだ。

伏見が言う。彼の顔からも笑みが消えている。

「あなたは、現場で一部始終を見ていた。優秀な警察狙撃手だ。何か、違和感のようなものがありませんでしたか？　犯人たちにおかしな点は？」

「それは……」

何度思い出しても、違和感だらけの事件だった。

桧山は、あまりにも無防備に狙撃手たちの前に姿をさらした。機動隊に包囲されていたのに、要求していたバスが到着したわけでもないのに、まるでそれが最初から決まっていたことのようにのこのこ外に出てきた。

大谷が桧山を撃った直後、もう一人の犯人――渡辺光男《わたなべみつお》――は、持っていた拳銃で自分の頭を撃ち抜いた。それも不可解な話だ。人質がいる限り、渡辺には銀行を脱出できる可能性が低いとはいえ存在していた。

「北署に立った捜査本部はね、もうこの事件を『シメ』にかかってるんですよ」

伏見がにわかに信じられないことを言った。

「――え。そんな、バカな」

この言葉を使ったのは、今日二度目だ。

「まだ拳銃の入手ルートだって……」

「そこです。何か裏があるのは間違いない」

「ウラなんて言ったって……」

大谷は髪をやや強めにかき回した。裏がありそうでないのが警察稼業だ。一般の企業のように職場の仲間意識と上下関係があり、一般の企業程度に汚職や不祥事がある。マスコミが大袈裟《おおげさ》に報道するだけで、特別なことは何もない。幸か不幸か、大谷は想像の範疇《はんちゅう》をこえるような事態に遭遇したことはないし、直接耳で聞いたこともない。

4

あれから数日して、香織の家にまた高垣がやってきた。別れ話を切り出して、結局裁判所の厄介になったときよりも、高垣はずっと性格や振る舞いが荒んでいた。今度こそ殺されてしまうと香織は思って、警察に通報する勇気を振り絞ることができなかった。

その日、高垣はもう一人男を連れてきた。久本《ひさもと》というチンピラだ。

「ビデオで撮影する」

高垣が言った。久本が、どこからか盗んできたらしいデジタルビデオカメラを持っていた。

「香織、お前がもう二度と俺に逆らえないようにする。いいな？　長い目で見れば、これはお前のためになるんだ」

彼の言動が、にわかには信じられなかった。

——ろくな人間ではなかったが、まさかここまでとは。

　さすがに香織は大慌てで逃げ出した。逃げたあとどうするかは決めていなかったが、このまま何もしなかったら殺されるよりもひどいことになると思った。リビングから廊下を駆け抜けて、しかし玄関口で後ろから髪の毛をつかまれた。

「いっ」

　香織は、靴箱をつかんで抵抗したが、高垣との力の差は歴然だった。爪《つめ》が剝《は》がれてしまいそうだったので、諦めて手の力を緩めた。ぐん、と引っ張られて首の骨が折れそうになる。

　高垣は香織を引きずってリビングに戻り、香織の腹を思い切り蹴った。内臓が破裂しそうな衝撃に、香織は海老《えび》のように背中を丸めることしかできなかった。

「お前の金なんて、すぐになくなっちゃうからさ。もっと稼いでもらわなきゃ困るんだよ。逃げられるなんて思うなよ、香織。ちゃんと撮っておけよ、久本」

「はい」

「警察に通報したら、これから撮影する動画をインターネットでばらまく。もっと早くこうしておけばよかった」

　高垣は香織の顔に唾《つば》を吐きかけた。粘着質で、ビールのアルコールが臭うような唾だった。それが頰《ほお》から鼻にかけて広がった。

　香織には、それを屈辱に感じるだけの余裕がなかった。ただ、恐怖だけで頭の中が一杯になってしまって、思考が完全に停止していた。頭の片隅で最後の理性が「このままではいけない」と叫んでいても、感情の悲鳴がそれをかき消してしまう。

さらに高垣は、右腕を振りあげて香織を殴ろうとした。香織は反射的に瞼《まぶた》を強く閉じてより小さく体を丸めた。衝撃に耐える体勢をとって、待つ。――しかし、いつまでたっても衝撃はこない。拳《こぶし》が飛んでこない。香織が恐る恐る瞼を開けると、高垣の右腕が、横から伸びてきた何者かの手につかまれていた。

「やめなさい」

と、いつの間にかリビングに現れた筋骨たくましい男が言った。

助かった、と香織は思った。しかし、助けがくるなんてほんの少しも考えていなかったので、殴られたショックで夢でも見ているのかと不安になった。だが、さっき蹴られた腹がまだ痛い。夢ではない。誰だか知らないが、少なくとも高垣の仲間ではないらしい。その証拠に、高垣も久本も、目を丸くした驚きの表情のまま固まっている。

「鍵がかかっていませんでした。それに、中から異様な物音が」と見知らぬ男。

首が太いのを、身長の高さと手足の長さでバランスをとっているような体形だった。鷹《たか》のような目と鼻だが、決して大きすぎるということはない。精悍《せいかん》な顔立ちである。シャツが、筋肉で内側から膨らんでいる。ハンサムな軽量級のプロレスラーといった感じだった。

「おい、コラ」

久本がカメラを床に置き、いきなり助けにきた男の襟首を右手でつかんだ。次の瞬間、久本の体勢が崩されていた。男は久本の手首をつかんで、瞬時にひねりあげていたのだ。久本は苦痛で顔を歪《ゆが》めながら、空いている左手で男を殴りにいった。男は殴ってきた久本の左拳をこともなげに左前腕で打ち弾《はじ》き、手を離し、すかさず殴り返した。コンパクトだがパワフルな、まるでプロ野球選手のバットスイングのようにしっかりした殴り方だった。

男の拳が、久本の顔面に炸裂《さくれつ》した。顎に入ったらしく、すぐに久本は立っていられなくなり、笑いだした膝を抱えるようにして尻餅《しりもち》をついた。

高垣も殴りかかった。男は、軽く頭を左右に振る動きだけで高垣の大振りな連打をかわした。男は左の牽制《けんせい》パンチ——ボクシングのジャブっぽい——で高垣の鼻を打ち、動きを止めてから右の手刀を高垣の首筋に叩きこむ。高垣の喉から「ぐぇっ」とカエルの鳴き声がこぼれる。

男は高垣の首をつかんで引き寄せつつ、強烈な右の膝蹴りを突き上げた。凄まじい打撃音がして、鋭い膝でみぞおちを打ち抜かれた高垣は床に倒れて、涙を流し嘔吐《おうと》する。高垣は、自らの吐しゃ物にまみれてのたうち回る。

香織は、高垣から数えるのも虚《むな》しくなるほどの回数、暴力を受けてきた。

殴る蹴る——相手を傷つけるのが暴力だとすれば、この男が高垣たちに振るったのも暴力なのだろうか。香織は、それは違うような気がした。男は、チンピラの暴力とはまったく別種の「力」を持っているように感じた。それは香織が映画の中でしか知らない、生まれて初めて間近に見るタイプの特別な力だ。

「相手を見てからケンカをしような」

と、男はポケットから警察手帳を取り出した。

「熊本県警です。機動隊の大谷と申します」

助けてくれた男――大谷。


「北署の伏見警部補からあなたの名前を聞きました。平田香織さん」

「ああ、それで……」

なぜ、こんなにタイミング良く警察官が現れたのか、香織は疑問に思っていた。なるほど、伏見の知り合いなら少しは納得できる。

「私は謝罪するために、あなたの家を訪ねたんです」

大谷は言った。沈痛な面持ちだった。

「謝罪……?」

香織には、心当たりがない。初対面のはずだ。

少し間を置いてから、大谷はここが教会の懺悔《ざんげ》室であるかのように告白する。

「……私は、あなたのお父さんを殺しました」

第三章

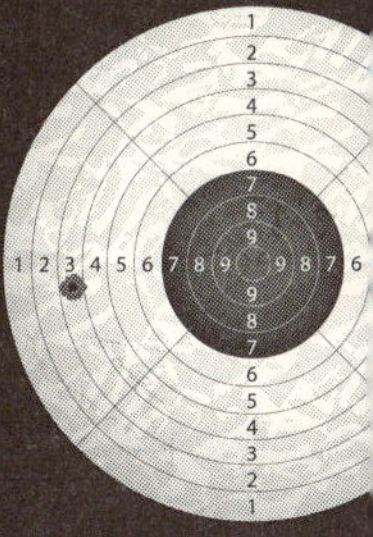

1

パトカーがやってきて、所轄の警察官たちがたちまち高垣と久本を連行していった。香織は病院で治療を受けることになった。高垣にやられた箇所ははっきりと痣《あざ》になっていたが、入院するほどのものではなかった。女性警察官が同行してきて、性的暴行があったのではないかと心配していた。その警察官に「診断書があとで必要になるはずです。コピーでもいいので忘れないでもらっておいてください」と言われたので、その通りにした。それから、南署で事情聴取である。何が起きたのかを説明しなければいけない。「別の日でもいい」とのことだったが、早めに済ませておきたかった。事実、それほど長い時間はかからなかった。

事情聴取後に香織が警察署の玄関口に向かうと、そこに大谷が待っていた。

「どうも」

「あ、はい」

「実は、伏見刑事から大事なお話があるそうなのですが……ケガの具合はいかがですか」

「大丈夫です」

伏見と合流するために、香織と大谷はタクシーに乗った。移動中の車内、二人の間に流れる空気は粘着質で重く、体にまとわりつくようだった。二人とも言葉は少なく、内容のある会話はほとんど交わされなかった。

タクシーが北署に到着すると、伏見がすぐにやってきた。もしかして暇なのか、とこちらが心配になるほどの軽快さだ。香織たちは前回と同じ小会議室に案内される。ドアを閉めるなり、伏見はいきなり本題を切り出した。

スーパーインポーズ法による照合の結果だ。

「やはり……父だったんですね。桧山幸徳は」

「そういうことです。こちらも、半信半疑でとりかかって申し訳なかった」と言って、伏見は軽く頭を下げた。それを見て香織は「いえ、そんな」と恐縮する。

「結論からいえば」と伏見。「警察発表は間違っている。写真の古さから判断しても、正しいのは平田香織さんのほうだ。桧山幸徳とは偽装の経歴にすぎない。銀行強盗として射殺されたのは森永信三だった。問題は、それが警察組織が意図してやったことなのか。ありえないミスが起きてしまったのか。それとも、何かを隠蔽《いんぺい》するためにまた別種の力が働いたのか……」

「あの、すみません」と香織は口を開く。「私から、大谷さんに質問なのですが」

「……はい」

「私の父を殺した、とは……？」

「そのままの意味です」

「完全に警察の内規に反することでしてね。これは」伏見が苦い顔をして言った。「犯人を誰が撃ったか、銃対の狙撃手《そげきしゅ》が誰かなんてのは極秘で、それを民間人に漏らすなんて本来ならありえない。――とはいえ、私も規則に関しては人のことをとやかく言えない」

「内規を破ってでも、あなたに直接謝りたかった。取り返しのつかないことをした。一生かけて償いたいと思います」

そう言って深々と頭を下げた大谷は、瞼《まぶた》を固く閉じ、眉間《みけん》に彫刻刀で刻んだような深いしわを寄せ、握り拳《こぶし》の爪《つめ》を皮膚に食い込ませていた。それは痛々しいほどの真摯《しんし》さだ。香織は何も言えなくなってしまった。事実、母に暴力ばかり振るっていた父のことなど、どこかで野垂れ死にしていようとどうでもいいと考えていたのだ。父を失った香織よりも、人の命を奪う狙撃手である大谷のほうが他人の命に敬意を払っているとは、皮肉な話だった。

あなたが狙撃したのは、私の父とはいえ正真正銘のろくでなしでした。しかも銀行強盗で人を殺《あや》めたというのなら、射殺されるほかなかったと思います。別に、それほど気にすることはありませんよ――そう言ってしまうのは、人の娘の常識として憚《はばか》られた。

それにしても、謝る姿が美しい人だ、と香織は思った。大谷には一切のいいわけがない。この人は、本当に自分が悪いと思っているのだ。普段クレーム対応で怒鳴られることが多い香織だからこそ、余計にそう感じたのかもしれない。

香織は何も言えず、大谷は頭を下げたまま微動だにしない。気まずい静寂を軽い口調で打ち破ったのは、伏見だった。

「同一人物らしい、と一応、報告してみたんですよ」

事件の話が始まってしまったので、大谷もためらいがちに頭をあげる。

伏見は続けて言う。「しかし、無視されました」

「無視？」香織は思わず目を丸くした。

「ネタが上までいった形跡はあるんですよ。でも、それだけ。私自身の問題なのかもしれませんが、とにかくなんの反応もなかった」

「……現実離れしてきましたね」と大谷。

「今起きていることが現実ですよ」と伏見。

「結局、どういうことなんでしょうか？」と香織。

伏見が首を傾《かし》げて、

「自分にだってよくわかりませんよ。ミスの隠蔽か、大規模な偽装か。とにかく、鍵《かぎ》を握っているのはあなたのお父様だ。何か、心当たりはありませんか？　普通の人間にはありえないような交友関係があったとか……」

「すみません、なにしろ音信不通だったので……」

伏見が、デスク上に写真を並べた。香織が預けた、父母が写っている北高来郡芽路鹿村の写真。父母が熊本に出てきてからのものも数枚。警察が発表した銀行強盗犯たちの写真。伏見は特に深い意味はなくやったのかもしれないが、香織はそれらの写真に違和感を覚えた。

――何かがおかしい。

香織は写真を手元に引き寄せて、改めて目を凝らす。

「どうしました？」

「いえ、何か変な感じが……」

父母の記念写真。故郷の村。恐らく、祭りか何かのときに撮ったもの。背景に写っている通りすがりの芽路鹿村の人々も浴衣を着ている。

「この写真。何か大事なことを見落としているような気がするんです……」

違和感の正体をつきとめるため、丹念に見比べる。そんな香織を、二人の警察官が固唾《かたず》をのんで見守っている。

「――あ」

気づいた。

「村の人間です」

「はい？」

「この写真は芽路鹿という村で撮ったものなんですが……」

伏見が怪訝《けげん》そうに目を細めて、

「それが、何か？」

「この、父母が浴衣姿で写ってる村祭りの写真。背景に、他の村民も確認できますよね」

「はい」

「もう一人の犯人がいます。自殺したほうの」

「――え？」

伏見と大谷が身を乗り出して、香織が指さした写真を覗《のぞ》きこんだ。二人の武装銀行強盗、桧山幸徳――森永信三――と渡辺光男。確かに、芽路鹿村の写真の背景に、通りがかりの渡辺が写りこんでいる。二人は同じ村の出身だったのだ。

「こりゃ驚いた……」伏見がうめくように言う。「これも、コンピュータにかけて画像を解析してみましょう。たぶん、渡辺だ」

「芽路鹿村、とは？」大谷は心なしか声を小さくしていた。

「父母の出身地で、長崎県にあります。北高来郡芽路鹿村、隣村と合併して、事実上の廃村。現在は地図から消えています」

「人口は？」と大谷。

「私は生まれも育ちも熊本で、芽路鹿村には一度も行ったことがなくて……正確な数字はわからないのですが……全部で三〇〇人くらいだったと聞いています。廃村のころはもっと減っていたかも」

「何かが起きている。あるいは、起きた」そう言って、曇った表情の伏見はため息をついた。「地図から消えた、最大で人口三〇〇人の村から二人も武装強盗が出た。これは、偶然と考えてはいけませんね」

「ええと、私の父は狙撃で倒れて……」ついうっかりそう口にして、慌てて香織は大谷の様子をうかがった。香織の言葉に気分を害した気配はなく、むしろ相変わらず申し訳なさそうに眉間にしわを刻んでいる。香織は続ける。「こっちの渡辺光男は、自殺したほうの犯人ですよね」

「……まだ死んでませんよ」と伏見。

香織と大谷は「なッ」と同時に驚きの声を漏らした。

「これも重大な内規違反ですね」と伏見は苦い顔をする。「絶対に民間人や機動隊に漏らしちゃいけない話なんだけど、この状況じゃ黙っておくわけにもいかないでしょう。たぶん私たちは厄介な事態にうっかり気づいてしまった、運命共同体だ」

「どういうことなんですか？」

大谷が険しい顔で話の先を促した。

「この一件は保秘（警察内部にも極秘）として進んでましてね。犯人グループは武装が充実していたうえに、動機も不可解だ。県警捜査一課はもちろん、なぜか公安部までしゃしゃり出てきて『背後関係の調査が終わるまで、渡辺光男の容態に関しては伏せておく』ということになった。現在、彼は大学の附属病院に入院中です。手術は成功し一命はとりとめたが、まだ意識は回復していない。厳重な監視がついてる」

2

事件の捜査は遅々として進んでいないように見える。新聞とテレビのニュースでは何もわからない。銀行強盗として射殺された香織の父——森永信三と、渡辺光男。しかし伏見によると、本当は渡辺のほうは生きていて、意識不明の重体ながら病院で治療中だという。香織は、かつての恋人——今となっては、どこがよかったのかさっぱりわからない——高垣を告訴することになった。すでに警察に逮捕されている高垣を裁判所に訴えて、刑事裁判にしてもらう。告訴は、口頭でもできる。香織は熊本北署でその手続きを行った。司法警察員か検察官の前で直接意思表示を行い、告訴調書を作成してもらう。あとはお任せ……というわけにはいかず、香織も公判を維持するための証拠の整理をしなければいけない。具体的には、高垣から受けた暴力に関する病院の診断書などだ。上手《うま》くいけば、高垣はかなりの重罪になる。重罪といっても、いつかは出てくる。香織はいつも気が重い。

大谷と香織。そして伏見の三人は、また集まった。現場のプロである伏見が森永信三や渡辺について調べて、他の二人に報告するという形だ。

二階に雀荘《ジャンそう》がある、寂れた雑居ビルの一階に入った喫茶店。初老のマスターと、やる気のないフィリピーナの店員。有線ラジオ放送と苦すぎるまずいコーヒー。パサパサの紙のようなサンドイッチが出てくる。壁に、フレディ・マーキュリーのポスターがはってあるのが、香織は妙に引っかかった。そのポスターを見ていると、耳の中で勝手に『ボヘミアン・ラプソディ』が再生されるような気がする。ママ、人を殺しちゃったよ。

「で……」伏見が言う。「北高来郡芽路鹿村のことを調べ始めたんですよ。平田さんのご両親の出身地。つまり、今回の強盗犯二人の出身地でもある。九年前に隣村と合併し、事実上の廃村となって、地図から消えました」ここで一度、伏見は言葉を切った。数秒の間。そして再開。「……村が消えた。そこまではいいでしょう。問題は、一緒に村人も消えたことです」

「村人が消えた？」香織は思わず確認するように言った。「全員？」

伏見はうなずき、

「ええ、全員」

「ありえませんよね、それは」と大谷。

「もちろん、ありえません。引っ越しても記録が消えることはない」

伏見は続ける。

「芽路鹿村の村民は、全員転出届・転入届を出していました。記録によれば、廃村時村の人口は一〇三人……九州全体に散らばっているような感じで。それなりに手間はかかりましたが、何人かに狙《ねら》いを定めて追いかけてみました。住民票の交付申請、そして印鑑登録の申請。手掛かりはあちこちに残っているもんです。こっちは人探しに関してはプロですからね」

「見つかりましたか？　誰か」と香織。

「いいえ……」伏見は首の骨が錆《さ》びたかのように重々しくかぶりを振った。「引っ越し先の住所に直接足を運んだりもしましたが、無関係な人間が住んでいたり、空き家だったり……空振りばかりでしたね。まだ、すべての住所にあたったわけじゃないですが、この調子だとあまりいい結果は出なさそうです」

これは、どういうことなのか。香織にはわけがわからない。両親の出身地。それが廃村となって、住民たちが消えた。

「この国で人間が姿を消すのには、方法は二つしかありません。死体を残さないように死ぬか、失踪《しっそう》するかです」伏見は教師風の口調で言った。「失踪、というのが難しい。ようするに役所になんの届け出も出さずに引っ越しをすればいい。ただし、その場合、次の住居を借りるのは難しくなる。まともな物件に関しては、住民票がなければ賃貸も売買も不可能です。健康保険も運転免許の更新も不可能。パスポートも取得できない。あとはもう、その日暮らししかできなくなる。行きつく場所は、タコ部屋の肉体労働か違法漁船か……。村人全員が一斉にそれを選択するという状況は、あまりにもリアリティがない」

「タコ部屋に漁船？　ちょっと古くないですか？」

どうでもいいことかもしれないが、気になったので香織は訊《たず》ねた。

「今でもありますよ。形は多少変わってますが」と伏見。

「……会えませんかね。生き残りの犯人に」

大谷が、扉を押し開くように言った。伏見は苦笑するしかない。

もう一人の犯人――渡辺光男。

大谷は続けて言う。

「……村人全員が行方不明。村を出た平田香織さんの母親はすでに故人。そしてなぜか、消えた村の消えた村人であるはずの二人が銀行強盗として姿を現した。これは、渡辺に会ってみなきゃ話が始まらんと思うんですがね」

「重体で意識不明ですよ」

「本当に意識不明なんですか？」

と、大谷は身を乗り出した。

「わかりました」伏見は笑ってごまかそうとする。「一応、交渉してみます。上と」


大谷が入っている独身寮内には、トレーニング用の簡単なジムがある。住んでいる場所にジムがあるのは幸福なことだ。体を鍛えるのは楽しい。機動隊員――特に狙撃手は、自分の体を常に完璧《かんぺき》に把握しておく必要がある。自分の体に何ができて、何ができないのか。「引き金にかけた人差し指に正確に一・五キロの力をかける」といった精密な作業を実行するには、神経の隅々まで意識を行き渡らせないといけない。自分自身の限界を知り、自分自身をコントロールするには、厳しいトレーニングしかない。

まずは入念にストレッチ。たっぷり二〇分はかける。筋をほぐし、関節を柔らかくすることでケガを未然に防ぐ。

寮のジムには、リュックサックが置いてある。中に、バーベル用の重いプレートを何枚も入れて背負い、トレーニングに使う。重くなったリュックサックはおよそ一五キロ。その状態で腕立て伏せを何十回も行い、傾斜のついたベンチを使って腹筋運動を行い、ジムに設置されたバーを使って懸垂を行う。

そして、ダンベル。ギリギリ一〇回持ち上げられるかどうか、という重さのものを選ぶ。ダンベルカール、そしてスイング。力を入れるときは常に息を吐きながら。全身から汗が滲《にじ》みだす。

さらにバーベルでベンチプレス、スクワット、ショルダープレス。専用のマシンを使ってレッグエクステンションとレッグカール。痺《しび》れたように指先が微《かす》かに震えだす。体中の筋肉が張り詰めて、大谷は心地よい限界を感じる。しかし、これで終わりではない。仕上げに、トレッドミルで走る。傾斜をつけて、限界まで速度を上げて、ダッシュ。心肺機能に悲鳴をあげさせるのが目的だ。そこまでやらなければスタミナがつかない。

すっかり疲れ果てて、共同の風呂《ふろ》でシャワーを浴びているうちに強烈な空腹に襲われた。

狙撃手は空腹を無視する訓練も受けるが、今はその成果を発揮するときではない。

大谷は、近所のスーパーでフランスパンとローストビーフ、紙パックの豆乳を買ってきた。ローストビーフは、グレイビー（ソース）とセットだった。寮の台所で、フランスパンを手ごろな大きさに切る。ビーフを挟むための切れ目も入れておく。

食事をトレイにのせて部屋に戻る。フランスパンにバターはつけない。オリーブオイル、バルサミコを四対一の割合で混ぜたものをつけて食べる。焼き立ての状態で売っていたパンが、大谷の口の中でパリパリと音を立てた。

フランスパンに、グレイビーをかけたローストビーフを挟んで食べる。ソースはスパイシーな味付けだった。喉《のど》を鳴らして豆乳を飲む。運動する人間なら誰もが言うことだが、トレーニング後の食事は格別に美味《うま》い。食べたものがやがて筋肉に変わるという確信が味を特別なものに変えるのだ。

食事を終えて、読みかけの文庫本を手にとったら電話がかかってきた。

『大谷さん？』

「伏見警部補」

『本当に、上と交渉したら、いけそうですよ』

「いける？」

『例の件ですよ。病院で寝てる男』

伏見はなぜか、渡辺光男という名前を口にしなかった。電話の向こうで、誰かが近くにいるのかもしれない。

『詳しい話は直接、で』

「わかりました」

『附属病院の前で直接待ち合わせましょう。一時間後に』

電話を切った。スパイ小説みたいになってきたな、と大谷は思った。

まだ生きている人間を、マスコミ向けには「死亡」と発表するのは、まったくありえない話ではない。もしも渡辺が完全に快復したら？　そのときは誰かがミスをしたことにして、あとから辻褄《つじつま》を合わせる。大谷は機動隊員だが、れっきとした警察組織の一員であり、それだけに日本の警察がどんな問題を抱えているかについては一般の人間よりも詳しい。違法な囮《おとり》捜査、非倫理的な潜入捜査、そして証拠の捏造《ねつぞう》——露見するのは関係者が何らかのヘマをしたときだけであり、仮に露見しても時間が解決してくれる。どんな警察の不祥事も、いっときニュースを騒がせるが、やがて誰も気にしなくなるものだ。たとえば菅生《すごう》事件のような大失態でも、ほんの数十年で風化し、改善もされない。

まあいい、と大谷は思考の方向性を切り替える。——伏見は、誰とどんな交渉をしたというのだろうか？　この件は完全な保秘で進んでいる。考えているうちに、大谷はある一つの推論に達した。電話をかけて情報を集める。

一時間後、市内にある大学の医学部附属病院の正面玄関前で大谷と伏見は落ち合った。病院を囲んでいる塀に寄り掛かって、大容量の携帯灰皿を片手にタバコを吸っていた。病院の中は当然禁煙なので、肺にたっぷりとタバコの煙をためておこうとしているように見える。

「いきましょうか、大谷さん」

そう言って微笑《ほほえ》み、伏見はすっかり短くなったタバコを携帯灰皿に押しこんだ。

「その前に」と、周囲にひとけがないことを確認してから大谷は言う。「ちょっと、話しておきたいことが」

「なんでしょう」

「北署に、伏見芳樹という警部補はいないそうです」

「ありゃりゃ」伏見は苦笑した。悪戯《いたずら》が見つかった子どものような、軽い表情だった。

「しかし、県警本部にはいました。警備一課だそうです」

「よく調べましたね」

「警察学校の同期をたどれば、たいていのことはわかりますよ」

「大谷さんのクラスはつぶぞろいだったと聞いてます」

「公安ですね？　伏見警部補は」

「これ以上隠す必要もなさそうだ。その通り。公安刑事です」

「警察庁の直轄部隊。地方での作戦を担当。『ウラ』の線だ」

「そういうことですね」

日本の公安警察を仕切っているのは、警察庁の警備局である。日本全国、各地の県警本部からその末端まで「ウラ」の直轄部隊を配置していて、警備企画課がその活動を統括している。かつては「サクラ」や「チヨダ」と呼ばれていた部隊だが、その名称はマスコミに知られるたびに変更されていく。現在どんな名称かは、警察官である大谷も知らない。通常の警察には許されていない、監視対象組織への獲得工作、浸透工作、非合法の特殊工作を行っているという。

「北署の刑事にしては、保秘案件に詳しすぎると思ったんです」

「自分も、いつかはバレると思っていましたよ。もっといいカバーがなければダメだ」

「どうして公安がこの件に首を突っ込んできたんですか？」

「これはおかしな事件でしてね……わからないことが多すぎるうえに、犯人たちが持っていた銃器がどうも嫌な感じでして……」

「銃……ですか？」

「銀行強盗が使った銃、中国製で、北朝鮮経由で密輸されたものだった」

「…………」

「ほら、厄介な感じがするでしょう？　そこで公安が預かった。外事も動いてますよ」

「……納得しました」

北朝鮮経由の密輸銃。確かに、通常の警察の手には負えなそうな代物だ。公安はこの事件の真相について、様々な可能性を検討したことだろう。密輸組織の内輪もめ、政治的なテロリズムの不発、工作員のスーサイド・バイ・コップ——だからこそ保秘案件となった。

しかし、と大谷は別の可能性を思いつく。公安警察にそう思わせたい誰かのカモフラージュだとしたらどうだろう？　保秘としたことは完全な裏目であり、黒幕（いるとすれば）の思惑通りということになってしまう。

「犯人二人の身元は、どうやって確認したんですか？」と大谷。

「免許証持ってたんですよ。財布も」と伏見。「それで、桧山幸徳と渡辺光男だと判明した。身元を隠すつもりはなかったのか、それともなんとなく持ち歩いていたのか……。とにかく、その免許証の住所で住民票も確認できた」

「ところが」

「そう、まさに『ところが』ですよ」伏見は、思考を回転させる合図のように自分の頰《ほお》を指でかいた。「――『ちょっとでもこの件に関係ありそうな話は、全部私に持ってこい』と言っておいたんですよ。そうしたら、平田香織さんがやってきた。こっちが確認した住民票も住居も、すべて『敵』に用意されたものであるという可能性が出てきた」

「どうして自分を巻き込んだんですか？」

「前にも言ったじゃないですか。『あなたは、現場で一部始終を見ていた』」

「それだけですか？」

「大事なのは、観察です。そして、その結果としての違和感です」

「捜査本部がシメに入った、っていう話は？」

「本当です。こっちは裏でやるしかない」

「渡辺は、正直なところどんな感じですか？　こめかみに銃口をあてて引き金を絞った」

「これが運のいい男でね。弾丸が頭蓋骨《ずがいこつ》に沿って半周し、滑るように貫通したんです。脳を傷つけることはなかった」

頭蓋骨が天然のヘルメットして働く。話だけは大谷も耳にしたことがある。一番その可能性が高いのは二二口径の拳銃弾《けんじゅうだん》だが、ライフル弾でも（宝くじの一等に当選するような確率だが）ごくたまにそんな現象が起きる。

伏見は続ける。

「意識はあります。でも、黙秘を貫いている。何を訊ねても反応なし。重傷なのは重傷なので、場所を移したり、あまりきつい尋問もできない」

「でも、こっちには新たな手札がある——芽路鹿村、森永信三」

「そうです。このことは、まだ私たちしか知らない。森永信三の名前を出し、平田香織さんの写真を渡辺に見せれば……渡辺の黙秘を崩す切っ掛けになるかもしれない」

「平田さんの写真を使うんですか？」

「反対のようですね」

「だって、民間人ですよ」

「本当は、ここに来てほしかったくらいですよ。渡辺と直接向かい合えば、何かが起きる可能性もある」

「何か、とは？」

「化学反応ですよ。理科の実験みたいなもんだ」

伏見はもう一本タバコを取り出そうとして、途中でやめた。

「今回の事件、解決の鍵を握っているのは平田香織さんだ。事実、彼女がいなければ私たちはなんの糸口もつかめていなかった」


大谷と伏見は附属病院の中に入っていった。受付に、伏見が警察手帳を見せるだけで話が通った。渡辺が入院しているのは西病棟の一一階。特別室だという。西病棟で、エレベーターを使う。一一階の休憩所に二人、廊下に二人。そして特別室の前に一人。周囲に溶け込もうとするカメレオンみたいに、私服の刑事がさりげなく監視の目を光らせていた。いくらさりげなくても、同業者の目から見ればなんとなく雰囲気でわかる。かなり厳重な警備だ。伏見が公安なら、今ここにいる刑事たちも公安だろう。みな、覚えにくい、特徴のない顔をしている。

「例の狙撃手です」伏見が、ドアの前にいる刑事に話しかけた。「ちょっと話をするだけなんで」

「………」

その刑事は無言のまま、軽くうなずく。

大谷と伏見はその個室に足を踏み入れた。室内にも刑事が一人いる。そして、中央のベッドで一人の男が眠っている。

ドアを開閉した際に、風が起きた。透明な精霊に撫《な》でられるような風だった。見えない手が、カーテンをふわりと舞いあげた、次の瞬間。ビシッ、と窓ガラスに弾痕《だんこん》が生じて、目の前で人が撃たれた。

渡辺光男――。ベッドで横になっていた彼の頭部が、弾《はじ》け散った。怪力の男が巨大なおろし金具でこすりつけたように、渡辺の顔の上半分が「ざッ」と消失したのだ。天井や壁にまで血と脳漿《のうしょう》が広がった。上半分といっても、正確には右目は残っていた。生気を失った眼球が斜め上を見ていた。着弾の衝撃で押し出されたのか、鼻の穴と口から血が流れ出る。

3

大谷と伏見、そして部屋にいた私服の刑事は慌てて伏せた。銃声が聞こえなかった。――ということは、サプレッサーつきの銃だ！　看護師だけが棒立ちだ。二発目と三発目が渡辺の胸に着弾した。血飛沫《ちしぶき》があがり、大きな穴が二つ開いて、折れた骨が動物の牙のように露出した。

大谷は「狙撃される側」の恐怖を初めて知った。

――こんなふうに、撃たれて死ぬのか。

唐突で、理不尽で、まるで稲妻だ。なまじ知識がある分、大谷は相手の狙撃手のことを神か悪魔のように恐ろしく感じた。全知全能、超自然的な存在を敵に回してしまったのではないか――優れた狙撃には、そんな原始的な恐怖を想起させる力があった。

看護師が悲鳴をあげた。それを聞きつけて、私服の刑事たちが飛びこんできた。彼らは、無謀にも窓際に駆け寄った。大谷は思わず身構えてしまった。ふたたび血飛沫があがって人が倒れる姿が目に浮かんだ。しかし、何秒か経《た》っても狙撃はない。——ということは。狙撃手はもう逃亡中なのだ。

大谷は立ち上がって、まず死体を見て、それから窓に生じた弾痕に視線を移した。角度を素早く計算する。それから窓に近寄って（公安の刑事に睨《にら》みつけられたが、気にしていられない）射線の根元を追いかける。

「あのホテルだ」

二七階建てのビジネスホテル。角度はぴったり。大谷は、俺が撃つとしても絶対にあそこから狙う、と胸に確信を抱く。

「確かか？」と伏見。

大谷は力をこめてうなずき、

「ガラスの弾痕と被害者の位置からして、間違いない」

ついさっき休憩所にいた公安刑事の一人が携帯電話を取り出し、

「緊急配備《キンパイ》だ。手持ちの兵隊は全部動かせ」

指示を飛ばした。彼が指揮官格らしかった。

「まずいな、疑われるな、こりゃ」伏見が苦い顔で言った。

「はい？」と、その言葉の意味を投げ縄で手繰り寄せるように大谷。

「私たちが入ってきた途端撃たれた。痛くもない腹を探られますよ。すみません、大谷さん」

その言葉通りの展開となった。

――狙撃事件から、数時間後。

公安の刑事に囲まれた大谷は、病院から県警本部の会議室に連れて行かれた。伏見も玄関までは一緒だったが、途中で別れた。また別の部屋で事情聴取を受けるのだ。大谷はスチールの椅子《いす》に押しつけられて、仕方なくおとなしく座った。四人の公安刑事が大谷を完全に包囲して高圧的に質問を浴びせてくる。

「大谷浩二巡査部長。熊本県警機動隊、銃器対策部隊」

刑事の一人が、教科書を読むような口調で言った。

「捜査担当ではない君が、なぜあのような場所に現れた？」

「あのような場所、とは？」

「質問に質問を返すな」

「K大学医学部附属病院、西病棟の特別室のことだ」

大谷は答える。「そちらの伏見警部補と話し合ったうえでの行動です。例の銀行強盗事件で、俺は犯人を射殺しました。その犯人について、現在発表されている以上のことを知りたいと思うのはそれほど不自然なこととは思えませんが」

「コトはそう単純じゃないんだよ」

「狙撃手が訪問した日に狙撃が行われた。これは偶然かな？」

「偶然です」大谷は断言した。「仮に俺たちが敵に通じていたとしたら、もっと別な方法をとったはずです」

「今、君が口にした『敵』とはどういう意味だね？」

「桧山幸徳と渡辺光男。二人に武器を渡し、今回の狙撃を実行した連中のことです」

「君たちは上司に相談もせずに独自の捜査を行っていた」

「捜査ではなく、確認作業のようなものです」大谷は念を押してもう一度言う。「確認作業」

「本当にただそれだけの理由かどうか、こっちは調べないといけない」

「いくらでも調べればいいと思いますが。本当に何もありませんよ」

「この会話は録音されている。あとで引っくり返すとためにならない」

「ご心配なく。嘘《うそ》偽りは一切ないので」

「大谷浩二巡査部長。熊本県警機動隊、銃器対策部隊」

刑事の一人が、もう一度大谷の名前を言った。そして、

「捜査担当ではない君が、なぜあのような場所に現れた？」

最初と同じ質問を繰り返した。繰り返しに気づいた瞬間、大谷の神経は摩耗した。シンプルだが効果的な尋問技術。噂《うわさ》には聞いていたが、実際に体験するのは当然初めてのこと

だった。ビデオを巻き戻して、何度も同じシーンを見せるように――。もしも尋問されている人間が嘘をついているのであれば、疲れてくると同じ質問に違う答えを返すようになる。刑事たちはそこをついて相手から自白を引き出していく。

効果的な尋問ではあったが、大谷には無意味だった。伏見が「痛くもない腹を探られる」と言っていたがまさにその通りで、やましいことは何もないのだ。ただ、公安刑事たちの尋問のしつこさに疲れ果てただけだった。頭がおかしくなりそうだったが、それでも大谷は矛盾した答えを口にすることなく、終始一貫した態度をとり続けた。

「しばらく、この部屋で待っていろ」

ようやく、大谷が裏切り者ではないと認めてくれたらしい。理屈で考えたらすぐにわかりそうなものなのに、向こうにも何か事情や手続きがあるのかもしれない。公安刑事たちは次々と会議室から出ていって、結局大谷一人だけになった。拘束はされていないが、ドアには外から鍵がかけられた。

「なんだかな……」大谷はため息をついて、立ち上がった。長い時間座っていたので、胸を反らしたり背筋を伸ばしたりすると快感だった。ラジオ体操のように軽く体を動かして、体にたまっていた疲労を散らした。これで、コーヒーとサンドイッチでもあればもっと気分が良くなったのだが、この会議室に飲食物のたぐいは見当たらなかった。――そんなことを考えていたら、猛烈にコーヒーが飲みたくなってきて困る。

会議室の時計を見て、すっかり夜になっていることを知った。窓がなかったので、時間感覚が少し狂っていた。針は午後八時を回ったところだ。どうりで、腹が減っているわけだ。狙撃手として訓練された大谷は、空腹はある程度意志力でごまかすことができる。飲まず食わず眠らずで長時間行動するのは狙撃手にとって重要な技能の一つだ。――とはいえ、公安刑事たちがいつ帰ってくるかは不明であり、この会議室が耐えがたい退屈で満たされているのは否定できなかった。

「せめて、文庫本の一冊でも置いていってくれればな……」

と、大谷は愚痴る。他に何もすることがないときは、どんな分厚くて難解な本でも楽しいものだ。そういえば、独身寮の自分の部屋に読みかけのマリオ・バルガス・リョサがある。

ここで大谷は、しつこく尋問を繰り返してきた公安の刑事たちに感謝した。高圧的な公安の刑事たちに言葉でいたぶられているうちに、目の前で重要人物を暗殺されたショックから完全に立ち直っている。公安の刑事たちは「大谷の精神衛生」のために尋問していたわけではないだろうが、結果的には乱暴なカウンセリングのように役に立った。

たとえばアメリカ軍では、極端に悲惨な戦場を経験したり、戦友を大量に失った兵士に対して、休みを与えるのではなくあえて簡単な任務につかせるのだという。簡単だが、肉体や神経が疲労し、やたらと時間をくう任務が一番いいそうだ。別のことをしているうちに、混乱も悲しみも落ち着いていく。大谷は警察官であり兵士ではないが、わかる気がする。

今の大谷には、あの現場——医学部附属病院の一一階特別室を狙った狙撃——を冷静に整理することができる。

暗殺されたのは、渡辺光男。自殺未遂の銀行強盗。公安は彼を「死んだこと」にして保護し、入院させ監視下に置いた。しかし、その情報は漏れていたわけだ。その結果、渡辺は三発のライフル弾をくらって死んだ。公安の刑事たちは、裏切り者を見つけなければいけない。警察内部の人間か、それとも病院の関係者か。

ライフルのことを考える——あの威力、速射性。口径は七・六二ミリ以上。ボルトアクションではなくセミオートの狙撃銃。正確に測距したわけではないが、あのビル（ビジネスホテル）は四〇〇メートル以上離れているだろう。セミオートの狙撃銃で、四〇〇メートル以上離れた標的に三発撃って三発当てる？　しかも、病室のカーテンが風で舞い上がった一瞬のチャンスを見逃さずに？　精鋭、腕利き、凄腕《すごうで》、達人——もしもこれが競技会での射撃であったなら、いくらでも賞賛の言葉を贈りたいところだ。

狙撃犯は正真正銘のプロフェッショナル——さて、何者だ？　誰が（あるいはどんな組織が）渡辺光男を消さねばならなかったのか。渡辺は重大な何かを知っていた？　重大な何か——恐らく、大きな力を持った何者かにとって都合の悪い情報だ。

映画や漫画と違って、現実の世界で「暴力団やマフィアに雇われた殺し屋が長距離狙撃」することはほとんどない。狙撃手の育成には時間と広大な射撃場、プロのガンスミスの手による狙撃システムが必須なのだ（ごく少ない例外として、優れた狩人《かりうど》——熊や狼《おおかみ》を執拗《しつよう》に追いかけるタイプ――がそのまま狙撃手として通用することはあるが）。民間の犯罪者には時間もないし、教官もいない。五〇〇メートル級の狙撃を練習するための場所も容易に見つけることはできない。世の中に存在する狙撃手の九九パーセントは、軍隊か警察で訓練を受けた者なのだ。

日本の場合、狙撃手は自衛隊か警察官だろう。自衛隊では、米軍を参考に多数の狙撃兵が育成されている。警視庁のＳＡＴやＳＩＴは立派な特殊部隊だ。今では地方の県警にもＳＡＴを参考にして作られた特殊部隊があり、大谷が所属する銃器対策部隊もそれに近い。そして警察の狙撃手は、より実戦的な技術を身につけるために自衛隊の狙撃チームと共同訓練を行うこともある。

大谷は自問する――自衛隊か警察の狙撃手が、渡辺光男を殺した可能性はあるだろうか？

ない、とは言い切れない。しかし、はっきりとした証拠があるわけでもない。大谷はずっと公安の刑事たちから長時間の尋問と事情聴取を受けただけであり、手元にある情報が少なすぎる。

結局、問題は渡辺が抱えていた秘密、情報の内容次第ということになる。

乾いたノックの音がした。解錠されてドアが開いて、部屋に入ってきたのは疲れ切った表情の伏見だった。

「どうも、大谷さん。同僚が迷惑かけました」

「警部補も絞られた様子ですね。頬がげっそりしてますよ」

「それはお互い様だ。とにかく、一応は話がつきましたよ。いきましょうか」

「話がついた？」

「遊撃です。許可が出た」

「つまり？」

「しばらく、好きなように動いていい、と」

「伏見警部補は、公安の重要人物なんですか？」

「まさか」伏見は自嘲《じちょう》した。「……本隊の捜査がね、完全に行き詰まってるらしいんですよ。溺《おぼ》れる者はわらをもつかむ、っていうじゃないですか。で、この場合は私たちが『わら』です。期待するほどではないが、何か些《さ》細《さい》な手掛かりでも発見できたらもうけもの、くらいの」

「ははあ」わからなくはない。極秘を旨とする公安の捜査は不自由そうに見える。そして公安の幹部はその不自由さを自覚している。思い切った手をうたないと状況が膠着《こうちゃく》してしまうと理解している。

「どこか、静かな場所で話したいですね」

「腹が減ってるんですよ」大谷はうめいた。「喉もカラカラです」

県警本部を出て、渇ききった喉で大谷と伏見はビールを飲んだ。

熊本市中心部の繁華街、下通にあるビールバーだ。ステラ・アルトワというベルギーのビールを注文した。喉が破裂しそうになるほどのキレだった。最高のビールだ。さっきから大谷は公安の刑事たちに感謝することばかりだ。伏見が「お詫《わ》びにおごる」と言ったので、思い切って料理も値段を気にせずに注文した。イベリコ豚がたっぷり入ったサラダ、白ワインで蒸した新鮮なムール貝、骨つきの鶏《とり》もも肉、ビールで煮込んだ牛の頬肉、アンチョビトマトソースのピザ。ピザには適量のタバスコをかける。空腹の効果もあって、どれも美味《うま》い。ビールのおかわり。食事が一段落したところで、事件の話を始める。

「どう思います？」

「狙撃のことですか」

「それです」

「プロの仕事です。ぱっと見た感じ、四〇〇メートル以上距離があった。それをセミオートのライフルで三発も標的に当てるんなら、凄腕と言っていいでしょう」

「大谷さんよりもうわて？」

「……わかりません。何を狙撃手の評価の基準とするのか、それ次第というところも」

さらにビールのおかわり。

「基準ですか。それに関して、詳しく聞かせてもらえませんか？」と伏見。

「たとえば軍隊の狙撃兵なら、長時間の潜伏能力、敵地での長距離移動能力も評価対象となります。しかし……」大谷は言う。「警察の狙撃手の場合、サバイバル能力はそれほど重視されない。軍隊よりも初弾の命中率が評価される。それが評価基準の違いです」

「なるほど、わかりやすい」

もう一度おかわり。

大谷は訊ねる。「狙撃犯に関する、公安の捜査は？」

「狙撃地点は、病院からおよそ四三〇メートル離れたビジネスホテルの屋上でした。そこで、燃やされた狙撃銃が回収された。中国製の、79式狙撃歩槍《ほそう》というモデルらしい」

「もしかして……ドラグノフのコピーですか」

「さすがに詳しいですね」

「相手はセミオート連射してましたから」

「そういうものですかね。自分は、銃はあまり詳しくないんですよ。——公安本隊は、銃が中国製ってことを重視しています」

「それは違う」大谷は、興奮して自分の声が大きくなり過ぎないように気をつけた。「中国製ドラグノフコピーに、中国製の弾薬を装填《そうてん》しても、精密な狙撃はできませんよ。弾薬は、ハンドロードのものを使ったはずだ。銃も、カスタムしてあったに違いない」

「銃種は特定できても、なにしろ燃やされてますからね……細かいところまで答えを出すのにはまだまだ時間がかかりそうです」

「……これから、我々はどうするんですか？」

「向こうの希望通り、遊撃しますよ。本隊の手が回らない場所を、補う」

「具体的には？」

「平田香織さんの力も借りましょう」

伏見の言葉に、大谷はビールのグラスを持ち上げようとしたところで動きを止めた。

「……どうしてここで彼女の名前が？」

伏見は意味ありげに笑う。

「もちろん、理由があります」

4

息があがってきた。心臓に、いい具合に負担がかかっているのがわかる。香織はトレーニングウェア姿で、トレッドミル上で走っている。ベルトコンベアが接地のたびに軋《きし》む。テレビではレンタルしてきたDVDの映像が流れている。友人関係の男たちが浮気のために借りた部屋で死体が発見されるサスペンス映画だ。刺激的なオープニングだったが、あまり内容が頭に入ってこない。確かに、今は映画という気分ではないのかもしれない。

「…………」

すべての始まりは、二人の銀行強盗だった。そのうちの一人を熊本県警機動隊、銃器対策部隊の狙撃手、大谷浩二巡査部長が射殺した。持っていた免許証と住民票から、大谷が殺したのは桧山幸徳だと判明。しかし、これが実は「父の森永信三だ」と香織が気づいたところから、話が妙な方向に転がり始めた。

もう一人の銀行強盗、渡辺光男は自分の頭を撃った。しかしこれは自殺未遂にしかならず、実際は普通の警察ではなく公安部に保護され、病院の特別室に秘匿されていた。

森永信三と渡辺光男の出身地は長崎県、北高来郡芽路鹿村だ。合併、事実上の廃村となり、地図から消えた村。芽路鹿村の村民は、全員転出届・転入届を出していた。廃村時村の人口は一〇三人。その住民票は九州全体に散らばっている。

八キロ走って、DVDを止めて一休みしていたら、香織の携帯電話がメールを受信した。伏見からで、文面はこうだった。今から一時間後にどこかで会えませんか、と。香織はすぐに返信した。自宅から五分ほど歩いたところに、一階にカフェがあるホテルがあるので、そこでいかがですか、と。送信。すぐに再び伏見から受信。それでOKです。

「よし」

伏見が来るということは、大谷も一緒かもしれない。香織はシャワーを浴びて汗を流し、丁寧に化粧をした。

そしてきっかり一時間後。やはり、大谷も一緒だった。ちょうど昼食の時間帯だった。

「……殺されちゃったんですか？」

ホテルのカフェでテーブルを囲んで、渡辺光男のことを訊ねた香織は、伏見から事件のことを聞いて目を白黒させた。

「秘密ですよ」と伏見。

「誰にも話せませんよ、こんなこと……頭のおかしい女だと思われます」

「平田さんはきちんとしているから、そういう風には見られませんよ」

大谷が大真面目《おおまじめ》な口調で言った。彼の態度に、香織ははにかむ。

「……とにかく、二人とも無事でよかったです」

「それは、まあ。自分にも伏見警部補にもケガはなく……」

「よかった……」

香織の唇に微笑が揺らめいた。その笑顔に、今度は大谷がはにかむ番だった。思えば、狙撃のことを知って、大谷たちの身を案じたのは彼女が最初ではなかったか。

「事件の捜査はどんな感じでしょうか？」

香織の問いに、

「あれから三日が過ぎました……」伏見が答える。「暗殺があって一〇分後には、主要交通機関への緊急配備が完了。現場周辺の宿泊施設への聞きこみ調査も行われて、しかし、すべてが空振りだった。狙撃が行われたビジネスホテルの屋上からは、燃やされたライフルが発見された。中国製の79式狙撃歩槍、という。銃の知識がある人にはどうやら、『ドラグノフのコピー』でピンとくるらしい」

香織はピンとこなかった。

伏見は続けて言う。「ライフルは燃やされて現場に残されましたが、空薬莢《からやっきょう》は一個も発見されませんでした。これはどうも、暗殺者としてはかなり『プロっぽい』行動らしい。

まだ断言することはできませんがね」

「すみません」自信がなかったので、香織は確認した。「空薬莢って、弾丸を撃ったあとに銃から出てくる、ちっちゃなケースみたいなやつですよね？」

「それで合ってます」と大谷。「犯人が弾薬をハンドロード……手作りしていたのだとすれば、空薬莢は現場に残したくなかったでしょう」

「手作り……ですか？」

「ライフル弾の、作製工程に関する種別は大きく三つです。普通の大量生産弾薬、競技用弾薬マッチグレード、そして手作りハンドロードです。プロの狙撃手なら、銃に合わせて弾薬を作製します」

「じゃあ、今回の犯人は大谷さんみたいなプロなんですか？」

「俺と同じか、それ以上です」

香織は、運動のあとなのでグレープフルーツのジュースを飲んでいる。その成分が筋肉の疲労を和らげるらしい。フィットネスの雑誌でそんな記事を読んだことがある。大谷はミネラルウォーター、伏見はジンジャーエール。そして今、注文していたパスタやカレーが届いた。

「ここまで来てもらったのは他でもありません。平田さん」伏見が本題を切り出した。「事件の捜査に、協力していただけませんか？」

「その、協力したいのはやまやまですが……」香織は目を丸くする。「私には、できることが何もありません」

「あなたにしかできないことがある」と大谷。

「私に……？」

「ある場所を調べます。一緒にきてほしい」と伏見。

「それは？」

「警察は、桧山幸徳と渡辺光男の住居を捜査しました」

そう言って、伏見はビーフカレーを一口だけ食べて、ジンジャーエールを飲んだ。その言葉に引っかかる香織。

「でも、桧山幸徳は私の父の森永信三で……」

「そう。だから警察が捜査したのは恐らく『おとり』。ミスリードに引っかかった。そこで私たちは『桧山幸徳』じゃなくて、『森永信三』の家を探すんです」

「もしかして……見つけたんですか⁉」

「まだです。でも、どうにかなる。犯人が免許証を持ってたから、警察は地取り捜査を怠った」

「地取り捜査ってなんでしょうか？」

「まあ、ようするに聞きこみですね」伏見はライスとカレーを下品に見えない程度にかき混ぜる。

「犯罪現場周辺で情報を集める。顔写真を使って、目撃者をたどって、っていう……昔ながらの方法でね。地道にやってますよ。ぼちぼち情報も集まってきてる。公安本隊の路線は、もう結構危ない。近道を見つけて、それに飛びこんだら、やっぱり間違った道だった。間違った連中は、そのことに気づいてさえいない」

「それで、私は……」

「最初に言ったじゃないですか。『ある場所を調べます。一緒にきてほしい』と」

「つまり、森永信三の家、ですね」

「はい。肉親であるあなただけが気づく何かがあるかも。事実、あなたがいなければ事件はもう間違った形で決着していた」

「……でも」

「心配なのはわかります」と伏見。

「正直言えば、自分は反対なんですよ」と、大谷は腕を組む。「民間人は巻き込むべきじゃない」

「………」

大谷は続ける。「しかし、これはあなたにとって個人的な問題でもある。父と娘の話だ。確かにあなたは警察関係者ではない――が、部外者でもない。あなたにしかわからない『何か』があるかもしれない――伏見さんにそう言われると、否定できないと思う自分がいます」

「大谷さんもわかってくれたわけです」

「はあ」

「こうなったからには、俺たちが責任をもってあなたを守ります」

大谷が、香織の目をまっすぐに見つめて言った。

「あ、はい……」

——あなたを守る。

そんなことを真顔で言われたのは初めてだった。映画のヒロインみたいだ。

5

香織は一時休職願いを出した。そのままクビにされるかもという不安もあったが、会社の対応は想定していたよりもずっと太っ腹だった。休んでいる間も給料は出ます、新しい派遣先もすぐに決まるでしょう——と。どうやら人事や広報が、香織がＤＶ被害者で裁判を控えていることを気にしているらしい。「暴力に苦しむ女性派遣社員に冷たい措置」という市民団体やマスコミ好みのネタを避けたかったのだ。そのおかげで——という言い方も相応《ふさわ》しくない気がするが——香織は心おきなく伏見と大谷の遊撃捜査に協力することができる。

香織の自宅に、伏見の運転する覆面パトカーが迎えに来た。助手席にすでに大谷が座っていたので、香織は後部座席へ。香織の家がある呉服町から、白川沿いに車を走らせて、熊本北署の近くを通ってから西子飼町に入る。そこに、探していた家があるという。

西子飼町は、有効に使われていない空き地をあちこちに見かける、隙間《すきま》だらけの住宅街だ。駒が何枚も足りない将棋盤のような街並みだった。

伏見が言う。「捜査本部には情報がある。それを使うだけでいい。私たちが今やっているのはいわばリサイクル捜査ですね。エコ捜査とか……リソースの再利用というか」

香織は首を傾げる。「名前はどうでもいいんじゃないですかね？」

「ここですね」

伏見が、古びた二階建ての前で車を止めた。

「桧山幸徳でも森永信三でもない、『宮永新蔵《みやながしんぞう》』という人物がここを借りていました」

「宮永新蔵……その人が、本当は森永信三なんですね？」

「ややこしいですが、そういうことです。一人の容疑者に二つ以上の偽名・経歴が出てきたら、公安では『高度迷彩を使う相手』として用心します」

その家は、全体的に黒ずんでいた。長い年月が色素として沈着していた。まばらに背の低い木が生えた、狭い庭がついている。二階のベランダに洗濯物が干してあるので、人が生活していることがわかる。

「宮永新蔵――面倒なのでここからはずっと森永信三と呼ぶことにしますが、彼はこの家の一階を借りていました。二階には、森永とまったく関わり合いのない別の人間が住んでいるそうです。上の階の住人は七八歳の老人」

「その情報の出どころは？」と大谷。

「大家さんです。近所からの聞きこみ情報も」伏見は即答。

「なるほど。了解です」

玄関で靴を脱いであがると、ドアと階段がある。体当たりで簡単に破ることが出来そうな、安っぽい木製のドアだった。伏見が大家から合鍵を借りていた。しかしドアノブを回す前に、大谷が身を低くして周囲を調べた。大谷は細い紙をドアの隙間にさしこんでから言う。

「警報装置――トラップのたぐいはないですね」

「さすが。機動隊の人は物騒なことを思いつく」伏見が苦笑していた。「何もないですよ」

「考えすぎだったみたいですね」と香織。

「…………」大谷は、少し恥ずかしそうにうつむいた。

ドアを潜《くぐ》ると、宮永新蔵――桧山幸徳――森永信三が借りていた部屋だ。

数週間という長期間の旅行に出ていて、久しぶりに帰ってきた部屋のような、生活臭のしない空間だった。

借家の一階は二部屋。風呂トイレ、キッチンつきだった。家具が少ない。炊飯器や冷蔵庫はあるが、テレビはない。いかにも必要最低限といった感じだ。ベッドがないので、押し入れに布団が入っているのだろう。一見片付いていて清潔だが、よく見ればあちこちにごく薄く埃《ほこり》が積もっている。銀行強盗の日から、誰も出入りしていない――そんな部屋だとすれば、なんとなく辻褄が合う。

伏見がつぶやく。

「いかにも潜伏生活用の部屋だ……私物がほとんどない」

大谷がうなずき、

「ほとんど、じゃない……個人の趣味嗜好《しこう》に関わるようなものが、まったくない」

「片付けてから、銀行強盗に向かった？」

「それか、事件後に誰かが片付けたか」

「残っているのは家具の量販店や百円ショップで簡単に手に入りそうなものばかり」伏見は電気ポットを調べてからため息をついた。ポットの中身は空だった。コンセントもちゃんと抜いてある。「一応全部調べますけど、空振りっぽいですね」

「あの……」おずおずと香織は申し出た。

「どうしました？」と大谷が振り返る。

「寝具を調べてみませんか？」

「寝具？」怪訝そうな顔をする伏見。

「毛布や布団ですね。特に枕《まくら》を」

「なぜでしょう」

「父は凄いろくでなしで、いい思い出は何もないんですけど……」嫌な思い出が胸中をよぎり、香織は一瞬言葉に詰まったが、すぐに気を取り直して再開する。

「ええと、それはさておき、父には変な癖があったんです。癖というか、ゲン担ぎというか。何か大仕事や何か勝負に挑むときに、勝ちたい気持ちを紙に書いて枕の下に入れて眠ったんです。ギャンブル好きだったので、パチンコ店の新装開店とか、そういうときは必ずやってました。文章を書いた紙の他にも、高級車や豪邸の写真とか……」

「ああ、そういう……」

伏見と大谷が顔を見合わせた。父のことなのに、香織が恥ずかしくなってしまった。

大谷が押し入れを開けて、布団や毛布を取り出した。伏見が掛け布団を中身まで調べて、大谷が枕カバーをはがす。

「やっぱり、この事件はあなたがいないと進まないみたいですね」

「え？」

「何かあった」

枕カバーの奥に、薄い何かがあった。大谷は手を突っ込んで、探り当てて、取り出す。それは一枚の写真だった。待望の手がかりだ。その写真を見て、大谷は小首を傾げる。

「どうしたんですか？」

横から写真を覗いた香織も、怪訝な顔をした。

それは、不気味な記念写真だった。

五〇人近い老若男女。森永信三も渡辺光男もいるから、芽路鹿村だろう。廃村時の人口よりもさらに少ない。男も女も、下は一〇代前半から上は九〇歳くらいまで。ありふれた集合写真のはずなのに、写っている人々にどこか狂気じみた違和感がある。

「なんでしょう……」と香織。「上手く言えない、なんとなく嫌な感じ……」

「……プレコックス感ですかね」写真を見た伏見が言った。

「それはなんでしょう？」

「健康な人間が、統合失調症の患者と触れ合ったときの違和感のことをそう言います。こういう場面で使うのは適切でないかもしれませんが。意思疎通に障害があるのが原因で生じる感覚という説もあります」伏見は続ける。「村民の集合写真……背景は……前に平田さんに見せてもらった写真の風景に似ていますね」

「母がいない。村長だった私の祖父もいません。……でも、父が写っている」

「廃村以降の写真でしょうか」と大谷。

「平田さんは、この村で育ったわけではないんですよね？」と伏見。

「はい」

「じゃあ、ご両親が引っ越してから村で何が起きたのかは、わからない」

香織は少しでも捜査に役立ちたいと思い、最大限の注意力を発揮して仔細《しさい》に眺めた。そして、あることに気づき、写真を指さして言う。

「これ、バッジでしょうか？　何か光ってる……」

香織が指さしたのは、写っている村人たちの胸元だった。

そこで、小さな物体が輝いている。

「なんでしょう……」と伏見は、自分の頭を少し乱暴にかいた。「写真を、コンピュータで解析しましょうか。最新の技術を使えばね、スキャンしてとりこんで、拡大も修復も結構無理がきくんですよ」

大谷が伏見に写真を渡した。それが呪《のろ》われているかのように、伏見はすぐにいつも持ち歩いているメモ帳に写真を挟んでポケットに片付けた。


伏見の運転で、香織を家まで送った。彼女が家に入って、特に何の異常もないのを確認してから、伏見は再び車を動かした。助手席には大谷が座っている。

「機動隊の独身寮まで車をやります」

「助かります」

「少し、事件の話でもしながら、ゆっくりめで」

「私も、二人で話したいと思っていたんですよ」

伏見は、コンビニに寄った。そこで缶コーヒーを二本買って、移動を再開し、白川の河川敷にある駐車スペースに覆面パトカーを止めた。缶を開けて、まず大谷が口を開く。

「……公安の刑事というのは、変わっていますね」

「そうですか？」

「みんなが、伏見警部補のような感じなんですか？」

「私のような感じ、とは」

「こう……親しみやすい、というか。捜査方法も独特だと思います。一人でどんどん動いて、俺や民間人の女性も巻き込んで……」

「そういう意味では」と伏見は目を細める。「確かに、私は例外的な存在でしょうね。みんながみんなこんな捜査してちゃ、公安は組織として成り立ちませんよ」

「そういうものですか」

「公安は変な部署です。主力の連中はちょっと真面目すぎる。融通がきかない。普通の警察は国民の警察、公安は国家の警察——変な気負いがあるから、たまにありえないようなミスを犯すんです。だから公安は伝統的に、私のような存在を遊ばせておく。全国の県警に、一人か二人は『私みたいな』公安刑事が意図的に配置されているとか。会ったことないんで、よくは知りませんが」

「その役目に、名前とかはついているんですか？」

「ありますよ。『羊飼い』っていうんです。由来ははっきりしてないんですが、意味深ですよね」

「聖書から？」

「それだとまんますぎるし、意味もわかりませんよ」

「そういうの、気になりますね……」と、大谷は口をへの字に固く結んだ。

二人の視線の先では、濁った白川が流れている。時計の針のように確実に動いている。川が流れたり、雲が動いたり、枝から葉が落ちたり——それら自然の運動は、時間が容赦なく進んでいることを実感させてくれる。

「銀行強盗、消えた村、狙撃事件、妙な写真……何か、ほんのちょっとだけつながってきたような気がします。もちろん、まだまだ情報が足りませんが」伏見が言った。

「狙撃犯は、あの村の出身者でしょうか？」大谷は訊ねた。

「その可能性は低いと思いますが……ゼロではないですね」

「可能性が低い、とみる根拠は？」

「殺しの冷酷さです。芽路鹿村くらい小さいと、村民は全員顔見知りでしょう。知り合いを相手にして、あそこまで容赦なく弾丸を撃ちこめますかね？　もちろん、訓練やマインドセット次第でどうにかなるものかもしれませんが……」

「なるほど」

「ただ、一個だけ、はっきりしたことがあります」と伏見。

「それは？」と大谷。

「大きな組織が動いてる。少人数のグループでできる犯罪じゃない」

「組織、ですか」

「村ぐるみの犯行……それくらいはありそうだ」

「小さな村とはいえ、住民全員が一致団結して違法行為に走ることなんてありえますかね」

「全員、じゃない」伏見はまずそうに缶コーヒーを飲んだ。「廃村時の人口は一〇三人。

しかし、さっきの写真に写っていたのは五〇人ほど。何かの理由があって、村民全員が犯罪組織化しないといけなくなった。当然、それにはついていけないという人間が出てくる。で、そういう反対派は排除された……という感じで」

「犯罪組織化……」

「前例がないわけではありませんよ。日本海側の小さな漁村が、丸ごと密漁や密輸の拠点になっていた……とか」

「それだと、目的ははっきりしていますよね。密漁でも密輸でも、村人たちには利益になる」

しかし、と大谷は言葉をつなぐ。

「村人全員が姿を消し、偽造の身分を手に入れて、九州全体に散らばって、そのうちの二人が銀行強盗を行い、一人は俺に狙撃され、もう一人は暗殺された。これで、芽路鹿村の住民たちに、何らかの利益があるとはとても思えないんですよ」

「一つ、有力な仮説が」と、伏見が人差し指を塔のように立てた。

大谷は身を乗り出し、

「言ってください」

伏見は小さくかぶりを振って、

「まだダメです」

大谷は少し呆《あき》れて眉間にしわを寄せ、

「なぜ焦《じ》らしますか」

「予想が外れていたら、恥ずかしいから」

「予想とはそういうものです。誰もバカにしたりしませんよ、まったく」

伏見はささいなミスでも人に見せたくないのだろうな、と大谷は思った。公的な機関の一員でありながら、一匹狼的に遊撃する伏見のような刑事は、常に神秘性のようなものを身にまとっていないといけないに違いない。謎《なぞ》の男が謎の男らしく振る舞うことでしか手に入れることができない情報があることは、事件捜査が専門外の大谷にも理解できる。

「私の推論が正しいなら、すぐに決定的な証拠も出てきますよ。それまで詳しく説明するのは勘弁してください」

「……まあ、伏見警部補がそう言うのなら。でも、いくつか質問を」

「続けてください、大谷さん」

「渡辺が殺されたのは口封じのためです。では、そもそもあの銀行強盗はなんだったのか？」

「まあそれについては私も適当な推測になっちゃうんですが……何かのデモンストレーションだった……そんな気はしませんか？」

「……あれが？」

「もちろんあれは普通の強盗じゃない。派手すぎる。じゃあ、なんでそんなに『派手』なことをやらかす必要があったのか？　それは誰かにアピールするためでしょう」

「……たしかに」

「主犯二人は明らかに死にたがっていた。銀行を襲ったのに、金には手をつけなかった。アピール、あるいは何かの実験のように。敵の計画がすべて順調だったのなら、なんの証拠も残らなかったはずだ。それが、平田香織さんの登場を切っ掛けに、表面を引っ掻《か》くみたいに偽装が剝《は》がれ始めた……という感じだと、どうです」

大谷は、独身寮の自分の部屋に戻った。寮の食堂で晩御飯を食べて、共同の風呂に入り、歯を磨いて、まだ夜の一〇時くらいだったが横になった。瞼を閉じると、その裏に森永信三の家で見つけた写真——異様な笑顔——が焼きついているような気がした。フラッシュバックのように死体の映像が浮かんでは消える。大谷が狙撃した死体。大谷の目の前で撃たれた死体。

いつの間にか眠りに落ちていた。そして、夢を見る。

夢の中で大谷は、豊和工業のM１５００を構えている。銃口の先には、狂気の笑みを浮かべた芽路鹿村の住人たちが並んでいる。ボルトアクションで薬室に弾丸を装塡。引き金を絞る。最初に、若い男性の額に大穴を開ける。悪趣味なコメディ映画のように、派手に脳が飛び散る。血の海に、骨のかけらや散らばった歯が浮かぶ。ボルトを素早く操作して、排莢《はいきょう》し、次弾装塡。また発砲。今度は中年女性の心臓を弾丸で抉《えぐ》る。なぜ彼らを撃っているのか、大谷にもその理由はよくわからない。夢の中での行動は本能的だ。撃ちたくはない。ただ、撃たねばならない。

やがて、超音速の弾丸が、なんの前触れもなく大谷の頭部にめり込んだ。これが現実ではないからだろう。大谷は、自分の右耳からゆっくりと弾丸が侵入してくるのを感じていた。自分の脳がゼリーのように波打つのがわかった。自分の体内を進む弾丸は、恐ろしく硬い皮の昆虫の感触だった。誰が撃ったのかはわからない。敵の姿はどこにも見えない。

――狙撃されたのだ。

目を覚ますと、たっぷりと嫌な汗をかいていた。下着類が重く濡《ぬ》れていた。大谷は全裸になって、汗をふき、顔を洗い、自分でも驚くほど勢い良く小便をした。射精に似た快感があって、頭の中が少し軽くなった。出したぶん、ミネラルウォーターを飲む。

悪夢に悩まされるなんて久しぶりで、思った以上に自分がストレスを感じていることに気づいた。香織の父親を殺し、目の前で人を殺され……。そういえば香織が、死んだ父親についてこう語っていた。「父は凄いろくでなしで、いい思い出は何もないんですけど……」

大谷が殺した、香織のろくでなしの父親。

――自分の父親はどんな男だったろうか？　少なくとも、ろくでなしではなかった。しかし決して、優れた男でもなかった。

大谷が甲子園に出場した夏。戸松のエラーがあり、フォークがすっぽ抜けて勝てる試合を落としたあとの話だ。大谷の父は信じられないことに、大量の菓子折りを用意して、関係者の家を訪ねて頭を下げて回ったという。「すみません、すみません、うちの息子がご迷惑をおかけして本当に申し訳ありませんでした……」――そのことは街中で噂になった。今思い返してみれば、関係者の怒りの矛先が戸松のほうに向かったのは、父のおかげかもしれなかったが、それは少年の目にはあまりにも卑屈すぎる行為として映った。

あのとき、大谷は強い男になろうと思った。

自分一人の力で勝負できる職種につこうと思った。

その二つを同時に満たしてくれるのが、機動隊狙撃手という仕事だった。引き金に指をかけたら、上司も観測手も関係ない。責任も罪も一人で背負う。

「それにしても……」相手もいないのに、大谷は思わず声に出した。

長い時間が過ぎたからだろうか、菓子折りを持って夜遅くまで駆けずり回った父の姿を想像して、急に目頭が熱くなってきた。そろそろ大谷も、結婚して子どもが生まれてもおかしくない年齢になってきた。今の大谷には、子育てが現実的にイメージできる。必死になって育てた子どもに、「卑屈」の一言で片付けられるなんて、あまりにも救いがないのではないか。

6

この店に集まるのは二度目だった。香織、大谷、伏見。フレディ・マーキュリーのポスターの店だ。雑居ビルの一階に入った喫茶店。初老のマスター、フィリピーナの店員。ここにいる人たちは、一〇年後もここにいるだろう。そして、起伏の少ない毎日を、消化試合のようにこなしていくのだ。それはちっとも悪くない人生のように香織には思えた。

「……大当たりですよ。バッジのデザインが決め手でした」

そう言って、伏見は封筒を取り出し、数枚のプリントアウトを抜いた。芽路鹿村らしき場所の記念写真で、村人たちの胸元で小さなバッジが輝いていた。伏見は写真を知り合いの専門家に渡し、コンピュータでの解析にかけた。スキャンし、パソコンにとりこんで、バッジの画像を拡大し、そのぶん粗くなった線を修復してから印刷したのだ。

「カルト宗教です」

解析した写真だけでなく、伏見は資料として新聞記事のコピーも持ってきていた。その新聞記事はおそらく全国紙のもので、見出しは「熊本で新興宗教幹部逮捕」。大文字を読むだけで事件のあらましがわかる。「容疑者は儀式による『治療』を主張」「二人の女性を性的暴行後殺害の疑い」「団体は活動を継続」——。

「本格的な説明を始める前に、軽く、カルトとは何か触れておきますか」

伏見が語りだす。

「カルト（cult）とは本来、儀礼、崇拝といった意味合いでした。しかし今では、その言葉が持つ過激さが合っていたからか、常軌を逸したレベルの異端的宗教や攻撃的かつ閉鎖的な集団のことをそう呼ぶことが多いようです」

何度も同じ授業をしたことがある、ベテランの教師のような口調だった。

「そういった組織の中でも、特に反社会的でリーダーの独裁色が強いものを『破壊的カルト』といいます。カルトの特徴として、リーダーの神格化、極論の展開、脱会の禁止、そしてマインド・コントロールなどがあげられる」

「その言葉は、聞いたことがあります」香織は言った。「オウム真理教とかで」

「それより先に、アメリカの方で大きな問題になりました。破壊的カルトのためにカウンセリングが普及したなんて仮説もあるらしいですから……」

「アメリカですか」と大谷。

伏見はうなずきながら、

「……シャロン・テートを殺した、チャールズ・マンソンのマンソン・ファミリー。議員を殺してから集団自殺したジム・ジョーンズの人民寺院。ライフルや爆弾で武装し、FBIと銃撃戦を繰り広げた末に破滅したデビッド・コレシュのブランチ・ダビディアン。カリスマ性のあるリーダーと少数の優れた幹部、そして閉鎖された環境があれば、信者――人間の中身を作り変えることなんて、ホームページのリニューアルよりも簡単なんです」

「洗脳ですね」

「マインド・コントロールです。ちょっと違うんですよ」

「詳しいですね」

「公安ですからね。破壊的カルトは、公安にとって久しぶりの大仕事でした。洗脳のアプローチは神経学的、生理学的なんです。マインド・コントロールは、社会心理学的」

「違いが全然わかりません……」と香織。

「じゃあ、ちょっと時間をかけて説明していきますね。カルトについて語るには、聞く方にも予備知識が必要なんですよ。――まずは洗脳について」

「はい」と、香織と大谷は同時に小さくうなずいた。

やる気のないフィリピーナの店員が、コーヒーと軽食を運んできた。店員が近くにいる間は、会話が途絶える。店員が離れると、一度コーヒーをすすって気を取り直してから、伏見は説明を再開する。

「洗脳において重要な要素の一つに、『非パターン化（depatterning）』というものがあります」

「それは？」

「人間は様々なパターンに従って生きています。朝起きて夜に寝る。トイレをすませたら手を洗う。仏教徒なら、仏像を手荒に扱ったりはしない。キリスト教徒なら、十字架や聖書を鍋敷《なべし》きがわりに使ったりはしない――。学習や訓練で身につけたパターン、その一部はタブーと言い換えることもできます。

非パターン化というのは、それをリセットしてしまう方法です。パターンを奪う。タブーをなくす。――人間の脳内を白紙にしてしまうわけです。強いショックを与えて、何も考えることができなくなった状態の人間は、思い通りに操ることができるかもしれない。そんなことを、世界中の政府関連機関が研究していた」

喉が渇いたらしい。伏見は一口コーヒーを飲んで、続ける。

「強いショック……たとえば、電気ショック。薬品を投与して一日に二〇時間以上の睡眠を取らせる、睡眠療法。何もない場所に長期間監禁する感覚遮断。インシュリンを投与する昏睡《こんすい》療法。そして、脳の一部を切除するロボトミー。現在では、まともな医療機関ならまずやらないような方法ばかりですよ。

ショックを繰り返した末に、洗脳対象のアイデンティティが崩壊を始めます。幻視や離人症性障害に苦しむようになります。そこで『精神操縦（psychic driving）』に移ります。その対象を拘束し、目隠しし、薬品を投与したうえで一日一〇時間から一二時間、脳に埋め込みたいメッセージを録音したテープを繰り返し聞かせる。それを、何週間も続ける」

「ひどい……」香織は青ざめてつぶやいた。

「最も一般的な洗脳の方法ですよ」

「マインド・コントロールは、ちょっと違う？」と大谷。

「そうです」

伏見はうなずく。

「そもそもマインド・コントロールは、正式な用語ではありません。研究者によってその定義は差異があり、疑似科学だと断ずる学者もいます。今から私が述べるのは、オウム真理教の捜査にも参加したことがある、公安刑事としての見解です。少なくとも、あの捜査に関わった人間は、マインド・コントロールの存在を確信している」

大谷と香織がほぼ同じタイミングでうなずく。

伏見は言う。「マインド・コントロールは、洗脳に比べると一般的です。他者が個人の意思決定過程に影響を及ぼすための技法なので」

「意思決定過程……判断したり、選択したり、ということですよね？」と香織。

「すぐに伝わったようで助かります」と伏見は微笑む。「『仕掛ける側』が用意した結論に、『仕掛けられた側』を誘導していく――。それが、マインド・コントロールの基本です。『仕掛けられた側』は自分の頭で考えて選択したと思っているのに、実際は違う。『仕掛ける側』のてのひらの上で踊っているにすぎない。人間は『自分で決めたこと』、『自分で選んだこと』、『自分で入手した情報』をすごく大切にするんです……たとえそれがまやかしだとしても」

「わかります」香織はうなずいた。「インターネットってそういう感じですよね。ネットで手に入れた情報は鵜《う》呑《の》みにするのに、新聞やニュースの情報は疑ってかかるという若い人が増えているじゃないですか」

「たしかに。ああいうのも、大規模な社会的マインド・コントロールの一種と言えるかも」

「普通の宗教なら、説教や対話によって地道に信者を増やしていきます。でも、悪質な、後に破壊的カルトになるような団体は近道を探します。なるべく短時間で、そして多くの現金を信者から巻き上げようとする。そのために、詐欺まがいの手法や……マインド・コントロールを使うこともためらわない。邪悪な人間ほど近道が好きなんです。

どんなカルトにも、スタート地点が存在します。当たり前のことですが、まず教祖が必要になる。そして初期の幹部が五人。この五人は、教祖の友人でも家族でも、やらせでもなんでもいいんです。火種として必要になる最低の人数が、五人。彼らはとにかく熱狂的に教祖を褒め称え、聖人として敬う。御輿《みこし》を担ぐんです。そこから、セミナーや、一見宗教関係には見えない出会い系のパーティなどを開催して人を集める。集まった人間の中から、宗教に興味がありそうな人間を選んで、勧誘していく。熱心な信者の数が二〇人を超えたら、あとは雪だるま式で、どんどん組織を大きくするのが楽になっていく。大人数を、第三者の目につきにくい閉鎖環境に集めることができればしめたものだ。マインド・コントロールの出番となる」

伏見はここで一休み。柔らかいパンにバターを塗って食べる。

香織は「助かった」と思った。彼の言葉を咀嚼《そしゃく》する時間が必要だった。パンを食べて、伏見の説明は続く。

「……洗脳と違って、マインド・コントロールでは薬物や暴力を使いすぎることはありません。副次的な手段なんです。もちろん、弱い薬物や感覚遮断に近い方法をとることは多い。しかしそこまでしなくても、他の信者の熱狂に巻き込まれるだけで、コロッとカルトにはまっちゃう人の方が多い」

「そんなに簡単なものなんですか？」思わず香織は口を挟んだ。

「人間は、本人が思っているよりはるかに他人の影響を受けやすいんですよ」

そうですね……と伏見は少し考えてから、

「赤ん坊って、どうやって大人との絆《きずな》を結ぼうとするか、わかりますか？」

「いえ……」

伏見の問いに、二人とも首をふるしかない。

「模倣です」

伏見は言った。正しい答えを、いかにも正しい口調で。

「すべての生物には生存を望む本能があります。精神や神経に異常が起きたとき以外、その本能が停止することはありません。――まあ、逆に言えば、何か異常があったらふっと自殺することもあるわけですが、それはさておき、もちろん赤ん坊にも生存本能は存在します。生き残るための作戦を展開しているんです。赤ん坊は保護者や他人の注意を惹《ひ》き、生存の可能性を高めるため一刻も早く社会に参加する必要がある。そこで、模倣の出番になります。親が笑うと子どもも笑う。親が舌を出せば子どもがそれを真似《まね》する――こんな単純なことでも、その子どものことが他人とは思えないようになる」

伏見は大谷と香織を交互に指さす。

「あなたたちが、言葉がまったく通じない、見たことも聞いたこともない異国に、いきなり放《ほう》りこまれたとしましょう。そこで、基本となるコミュニケーションはやはり模倣です。頼りになりそうな人間を見つけて、その人間の言葉や生活習慣を模倣するのが一番生き残る可能性が高い。

積極的な模倣だけでなく、人は無意識のうちに表情、アクセント、話し方までも真似るそうです。ある実験で、人間の無意識が、たった〇・〇三秒の瞬間的な他人の表情に反応してしまうことが判明した。マインド・コントロールは、そんな人間のシステムを悪用する」

伏見はタバコを吸おうとして、大谷と香織の顔色をうかがい、結局やめた。

「さっき私は、熱心な信者の数が二〇人を超えたら雪だるま式、って言いましたよね。閉鎖環境において、二〇人が熱狂的なカルトのメンバーで、その中に自分が一人でいたらどうなると思います？　生き残るための作戦として、他者の行動を模倣し、同調しようとする。意識的にも、無意識的にも。これを心理学用語で社会的リアリティ、斉一性の圧力といいます」

「……授業を受けているみたいです」

香織はため息をついた。授業は、どんな科目でも苦手だった。

「こう見えても、関西では最高とされている大学を卒業しています。家庭教師もやったことありますよ」

と伏見は微笑し、

「……斉一性の圧力の他にも、単調な生活と厳しい規則で人間の思考能力を低下させる方法、神格化された教祖との性的な接触、歪《ゆが》んだ教義の執拗な反復学習――マインド・コントロールの方法は様々です。とにかく重要なポイントは、最初にも言った通り、自分の判断でカルトのメンバーになったと思い込ませること。その結果、組織への忠誠心は永続的なものになる。洗脳ではこうはいきません。洗脳は、副作用も大きいですし……。マインド・コントロールで薬や暴力を使うのは、よりメンバーと組織の結びつきを強くして、ワンランク上の組織内精鋭部隊を作るときですかね。あるいは、特に反抗的な人間への罰か……。こうやって、破壊的カルトが出来上がります」

店員が、皿を何枚か片付けた。

空いたスペースに、伏見は新聞記事のコピーを改めて広げる。熊本で新興宗教幹部逮捕。団体は活動を継続――。

「この団体」

と、伏見は記事の上に指を置き、

「カルト教団『最倫の会』です」

7

「教祖はこいつですね。ちゃんと写ってました」

伏見は、テーブルの上に不気味な記念写真ものせた。その、ほぼ中央に立っている男を人差し指でつつく。

「村上俊二《むらかみしゅんじ》。熊本県出身。聖なる名前は道宋慈俊二《どうそうじ》というらしいですが、面倒なので私たちは本名で呼ぶことにしましょう。県内の大学を卒業後、怪しげな自己啓発セミナーを運営する会社に就職。そこで仲間を集めて、三四歳で宗教団体『ニルヴァーナ・メソッド』をたちあげるが、これは鳴かず飛ばずで終了。しかし一度失敗しただけでは諦《あきら》めず、同じ仲間たちとともに最倫の会をスタート。これは当たった。ベルクソン、メルロ＝ポンティ、ジャック・デリダ、レヴィ＝ストロースといった哲学者や思想家たちの言動を、曲解し、単純化し、間違った形で、バカにもわかるように教義にとりこんでいったのがウケたんですね。状況内存在、方法的懐疑、純粋持続、複合概念としての神……難解な用語を、それっぽく適当につなぎ合わせて、自分たちの思想を高尚なものに見せかけた」

「………」

香織はその男を見つめた。背が高く、腕が長く、耳たぶが大きく垂れている。髪の毛が薄く、口ひげを生やしている。異様な笑顔のせいかもしれないが、新興宗教の教祖というよりは悪質な浄水器のセールスマンか何かのほうが似合いそうな顔立ちだ。

「諸説ありますが、キリシタンの反乱を起こした天草四郎《あまくさしろう》の出生地は熊本だというのが最有力です。そして、世間を震撼《しんかん》させたオウム真理教のトップも、昭和の熊本に生まれている。関係あるようなないような話だと、全国的に展開するような通信販売会社の中には、スタート地点が熊本というのがいくつか存在する。——土地柄か県民性に何かがあるのかもしれませんが、まあ、少ないデータで余計なことを言うのはやめておきます」

「わからないことは、話さない。曖昧《あいまい》なことは口にしない」と大谷。

「その通り、そうすると賢く見えます」

伏見はにんまりと笑う。

「村上俊二は、最倫の会でマインド・コントロールを駆使しました。自己啓発セミナー・ビジネスで身につけたノウハウなのかもしれません。最倫の会はたちまち信者数五〇〇人ちょっとの団体となります。しかし、そこでこの新聞記事の事件が起きた。幹部の一人が、二人も殺してしまった。相手の女性も信者だったらしいんですが、性的暴行後というからとんでもない悪質さです。警察が捜査しましたが、およそ二五年前——オウムの事件前だったので、新興宗教、破壊的カルトに対する警戒心が薄かった。むしろ、腫《は》れ物を触るような慎重な捜査だったと聞いています。幹部の犯罪を組織や教祖につなげることはできなかった」

伏見は、コーヒーのおかわりを頼んだ。

店員は露骨に迷惑そうな顔をした。ひどい店だ。

伏見は続ける。「……それでも、最倫の会にはダメージがあった。せっかく上手くいきかけていたのに、信者が減り始めます。家族による奪還などもあったようです。教祖の村上俊二は焦った。より完璧な閉鎖環境が必要だと考えるようになった。都市部から遠く、外部の情報が入らないようにしなければ、マインド・コントロールの効果が薄れてしまう。しかし警察に目をつけられたから、下手に目立つことはできない。そして村上俊二は、長崎県の山奥の、小さな村に目をつける」

「北高来郡、芽路鹿村」大谷が言った。

「はい。つながってくるまで時間がかかって申し訳ありません」と、頭をかきながら小さく頭を下げる伏見。「調べてみると、ちょうど事件が起きた直後から少しずつ、信者の村への引っ越しが始まっている。立て直しを図るカルト教団が、芽路鹿村を乗っ取ったんです」

「私の母は、ろくでなしの父と駆け落ち同然で村を飛び出したと聞いています」

香織はうつむきがちに言う。

「そのあと、父の家庭内暴力に耐えかねて、離婚……それからは、まるで正体を隠すかのように息を殺して生きていました。母は父に見つけられるのを恐れている……私はそう思っていたんですが、それだけじゃなかったのかもしれない。そもそも、ただの駆け落ちではなかったのかもしれない……」

「その可能性は高いですね」と伏見。

「どちらの可能性？」

「両方です。正体を隠すかのように暮らしていたのは、夫の他に原因があった。駆け落ち同然で村を出たのには、恋愛感情以外の理由があった」

「二五年ほど前に村の乗っ取りが始まり……しかし、この写真には平田さんの祖父……村長の平田幸吉《こうきち》が写っていない」そう言って、大谷は眉をしかめる。「申し訳ありません。村嫌なことを言いますが……村長さんは、殺されたのかもしれません。平田さん」

「……私の祖父が？」

「私もそう思います」と伏見。「記録によれば、廃村時も村長は平田さんだった。村に何か妙な動きがあったときに、最も激しく抵抗する立場の人間でしょうからね。今では、連絡先もわからない。事実上の行方不明なのに、どんな公的機関にも届け出はない。彼の身に、何かがあったと考えるのは自然です」

「住民票まで偽造した二人の男。森永信三と渡辺光男。銀行強盗、狙撃、自殺未遂、この前の暗殺……カルト教団に乗っ取られた山奥の村。マインド・コントロール。そこから逃げ出した一人の女性……」大谷が憂鬱《ゆううつ》そうにつぶやく。「ずいぶん話が大きくなってきたように感じます。俺たちでどうにかできる事件なんですかね？」

「はい？」

「確かな証拠さえあれば、いくらでも応援が呼べますよ。——ところで、大谷さん」

「まだ通常勤務には戻ってませんよね？」

「ええ。『いい機会だから、しっかり休め』と」

「平田さん、仕事のほうは？」

「休職中です」

正確には、いつやめてもいい職場、という話だ。

二人の答えに伏見は満足げにうなずいて、

「いくしかないと思うんですよ、芽路鹿村に」

第四章

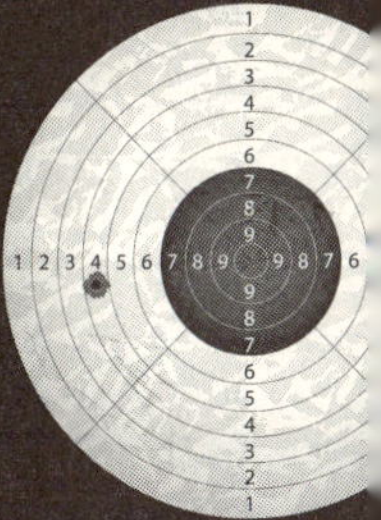

1

熊本駅前のバス乗り場から、熊本港へ。港で、熊本フェリーの高速船オーシャンアローに乗る。待ち時間も含めて、ほんの一時間ほどで島原外港につく予定だ。香織と大谷は、展望ラウンジの豪華なシートに隣同士で座ってリラックスしていた。大きな窓から、海上の風景を楽しむことができる。伏見だけがいないのは、彼が船内のカウンターバーで一人酒を飲んでいるからだった。豊富な知識と、とらえどころのない雰囲気——伏見は奇妙な刑事だった。大谷が警察官なら、伏見も警察官だが、ここまで違うものなのか。

今日の波は穏やかだった。日差しが強く、海面が沸騰しても不思議はないように思えた。紺青色の海のところどころに、雪が積もったような白い波が泡を立てている。美しくなく、汚いというほどでもない風景。ただ、香織にはなぜかこの海で人や魚が泳ぐ姿が上手《うま》く想像できない。生き物が似合わない気がするのだ。

香織は思い返す――。短い間に、色々なことがあった。

暴力的なかつての恋人、高垣喜一郎。彼から救ってくれた警察官、大谷浩二との出会い。奇妙な銀行強盗――いや、銀行襲撃事件。父の偽名、桧山幸徳、父、森永信三。もう一人の銀行襲撃犯、渡辺光男。新興宗教と、それに関《かか》わる不気味な写真。そして、長崎の奥地にある芽路鹿村へ。ちょっと前には、まったく想像できなかった異常な状況の中にある。

「時々、夢に出てくるんです」

香織は、隣の大谷に向かって言った。今も、瞼《まぶた》の裏に例の写真の異様な笑顔が焼きついていてなかなか消えてくれない、と続ける。

「夢では、気持ち悪い目をした芽路鹿村の住人たちが、ハリウッドのゾンビ映画みたいに大勢で私を追いかけてくるんです。でも、彼らは誰かに足止めされて、ようやく私は逃げきることができる。起きると寝汗がびっしょりで……」

それを聞いた大谷は驚いたように目を微《かす》かに丸くして言う。

「俺も、ほとんど同じ内容の夢を見ます。そっくりですよ」

「大谷さんも？」

「同じ夢を見ていたのかもしれませんね」

同じ夢を見ていた、彼の言葉を、香織は胸の内側でもう一度繰り返した。これがただの偶然ではないと思い、そう信じてみたくなった。

遠くに雲仙普賢岳《うんぜんふげんだけ》が見えてくる。短い船旅が終わりに近づいている。

長崎方面から、徐々に曇り空が広がっている。日差しが強く空気が熱くなっているせいか、雲仙普賢岳の輪郭がぼやけている。山の連なりが、巨大な壁のようにも見える。

船が島原外港に到着した。まだ昼間だ。タクシーを拾って駅前まで移動する。

香織も、熊本市を大都会とは思っていなかったが、島原にはより地方都市然とした雰囲気が漂っていた。武家屋敷や明治に建てられた洋館が町のそこかしこに残っていて、軽い時間移動の感覚を味わうことができる。しかし熊本城を見慣れている香織からすると、こぢんまりとした島原城に感情を動かされることはなかった。

時間の余裕があったので、香織、大谷、伏見は昼食をとることにした。「島原そうめん」という看板をかけた店があったので、そこに入った。テーブルも椅子《いす》も木製の純和風の店内で、昼飯時のせいか客はかなり多かったが、運良く唯一空いていた四人がけの席につくことができた。三人前のそうめんと寒ざらしを注文する。寒ざらしはデザートだ。冷やした小さな団子に、ハチミツや黒糖を使った特製の蜜《みつ》をかけて食べる。この地方の名物だ。

島原そうめんは、普賢岳の湧水《ゆうすい》でしめる。嚙《か》むと、「ぷつん」というゴムを切ったような心地いい歯応《はごた》えが走る。やや濃い味の魚出汁《だし》のつゆがよく合う。

島原鉄道で諫早駅に向かう。いかにもなローカル線で、窓からビデオカメラで撮影しているマニアっぽい若者がいた。

JR長崎本線に乗り換えて、湯江《ゆえ》駅に。

芽路鹿村がある多良《たら》山系に登るなら、湯江駅がある高来町《たかきちょう》を拠点にするのが一番なのだそうだ。

高来町は、駅から数百メートルもしないうちに畑が広がっている。大きな建物と一軒家ばかりで、道路も広い。あまりに何もないので、その「何もない」ことが逆に価値を生みそうな町だと香織は思った。現代は、「いい意味で何もない」ということもありえる窮屈な時代なのだ。

伏見が宿を予約していた。湯江駅から徒歩で二〇分。そこに、家族経営の民宿があった。二階建ての大きな民家で、その二階に旅行者を泊めている。離れに小屋があり、そこが客向けの食堂兼浴場に改装されている。

最初は普通の民家との区別がつかず、香織たち三人は民宿の看板の前をうろうろしていたら、建物から老夫婦とその娘が出てきてくれた。娘は太っているが活発そうで愛嬌《あいきょう》があった。よく笑って腰が低い、善良そうな経営者たちだった。

この民宿で、客を泊めるのは二階の三部屋のみ。一人一部屋ずつとったので、つまり貸切ということになった。どれも広い和室で、小さなテレビとお茶の道具と扇風機、押し入れの中に布団があった。窓枠には風鈴が吊《つ》るしてある。もうそろそろ日が暮れかけていて、気持ちのいい風が吹きこんでくる。香織は、風鈴なんて久しぶりだと音色に浸った。青々とした畳の匂《にお》いが爽快《そうかい》だった。不気味な事件のことさえなければ、最高の旅行だ。

晩御飯は、離れの食堂だった。魚の干物に味噌汁《みそしる》、そしてうなぎの蒲焼《かばや》きが出てきた。ちょっと甘めの味付けがしてある。食堂での会話は、当たり障りないものばかりだった。食事や旅行の話をしていると、まるで本当に慰安目的のようだ。

大谷はふと不安に襲われた――香織は、自分のような殺人者と一緒に行動していて平気なのだろうか？　なにしろ大谷が殺したのは、彼女の父親なのだ。音信不通でろくでなしの父親だったなら、それほど気にならないものなのだろうか？

恐らく、香織はピンときていないのだ。大谷はそう結論づけた。実際に大谷が殺す場面を見たわけではないからこそ、ごく普通の態度で接してきてくれる。

――自分だったら、どうだろうか？　自分の父親が殺されたのだとしたら？

大谷は食事しつつ考える。

たしかに、父とはあまり上手くいっていたとは言えない。

卑屈な態度が体に染みついていた父親。

大谷の父はタクシー運転手だ。もともとは不動産会社に勤務していたが、「職場の人間関係に疲れて」転職した。恐ろしく性格の悪い上司がいたらしい。父はその転職についてあまり語りたがらなかった。そういえば大谷も、機動隊狙撃《そげき》班の同僚たち――特に観測手の日下――とはぎこちない関係だった。親子で悪いところばかり似るものだ。

人間関係に疲れて会社を辞めたのに、父は「乗ってもらったお客さんに少しでも楽しんでもらうため」に話題のタネを集めるようになった。父はよく新聞を読んで、ニュースを見て、野球やサッカーの試合結果を覚える努力をしていた。

大谷がまだ子どもだったころ。休日に、父が「ドライブに連れて行く」と言ってきたので喜んだら、その実際は飲食店の場所を覚えるために市内を巡回するという、退屈極まりない仕事の延長に過ぎなかった。そういう休日が何度かあって、大谷は父と一緒に車に乗るのをひどく嫌がるようになった。

大谷が警察官になると言ったとき、父は反対した。「お前くらい勉強ができれば、もっといい就職口がたくさんある」と。

大谷は若かった。父に反抗するのを楽しんでいた。「警察は俺に向いていると思う。親父は自分の人生がショボイからって、俺に嫉妬《しっと》してるんだ」——言い争いの末に、大谷はそこまで口にしてしまった。

もしも父が殺されたらきっと、大谷は自分が脱力するのではないかと思った。地道に働いて、息子にあそこまで言われた父の人生とはなんだったのか——。落ち込んで、そのことを一生引きずる自分が想像できた。

今回の件が落ち着いたら、久しぶりに父親に会いに行こうと決めた。父は三年ほど前に定年退職したが、今も同じタクシー会社で今度はパートタイムで働いているという。

高速船に鉄道という旅の疲れもあり、香織は一〇時を回ったころには寝てしまった。そのあと、伏見に呼ばれて、大谷は彼の部屋を訪ねた。

伏見の部屋には、他の二人よりも多めの荷物があった。少し前に、熊本から先に、登山用具だけこの民宿に送っておいたのだ。伏見は慎重だった。場合によっては山で何泊かするような事態まで想定していた。

「どうしました」

「いえね、渡すものがありまして」

伏見は、旅行中ずっと大事そうに手にさげていた鍵《かぎ》付きのアタッシェケースを開けた。中に入っていたのは、二丁の拳銃《けんじゅう》だ。大谷はうめき声を漏らしそうになった。警察官の拳銃は厳重に管理されている。非番の日に簡単に持ち出せるようなものではないのだ。

伏見はケースの中身をテーブルの上に並べていく。

「自衛隊でも使ってる、ＳＩＧのＰ２２０です。製造番号はもちろん、ありとあらゆる刻印は削りとってあるし、テスト以外で発砲したことはないので警視庁のデータベースで記録を照合される心配もない。いわゆる『アシのつかない』銃ですね」

ケースに入っていたのは、銃だけではなかった。予備の弾倉、ホルスター、そして実弾が詰まった箱だ。

「いいんですか？」大谷は漠然とした問いを発した。

「向こうは狙撃銃で公安の監視下にあった人物を殺してるんですよ。本当は、大谷さんにもライフルを持っていてほしいくらいなんですが、さすがに日本国内でそこまでやるのは問題やリスクが大きすぎて……」

「アシがつかない銃……こんなもの、普段はなんに使ってるんです？」

「やっぱりまあ、そこは、その色々あるので……公安の相手は、まともじゃないことが多いですからね。普通の刑事には許されないことも、上司に頼みこめばなんとかなる」

「はあ……」機動隊の大谷にはにわかに信じがたい話ではあった。

「これでも公安はずいぶんおとなしくなったんですよ。自分は経験してませんが、東西冷戦中はいわゆる超法規的措置の連続だったそうでね。共産主義者に対してはかなり無茶な作戦でもGOサインが出てたとか」

「無茶な作戦」

「なんでもあり、い、い、ですよ」

へへへ、と笑って伏見は弾倉に弾をこめ始める。九ミリ口径の、弾頭がへコんでいるホローポイントだ。SIG・P220の弾倉には九発入る。大谷も同じようにする。

伏見は続けて言う。

「そしてどんな過激な捜査も結局は無意味だった」

「無意味」

大谷は、伏見の言葉をオウムのように繰り返してしまう。

「無意味です。二〇世紀後半、日本の警察には、その存在が完全に無意味な時期があった」伏見はもう一度力強く言った。「ウィトゲンシュタインふうに言えば……いくつかの仮定が世の中にとって不必要になると、ある種の行動の意味は零度に近づいていく。私たちにもそういうことが起きた。あなたも警察官なら、わかるでしょう？」

　大谷にはわかったような気もしたが、結局は感覚的なものに過ぎなかった。

「じゃあ、今、俺たちがやっていることも無意味なんですか？」

「それはまだわかりません。意味のある無しを判定するのには時間がかかります。いつだって私たちを動かすのは意味があるかもしれないという予感です。違いますか？」

「この捜査には意味があるかもしれないし、ないかもしれない」

「はい、そういうことです。だからこそ、やる価値がある」

　大谷と伏見に、拳銃が一丁ずつ。弾倉は全部で四本。弾丸は三六発。余った弾丸は一四発で、伏見が持ち歩く。

「大谷さんのことをプロと信じているから銃を渡すんです。なるべく、香織さんには見せないようにしましょうか」

「はい。それはもちろん」

「そっちの部屋にも、貴重品用の金庫ありますよね？」

「ええ」

「寝るときはそこに入れておいてください。敵が存在しているのは間違いないですが、いくらなんでも寝こみを襲われることはないでしょう」

　大谷は受け取った拳銃を天井に向けて軽く構えてみた。撃鉄が起きていないこと、薬室に初弾が装塡《そうてん》されていないことを確認する。

私服で、しかも勤務時間外に銃を持つのは妙な気分だった。

「あと、渡すものがもう一つあるんです」

そう言って伏見は、名刺のような紙切れを大谷に手渡した。

大谷はその紙切れに視線を落とす。人名と電話番号、住所が書かれている。

「里中道夫《さとなかみちお》……さん？」

「私の上司です。今回の事件捜査に関わっている責任者の一人ですね。私に何かあったら、彼と話をしてください」

「何かありますかね」

伏見は慎重だった。慎重すぎるほどだ。大谷にはそこがよくわからなかった。

渡辺光男を殺した犯人が自分たちの存在に気づいているとは思えないし、気づいていたとしても殺意を向けてくる状況というのが上手く想像できない。ようするに、大谷はこの事件の本質をまだつかみ損ねているのだ。

「何もないとは思いますが、用心は欠かさないほうがいい」

「何かあったら、撃つんですか、この銃」

「もちろん、そのために持ってきたわけですから」

「法律的には？」

「もちろん、アウトです。しかし難しいものですね」

「何がですか」

「警察官の法律違反について」

伏見はよっこらしょと立ち上がり、自分の拳銃一式を貴重品用の金庫に保管した。

「毒を以《もっ》て毒を制す、と言うと言葉が強すぎますが。犯罪に対して、警察側が非合法な手段が必要になることはあります。そんな状況が頻繁に起こるわけじゃないですが、ゼロではない。しかしそれが一度世間に漏れれば、あとはお祭り騒ぎだ。どんな正当な理由があったとしても、警察官の不祥事として、公金横領や裏金作り、通報を無視したことや署内でのセクハラと同列に語られてしまう。本物の犯罪と非合法な手段は違うんです」

「……わかるような気がします」

大谷が狙撃したのは、人を殺し、これからも人を殺していくであろう可能性が非常に高かった銀行襲撃犯だ。それでも、あとから「他に方法はなかったのか」と非難の声があがった。

他に方法はなかった。

あの狙撃は非合法でない。なのに、非難された。だとすればそれは、「何に反して」いたのだろうか。人道、生命倫理、社会正義——意見は色々あるが、大谷を納得させてくれるような明快な答えは見当たらない。かといって自分の行動を、正当化しすぎるのも少し違う気がする。

「とにかく、いざってときは頼りにしてますよ、スナイパー」

2

湯江のタクシー事務所に、伏見が話をつけていた。珍しいミニバン型のタクシーに荷物を積んで、芽路鹿村を目指して走りだす。いよいよだ、と香織は緊張した。これはただの旅行ではない。警察の事件捜査に協力しているのだ。

三人とも、服装は温度調節がしやすいものを選ぶ。吸水性の高いシャツに薄手のフリース。足首を守るハイカットのトレッキングシューズ。手を切らないようにレイングローブ。まるでそれが山での制服であるかのように身につける。

タクシーが山道を進んでいく。車道の両脇には、狭い道を覆いつくさんばかりに木々の緑が広がっている。山道にはほとんど直線がない。あったとしても、ほんの数十メートルでしかない。あとは羊の腸のように長々と曲がりくねっている。

山道はわけもなく人を不安にさせる。二度と戻れないのでは、という気分にさせる。先を見ても山しかないし、振り返ったら今やってきた道が山にのみこまれていくように見える。カーブの多い道は、どこかにつながっているはずなのに常に孤立している。

タクシーは、轟峡《とどろききょう》上流にある大渡橋の駐車スペースで停止した。三人はそこで降りて、車から荷物を出して背負う。

男二人が背負うのは、容量八五リットルの大型登山用ザック。香織は、容量二八リットルの中型ザック。

ザックの中身は、着替え、雨具、防寒具、ライト、予備電池、予備水筒、非常食、コンロ、コッフェル・食器、双眼鏡、救急セット、保冷剤、タオル類、ビニール袋、トイレットペーパー、ツエルト（小型の簡易テント）。

さらに三人はウエストバッグも使う。そちらには、ライター、ガムテープ、バンドエイド、ウェットティッシュ、防水マッチ、折りたたみ式ナイフ、筆記用具、コンパス、地図、デジタルコンパスや簡単な地図案内機能がついたGPS受信機などを入れておく。

帰りは、電話で同じ駐車スペースにタクシーを呼ぶことになっている。携帯を確認すると、このあたりはまだ圏外ではなかったが、山の奥ではどうなるかわからない。

佐賀との県境にある一ノ宮岳と、ずっと諫早《いさはや》市寄りの烏帽子岳《えぼしだけ》。その間に、標高およそ七五〇メートルの芽路鹿山がある。

かつては芽路鹿村まで、幅は狭くても車道が通っていたという。

しかし、その車道にかかっていた橋が老朽化し、一部が崩落しても修繕が施されることはなかった。芽路鹿村が地図から消えたからだ。合併というより事実上の廃村であり、記録上は村民全員が転居したことになっている。橋を維持する必要はどこにもなかった（そもそもどの市町村が整備を担当すればいいのかも曖昧《あいまい》だった）。車道は川や谷に遮られて、香織たちはかつての橋を大きく迂回《うかい》するルートをとらねばならない。迂回し、山林から旧車道に入って、芽路鹿村を目指すコースだ。

「では、いきますか」

伏見が、久しぶりの家族サービスでハイキングに出かけるサラリーマンのような軽い口調で言った。

谷沿いの道を登り始める。

「このあたりは、密教・修験道の修行に使われていた山でもあるそうです」と伏見。

「偶然ではない……ですかね？」と大谷。

「新興宗教に利用することは可能でしょうね」

濡《ぬ》れた平べったい石が散らばっている。今日は幸運なことに日差しがそれほど強くないし、鬱蒼《うっそう》たる木立が屋根や傘のような役目を果たしている。風が吹くと山林が騒ぐ。香織は、山全体から生命を感じる。山で生きる動物の命を感じるのではない、山の命だ。

大谷は山に慣れていた。機動隊、特に銃器対策部隊の狙撃手は、訓練として色々なことをやらされてきた。その色々の中には、山中でのサバイバル訓練も含まれていたのだ。大谷は香織に登山の基本を教えてくれた。――踵《かかと》を使いすぎるとすぐに足が疲れてしまう。山では小股《こまた》で歩き、足の裏全体で踏みしめる。そうすれば転ぶことも少なくなる。傾斜がきつい場所は、足を逆八の字にして踏ん張って進む。危ないと思ったら三点支持。両手両足のうちの、どこか一箇所だけを代わりばんこに動かして少しずつ移動する方法だ――。彼は、人にものを教えるのが凄《すご》く上手い、と香織は思う。

一時間ほど歩いたころだろうか。

谷の斜面が緩くなり、川が浅くなってきた。三人は、足を滑らせないように用心しながら川を渡る。浅くとも、底には苔《こけ》が生えているので、用心していたのに香織はバランスを崩してしまう。さっと手を伸ばして支えてくれたのは大谷だった。彼のおかげで、香織は早々とびしょぬれになるような目にあわずにすんだ。

「そろそろですね」伏見が言った。「ここからが本格的な登山になります」

その言葉通り、川を離れれば離れるほど傾斜がきつくなっていった。大きな岩の連なりが階段のように見えることもあったが、それは決して人工の階段のように楽に登ることはできない場所だった。

「………」

斜面で香織がふと背後を振り返ると、牢屋《ろうや》の鉄格子に似た木々の隙間《すきま》から、名前もわからない低い山々が見えた。山ではなく丘なのかもしれない。あっちの山だったらもっと楽そうだったのに、と香織はどうにもならないことを考えた。

慣れない登山は香織にとって苦行以外のなにものでもなかったが、それでも不思議とやめておけばよかったという気持ちにはならなかった。目の前にいる二人の男とともに、この山を登るために今までの全生涯があったような気がしてくる。

三人は、急に開けた場所に出た。木々どころか雑草さえもあまり見かけない、荒れた土地だ。大小様々な石が転がっている。平坦にはほど遠く足の裏が痛む。大谷が「気をつけていきましょうか」と言った。風が強く吹いて、特に小さな石が乾いた音を立てて転がった。

「ここだけ、賽《さい》の河原みたいですね」と伏見。

「縁起でもない」と大谷が顔をしかめる。

「それって、なんでしたっけ？」香織は訊《たず》ねた。

「三途《さんず》の川ってあるじゃないですか。この世と冥土《めいど》の境目だっていう」伏見が答える。

「その河原のことです。親より先に死んだ子どもが、親不孝の罪で賽の河原で罰を受ける。罪人は河原で石を積んで塔を立てないといけないんですが、完成間近になると鬼が来てそれを崩しちゃう。ええと、たしかに縁起でもないですね」


再び山林に入っていく。

きつい段差もあったが乗り越えて、数時間で予定通り、かつての車道に入ることができた。もう長い間使われていないせいか、蔓《つた》や雑草が路面まで伸びてきている。道のど真ん中でカエルが喉を膨らませていた。都会では見たこともない巨大なミミズが這《は》っている。


かなりきつめの坂道ではあるが、完全な登山よりはずっと楽になった。

「どうしましょうか」と伏見が質問してきた。

「何がでしょうか？」と香織。

「このまま旧車道を行くか、直進して山頂を通って芽路鹿村に向かうか」

「ああ、なるほど」

香織は、ここで初めて尾根の向こう側に村があることを知った。

伏見は言う。「距離的には、もちろん直進のほうが近い。しかしそのぶん、体にかかる負担は大きなものになります。また、きつい段差や岩場もあるでしょう。山の冠に沿って旧車道をぐるりと回れば、ラクは楽だ。ただちょっと時間がかかります。具体的にいえば……そうだな一時間くらいの差ですかね」

「伏見さんと大谷さんは、山頂を通りたい感じですよね。その口ぶりから察するに」

「ああ、ばれましたか」伏見は笑った。

彼は、遠まわしに香織にも険しい道のりを選択することを要求していた。香織は、それが嫌ではなかった。

「なんとなく、全体を見渡す機会があればいいかな、と」

「大丈夫ですよ」と香織。「そこまで疲れていませんし、へたばることもないと思います」

「決まりですね」

二人が話している間、大谷はずっと黙っていた。不機嫌な沈黙というわけではなく、彼は必要がないときは無理に口を開かなくてもいいと知っているのだ。

頂上を通過するコースのほうが、大谷や伏見には相応《ふさわ》しいと感じた。香織は、そんな二人についていきたい。もし香織が一人で登山していたのなら、普通に旧車道を回ったことだろう。その行動に一切の疑問を抱くこともなく。

三〇分ほど歩いたところで、三人は旧車道を離れた。平坦な道から険しい道へ。角度のついた山林を抜けて、頂上を目指す。

やがて、大きな岩に行く手を遮られた。

高さは五メートル、横幅は四メートルくらいありそうだ。当然、人が何か手を加えた形跡はなく、上よりも根元のほうがやや細く、体調を崩したボディビルダーのように不安定な印象を受ける。もしも何らかの衝撃でこの岩が倒れたら、下になった人間は体中の穴という穴から血を噴き出して死ぬことになるだろう。

形が歪《いびつ》なうえに危険性まではらんでいる。奇岩、と言ってもいいかもしれない。

その奇岩は、香織たちにとって嫌な位置をふさいでいた。奇岩の周囲は段差が激しく、これさえなければすんなりのぼれそうな場所なのにのぼれない。香織たちの登山を予期した山の神がちょっとした嫌がらせのために置いたとしか思えない。

「迂回しますか」

伏見が言った。

物質としての岩よりも、その岩が持つ存在感を嫌がった様子だった。

香織と伏見は奇岩に側面を向けた。しかし、大谷だけは奇岩を正面から見据えたまま微動だにしなかった。怪訝《けげん》な顔つきの伏見が「どうしました？」と訊《き》いた。

「いえ……先に行っててもらえますか」

「はい？」

「ちょっと、のぼってみたくなったんです。この岩を」

「なんですかそれは……」伏見は顔を歪《ゆが》めて苦笑した。

「上手くいけば、俺のほうが先に上に着いて二人を待ってることができると思います」

「どうでもいいリスクを冒すことになると思いますがね」

「あえて、ということです。大丈夫、迷惑はかけません」

「なるほど。いきましょうか」と、伏見は香織の肩を叩《たた》いてから歩き出す。

「でも……」どうしてここで別行動をとる必要があるのか、香織には理解できない。

「大谷さんなら大丈夫。本人もそう言ってます。こういうことが大事なんです。やるべきことをやる人間というのはね、やりたくなったらやっておくべきなんです」

「はあ……」

「そんなに離れるわけじゃないですから」

香織はためらっていたが、まさか「自分も岩をのぼる」と言い出すわけにもいかず、大谷を止めたくもなかったので、伏見と一緒に回り道を進むことにした。大谷は、奇岩を何度か蹴《け》った。不安定な形なので、簡単に倒れないかどうか試しているらしい。大谷が全力で蹴り、全体重をかけてゆすっても奇岩はほとんど動かなかった。

「……よし」

大谷は、奇岩表面の隆起に指をかけた。重い荷物を背負っていても、機動隊で鍛えた体力で苦もなくよじのぼる。

——結果的に、大谷は香織たちの先をいった。岩を乗り越えて最短距離で移動し、道端で休憩して他の二人を待っていた。香織と伏見があとから追いついて、微笑《ほほえ》みを交わした。

それまで、山からは断片的な情報しか与えられなかった。それが、芽路鹿山の頂上にたどりついた瞬間、パノラマに変わった。誰かが伐《き》り倒したのか自然とそうなったのかはわからないが、頂上付近にはほとんど木が生えておらず、視界が全方向に開けていたのだ。これが「山を登る」ことなのかと香織はその風景に感動し、芽路鹿村が目的だということを忘れそうになった。——いや、数分は完全に忘れていたかもしれない。

香織は、登山が趣味だという人間の気持ちをかなり理解した。少なくともほんの数パーセントは体感できた。山を通して、自分自身のことを知ることができる。自分が険しい道をどのくらいの速度で移動することができるのか、どれくらいの汗をかくのか、どの程度の障害物には負けてしまうのか——。ほんの数時間で、香織は自分の体についてずいぶん詳しくなった気がする。

芽路鹿山から南東側には、烏帽子岳が見えた。北側には、多良岳、黒木岳、一ノ宮岳の稜線《りょうせん》が巨大な壁のようにそびえている。それらの壁とこの芽路鹿山との間には、名前もついていない小山や丘が点在している。青々とした木々が生い茂っているが、緑一色ではない。自然の隆起が、絵画的な濃淡を作り出している。

高いビルはもちろん、鉄塔や電線も見当たらない風景は美しい。

「あと少しですよ」そう言って伏見が指さした。「……ほら」

　眼下の山林に、ドーナツのようにぽっかりと穴の開いた場所があった。建物が集まっているのが見える。その周囲には、階段のような縞《しま》模様がある。一段一段が数十メートルという大きな縞模様は、かつての畑やビニールハウスの痕跡《こんせき》だ。

「目的地です。芽路鹿村」

　ここから先はつかの間の下りだ。

　山では、下りも上りと同じ程度に体力を消耗する。バランスを崩したり、足を痛めたりする可能性が高いのはむしろ下りのほうだという意見もあるほどだ。用心して斜面を移動し、村に近づくにつれて徐々に木々が減っていき、とうとう民家が目の前に現れた。

　香織は時計を見た。午後一時。

　予定よりかなり早い到着だった。

3

　人口は最も多い時期でも三〇〇人ちょっと。戸数にして七〇ほど。

　林業と温泉によって、小さくとも裕福な村だったという。しかしあまりに交通の便が悪いことから過疎化を防ぐことができず、やがてカルト教団に乗っ取られてしまった。若かった父母は、この村から逃げ出した。そして母は、暴力的だった父からも逃げた。母の人生は不幸なものとしか言いようがない。いつも邪悪で理不尽な存在に追われて、逃げたくもないのに逃げ続けの人生だった。

カルト教団に乗っ取られた芽路鹿村は、やがて一番近くの村と合併することになる。戸籍上、住民はすべて転居——いわゆる集団移住——したことになっていて、今では完全な廃村である。たしかに、人の気配はまったくない。

香織は疑問に思う——。せっかく乗っ取った村を、カルト教団はどうして手放してしまったのだろうか？　この程度の疑問はずっと前に伏見や大谷も思いついているはずであり、答えを探すためにわざわざこんな山奥まで足を運んだわけだ。

無人の村には、奇妙な緊張感が漂っていた。とても暑いのに、肌寒い。背筋に氷を当てられたかのように悪寒が走る。その嫌な空気を感じて、香織は、道路の真ん中に猫の死体が転がっていたときのことを思い出した。

動物の死体は、恐ろしい。可愛《かわい》かった猫が、血を流して冷たくなっているのは悲しく、かわいそうな光景だろう。そう感じているのに、なぜか死体を片付けることができない。触ることができない。

死んだ猫は逃げないし、絶対にこちらを噛《か》むこともない。それなのに——とても、怖い。恐れる理由など何一つないものを恐れている。ずっとその理由を考えていたが、一人では答えを出すことができなかった。しかし数年前、ある映画のパンフレットを読んでいたら急にわかった。死体が恐ろしいのは、再び動き出すかもしれない、とこちらの想像力を刺激してくるからだ。

「どんな鳥だって想像力より高く飛ぶことはできないだろう」――たしか寺山修司《てらやましゅうじ》の言葉だ。

動いているものは、それで終わりだ。歩いている猫を見て、「あの猫は歩くかもしれない」と考える人間はいない。死んだ猫だけが、人に超自然的な想像を喚起する。「あの猫はまた歩き出すかもしれない」と。

この村を恐ろしく感じるのも、同じ理由だ。無人ゆえの緊張感が、すきま風のように頭に入り込んできて、想像力を刺激してくる。賑《にぎ》やかな街で起きることは、予想がつく。ところが何もない村では、そもそも予想という行為が成り立たない。仮説を組み立てるための材料が少なすぎるのだ。辻褄《つじつま》の合う推論や仮説を用意できないとき、人間は思考の空白を想像で埋めていく。人間の精神は空白には耐えられないようにできている。

芽路鹿村には中央に広場――というほど広くはないが、噴水を置いたらちょうどよさそうなくらいには何もない場所――があり、そこに面して村長・平田幸吉の屋敷がある。ブロック塀に囲まれた、瓦屋根《かわらやね》の古めかしい建物で、二階はなく、かわりに車庫と庭がついている。庭はそこらの道と同じように雑草に覆われていて地面が見えない。車庫のシャッターは閉じきったまま完全に錆《さ》びついている。

「これが、祖父の家……」

母は、この家で育った。

そして父と出会った。

この家で、何かが起きた。

伏見と大谷が近くの家を調べている。廃村でも、自由に荒らしていいわけではない。誰も住んでいなくても、建物によっては所有者がはっきりしていることもある。そんなところに勝手に入れば不法侵入――違法行為だ。とはいえ、この村について知りたいことがある以上、多少あらっぽいやり方になるのはどうしようもない。伏見と大谷は、ドアを強く押したり、民家の敷地内に入って窓から中を覗《のぞ》いたりしている。どうせ周囲には誰もいないし、わざわざこんなところまで足を運んできて、どこかに不法侵入の痕跡がなかったかどうか調べる人間はこれまで一人もいなかったろうし、これから先もいないだろう。

香織はやはり、祖父・平田幸吉の家が気になった。

引き戸に手をかけて、思い切って力を入れてみる。――鍵がかかっていて、逆になんだか香織は安心してしまった。鍵がかかっていなかったら、大変だった。

「香織さん」

いつの間にか、伏見がすぐ背後に立っていた。香織はびくっと微かに震えてしまった。

「なんでしょうか」

「おなか、すいてません?」

広場の、なるべく地面が平坦な場所にレジャーシートを敷いて、登山用ザックから水筒と食料を取り出した。まるで普通のハイキングのように三人で座って、食事の準備を進めていく。水筒は何本もあり、そのうちの一つには冷たい麦茶が、もう一つには温《ぬる》いコンソメスープが入っている。小さな専用の鍵を使ってコンビーフの缶を開けて、耳を切り落とした真っ白い食パンに挟んで食べる。

食べ物を前にして、香織は自分がどれほど腹が減っていたかに気づいた。疲れていた。やけにパンを甘く感じた。コンビーフの脂が体にしみこむようだった。

「どうですか、この村は」伏見が、香織に訊いてきた。

「どうもこうも……母から詳しい話を聞かされていたわけでもないので……」と考えながら香織は言う。「ただ、イメージしていた通りの村だな……とは思いました。ものがなしくて、虚《うつ》ろで、どこか恐ろしい感じ」

「人がいれば、横溝正史《よこみぞせいし》の小説の舞台にぴったりですな」

伏見が余計なことを言った。

「伏見さん、緊張感が足りないんじゃないですか」と大谷がたしなめる。

「いやいやすみません、つい、ね」伏見はもみあげのあたりを指で掻《か》いて、それから言う。

「思いついたことはなんでも口にしちゃうのは私の悪い癖でね……」

「大事なことほど出し惜しみするのに」

大谷がちくりと刺していく。

伏見は「こりゃまいったな」と苦笑して、話題を変えた。

「それはさておき、ここからが本番です。別に登山、ハイキングのためにこの村までやってきたわけじゃない。ドアにちゃんと鍵がかかっていて、もう何年も人が出入りしていないような雰囲気の家は後回しでいいでしょう。まずは、『鍵のかかっていないドア』を探します。よほどのことがない限り、転居する際に、ドアに鍵をかけないということはありません。それが見つからなかったら、仕方がない。鍵を壊して、怪しい建物を片っぱしから調べます。……とにかく、違和感を見つけないと」

「違和感……とは？」

香織は確認した。伏見の話し方には特徴がある。「わかるでしょう？」とでも言いたげに比喩《ひゆ》や論理が多少飛躍する。香織には残念ながらよくわからない。大谷には伝わっていることが多いように見える。

「そのままですよ」

伏見はコンビーフのサンドイッチを食べ終えて、ウエストバッグから取り出したウェットティッシュで指を拭《ふ》いた。爪先《つまさき》から根本まで、一本ずつ、丁寧に。

「廃村にあるはずのないもの。廃村に相応しくないもの、です」

三人で手分けして、伏見が言っていた「鍵のかかっていないドア」を探した。香織は、自分がホラー映画の登場人物になったように緊張し、風が起こした微かな物音や鳥の羽ばたきにもいちいち驚きながら、それでも必死に観察力を最大限に働かせて歩き回った。祖父の家同様、最初はノックもせず呼び鈴も鳴らさずにドアに手をかけることには抵抗があったが、他に方法があるわけでもないので、思い切ってやっていく。しかし、ほとんどのドアは堅く閉ざされたままびくともしない。鍵がかかっていないとしてもそれは、明らかにどうでもよさそうな納屋や物置小屋ばかりだった。

警察官である二人はさすがにこの手の作業に慣れていて、同じ家を二度調べるような間抜けなこともなく、村の建物をすべて――およそ七〇戸――を一時間ほどで調べ終えた。時間は午後二時三〇分。三人は再び、村長・平田幸吉の屋敷の前に集まった。

「この村の戸締りは万全みたいだな……」

額に汗を浮かべた伏見が、ため息まじりにつぶやいた。

「まあ、引っ越すときには必ず鍵はかけて出ますよね」と香織。

「それはそうですが……」伏見は手の甲で汗を拭《ぬぐ》う。「でも、この村の場合はただの引っ越しではなくて、村を捨てるわけでしょう。一人くらいは鍵をかけ忘れているのが自然じゃないかと思ったんですよ」

「例外が一件も存在しないのは逆に不自然」と大谷。

「そうです。例外というものは多すぎても、またなさすぎてもよくない」

結局、家の中も調べてみるしかない、という話になった。

「最初に調べるなら、村長の屋敷でしょうかね」と伏見。

大谷がドアの鍵を壊して、三人は平田幸吉の屋敷に足を踏み入れた。ドアを開けた途端、畳が腐ったような濃厚な臭いが鼻腔《びこう》を刺激してきた。ただ空気を吸っているだけで、舌で埃《ほこり》の味を感じることができそうなほどだ。長い間、外界から遮断されていた屋内の空気が、唐突な訪問者によってかき回された。この家は間違いなく「死んだ家」だった。それが、奇跡的に息を吹き返した——この村を覆い尽くしている不穏な空気に風穴を開けるように。

「靴、脱いだほうがいいですよね」香織は言った。捨てられていたとしても、家は家だ。

「いやいや、それはよしたほうがいい」と伏見。「長い間使われてない家なんて、どこかで床板が腐っていてもおかしくないんです。踏めば穴が開くようなもろい床、何かの木片、割れたガラス——足を傷つけそうなものが山ほど思いつく。こういうときは、靴ははいたままで」

「わかりました」

用意のいいことに、伏見が全員分のマスクを持ってきていた。薬局で売っている、ごく普通の風邪予防マスクだ。それでも、つけているのといないのでは呼吸の感覚がまったく違った。肺にちくちくと突き刺さるような埃が、マスク越しだとほとんど気にならなくなる。

「じゃあ、平田さんはしばらくここで待っていてください」

そう言って、大谷が前に出た。

「はい」

まず、大谷と伏見がざっと屋敷内を見て回った。調査というよりは、安全の確認だ。今回の事件の関係者以外に、誰か余計な人間がこの村に紛れ込んでいる可能性も、完全に排除することはできない。こんな山奥だから可能性は限りなく低いが、ゼロではない。廃墟《はいきょ》に、ホームレスや逃亡中の犯罪者が潜んでいた例もある。

「……………」

香織は待った。警察官である二人は慎重だった。一五分ほどで二人とも戻ってきて、特に危険そうなものは見つからなかったと言った。

香織は居間に進んだ。木目が美しい座卓に、時代遅れなブラウン管テレビ。食器が並んだ木製の棚に、将棋の指南書や文学全集が並んだ小さな本棚がある。木製の棚にはガラス戸がついていて、その向こう側ではカビの生えた茶碗《ちゃわん》や未開封のまま賞味期限が切れたらしいはっかの飴《あめ》が眠っている。背もたれ付の座椅子があったが、座布団やクッションがついていないので座り心地は悪そうだった。

あとからやってきた伏見が、居間の押し入れの襖戸《ふすまど》を開けた。中には埃で汚れたこたつ布団や半纏《はんてん》が積んである。

「あるべきはずのものがない」

「なんですか？」

「あとで説明しますよ」

さっき大谷が言った通りだ。伏見は「大事なことほど出し惜しみ」する。

食器の棚やテレビの周囲には、いくつか写真立てが飾ってあった。祖父と祖母の写真。どちらも着物姿で、神社で撮っている。古い映画のワンシーンのように決まっている。そして、おそらく赤ん坊だったころの母の写真。正月に親戚《しんせき》一同が集まった記念写真——。どの写真からも、幸福そうな波動が伝わってくるが、それらはすべて失われたものだ。どうして幸福は長く続かないのか。手に入れたと思っても、簡単に壊れてしまうのか。

香織が歩いていくと、廊下の床板があまりにも軋《きし》んだ音を立てたので不安になった。居間の、廊下を挟んで向かい側に祖父と祖母の寝室があり、斜向《はすむ》かいに香織の母の部屋があった。今にもボロボロと崩れそうな襖を開けて、中に入る。香織の母は、父と駆け落ち同然で芽路鹿村を出るまで、この部屋で生活していたのだ。

母は芽路鹿村の中学校を卒業後、長崎市内の高校に通った。全寮制の女子高だったそうだ。それから大学には進学せず、村に戻ってきたという。

母の部屋は驚くほど片付いていた。机と椅子と本棚と——あとは何もなかった。母が出ていく際に片付けたのか、それとも出ていったあとに祖父母が片付けたのか、どちらか今はもう知るすべはない。

母の本棚には、学校の教科書や文庫本、漫画の単行本などが並んでいた。——昔は、この村にも本屋が営業していたのだろうか？　いや、芽路鹿村の規模では無理な話だ。車で町に買い物に出かけた際に、ついでに本を買ってきたに違いない。本棚に『ガラスの仮面』があった。その漫画は香織も読んでいるし、まだ完結していない。母の時間と自分の時間が、急に地続きになったように感じられた。ディケンズやバルザック、スタンダールにコンラッド。ドストエフスキーやトルストイの本があることに香織は驚いた。あまり、記憶の中にある母のイメージとは重ならない本棚だ。

　香織が物心ついてからの母は、ほとんど本を読んでいなかったように思う。もちろん裕福ではなかったし、なにしろ「夫」から逃げる・隠れるという余計な作業も抱えていためかずっと忙しそうだった。母は、ずっと我慢していたのかもしれない。香織を育てるために、大好きな読書を我慢して、自分の時間を犠牲にしていた。母の心情を想像して、香織はこの場で涙をこぼしそうになった。

「整理整頓されてますねえ」

　やはり、伏見がついてきていた。大谷は、寝室や台所、風呂場《ふろば》などを調べている。伏見の軽い口調のおかげで、香織は本当に泣き出さずにすんだ。

「香織さんのお母さんは、きれい好きだったんですか？」

「そうだったと思います。でも、難しそうな本が多くて驚きました」

「すみません。色々と、あさってみていいですかね」

「どうして私に許可を求めるんですか？」

「あなたのお母さんの部屋ですからね。どうでしょう」

「母はもう故人ですし……状況が状況ですからね。お気になさらず」

「では」と伏見は押し入れを開けた。上の段には母が使っていたらしい布団があり、下の段には本棚に収まらなかった漫画の単行本や古雑誌の山が積んである。押し入れの中だったおかげか、本の保存状態は悪くない。もしかしたら、古本として価値があるものも混ざっているのかもしれないが、それを探す気にはなれなかった。そんなつまらないことのためにやってきたわけではないのだ。

香織はため息をついた。疲れた息がマスクを抜けて弱々しい音を出す。不思議なものだ、と思う。香織は、母がまだ生きていたときよりも生々しく母の存在を実感している。この部屋にいると、母を母ではなく年上の友人のように感じる。

「どうしました」と伏見が顔を覗きこんできた。

「あ……はい？」

「ぼんやりしてましたよ。何か気づいたとか？　違和感が」

「いえ……」

香織はマスクの下で唇を笑みの形にした。

「この部屋にあるものはすべて、母が失った時間が形になったもののような気がして……変なことを言い出してすみません」

「全然変ではないですよ、わかります」

伏見は押し入れの古本・古雑誌を引っ張りだしてさらに奥を調べた。変色した新聞紙の包みが出てきて、破ると中から出てきたのは旧式のワープロだった。ぱっと見は最近のノートパソコンに似ているが、プリンターが一体型になっていて、ケーブル類の差込口がない。

「懐かしいですね。パソコンが普及する前は、これしかなかった」

伏見は押し入れの中を隅々まで探した。それでも目的のものが見つからなかったらしく——何が目的なのかは香織にはわからないが——彼はさらに机や洋服箪笥《ようふくだんす》の引き出しまでひっくり返した。結果——やはり何もない。

「ここにも、あるべきものがない」

「はあ……」

「平田さんのお母さん、ワープロを使って何を書いていたのか……思い当たることはあります？」

「それが、全然……」

「平田さんの前でワープロを使ったことはなかった？」

「母は、ワープロ、パソコンはもちろん、ビデオデッキも上手く扱えなかったくらいで」

「じゃあ、答えは一つですね」

「こたえ」

「このワープロは、お母さんの持ち物ではない。誰か別の人が使っていたもので、ここに片付けただけ」

「別の人」

「平田さんの祖父か祖母か。居間に戻りましょう」

部屋を出た伏見が「大谷さーん！」と大声で呼んだ。

4

居間に三人が集まった。

「さて」と伏見が口を開く。「さっき『あるべきものがない』と言いましたよね」

「はい」と香織はうなずく。大谷はあまり動かないが、それでも微かに首を縦に振ったのだとわかる。

伏見は言う。「座椅子はあるのに、座布団がなかった。押し入れの中にも」

香織は小首を傾《かし》げる。「それが？」

「何もないのならいいんです。引っ越しの際に持っていった、という結論が出る。ところが、この家はそうじゃない。人だけが消えたかのように、家具はもちろん食器までそのまだ。これで座布団がないのはおかしい」

「つまり？」

「誰かが捨てたんですよ。座布団を」

「なぜ？」さっきから短い質問ばかり繰り返して我ながらバカみたいだ、と香織は思う。

「推測ですが……」と断ったうえで伏見は続ける。「血がついたんじゃないでしょうか」

「座布団に……血が？」

「殺人です。被害者は平田幸吉さん。顔見知りの犯行だと、居間が現場になることが多い」

「…………」

香織には「一生自分には関係無いだろうな」と考えている場所がいくつか存在する。たとえば園遊会の会場、たとえばアカデミー賞の授賞式、たとえば宝塚歌劇団のステージ上などだ。殺人現場も、そんな関係のない場所の一つだと考えていた。今では、過去形になってしまった。もうどっぷりと関わってしまった。

「血痕《けっこん》を探すにはコツがあるんです」

そう言って、伏見は食器が並んだ棚に近づいていった。

「目に見える場所を探しても意味がない。そこは、犯人の目にも見えていた場所ですからね。見える場所に証拠を残すのは急いでいたのか、ただのバカです。——ここもそうだ。犯人は当然、畳や棚についた血痕は拭きとった。でも、つい見逃してしまう場所がある。ええと、大谷さん」

「はい」

「ちょっとそっち持ち上げてもらえませんか？」

伏見は、棚の反対側を指さしていた。大谷は言われたとおりにした。二人で大きな木製の棚を挟んで立って、「一、二の、三」でタイミングを合わせて持ち上げる。ガラス戸がピシピシと痺《しび》れるような音を立てて、中の食器がいくつか下に落ちる。

二人は棚を一メートルほど横にずらして、おろした。棚があった場所だけしっかりと畳が四角くへこんでいる。伏見が何をしたかったのかよくわからず、香織は目を白黒させていたが、持ち上がった棚の下に嫌な乾き方をした黒い染みが広がっていたことに気づいて息を呑《の》んだ。

「家具の下に血痕。言われてみれば誰でも思いつく。だが、言われないとなかなか気づかない。やはり事件だ。まだ証拠は足りませんが、私は断言します。殺人事件です」

伏見は、ポケットから綿棒と小さなプラスチックのケース、そしてビニール袋を取り出した。綿棒で血痕を削るようにして集めて、ケースに入れる。一箇所だけではなく、大雑把に区切った場所ごとに一本ずつ、合計で五本。ビニール袋はジッパー付きで、ぴったりと封をすることができた。伏見は五本の血痕ケースが入ったビニール袋を、香織に手渡した。

「古い血痕なんで、ＤＮＡの保存状態はひどいもんでしょう。それでも証拠は証拠です。持っていてください」

「でも、私は一般人で……」

「ある意味、これはあなたのおじいさんの遺品かもしれないんですよ」

そう言われたら、なんとなく納得してしまった。「……わかりました」香織は、そのビニール袋を自分のウエストバッグの奥にやった。

「探さないといけないものが、もう一つあります」伏見は心なしかいきいきとしている。

「ワープロがあったんだから、フロッピーディスクもなきゃいけない」

「そうとは限らないんじゃないですか？」と、大谷が首をひねった。「そんなに大事にとっておくようなものではないでしょう。そもそも、フロッピーディスクじゃ中身のデータはそれほど長期間は保存できないんじゃないですか。古くなったら、捨てちゃうでしょう」

「それにしては、ワープロの保存状態は悪くなかった。フロッピーディスクも、安物でなければ……そしてちゃんとしたケースに入れていたならば、一〇年くらいはどうにかなります。見つからなかったら、その時考えましょう」

三人で手分けしてフロッピーディスクを探した。大谷は引き続き居間を、香織が寝室を、伏見がそれ以外という分担だ。祖父の寝室で、香織は一人になった。襖戸や障子戸越しに二人の男が立てる物音が聞こえてきたが、空間としてはたしかに区切られている。

主を失った家の内装はあちこち綻《ほころ》び、あるいはささくれだっていた。香織が畳をひっくり返すと、大量の埃が舞い上がる。手袋とマスクがあってよかった、と香織は思う。

――フロッピーディスク。ディスクだ。

存在しないものを探している可能性もある。しかし、今は伏見を信じたい気分だ。手分けする前に、彼は探し方のこつを教えてくれた。「『自分ならここに隠す』というところを探すのが基本です。しかし、それでも見つからないことが多い。そういうときは分析の水準をずらしていくんです。一歩身を引いて、ロングのショットで考えなおす。『我々にとってフロッピーディスクとは何か』……『平田幸吉さんにとってディスクとはなんだったのか』」

床板の下にスペースがないか丹念に調べて、何もなかったら次は天井裏だ。埃と蜘蛛《くも》の巣ばかりで、上にも何もない。マスクをしていても、隙間から少し入り込んできたのか喉の奥にちくちくとした痛みを感じる。目もかすむ。涙目になってしまう。

「ふう……」

香織は窓を開けて空気を入れ替えた。

最初の印象――この家は死んでいる。しかし、息を吹き返した。予期せぬ来客によって蘇生《そせい》されたのだ。

窓を開けると、微風が吹き込んでくる。まるで、この家の呼吸だ。微かに、か、か、息がある。そんな気がする。

「よし」と気合いを入れなおして探すのを再開する。

――一五分ほどが過ぎ。

押し入れの中身をすべて外に出し、棚の引き出しもすべて取り出す。今のところ、切っ掛けになりそうなものさえ見つからない。

――伏見が言っていた、分析の水準をずらすとはどういうことだろうか。

両瞼を閉じて考える。

今は、伏見や大谷も一休みしているのかもしれない――やけに静かだ。

――我々にとってフロッピーディスクとは何か。それは、真実に近づくためのものだ。

カルト教団に乗っ取られた村と、最近起きた意味不明な銀行強盗、そして銀行強盗犯狙撃事件の因果関係をつかみたいのだ。

平田幸吉——祖父にとってディスクとはなんだったのか。まず、祖父がディスクを隠したことを大前提としよう。無駄にするつもりで何かを隠す人間はいない。普通は大事なものを隠す。隠すのは何のためか？　自分のため——あるいは他人のため。自分のためだとすれば、そのディスクには「あとで使う」予定があった。反撃のための道具だ。他人のためだとすれば、それもやはり反撃のための道具だろう。何らかの攻撃力を有した情報を、自分の家族や、正しい価値観を持った人間に渡すことで、自分の目的を達成したいわけだ。

もう一歩踏み込んで考えてみる。

「敵」にとってディスクとはなんなのか？　それは、絶対に「あってはいけない」ものだ。この村を地図から消してでも「なかったことにしたい」もの。それは、狙撃手を使って日本の警察相手に暗殺作戦を決行してでも守りたい何かにつながっている。それは恐ろしく暴力的な意志であり、人の命を虫や獣の命と同列に扱う。

ここで、逆に考えてみる。

フロッピーディスクにとって、我々はなんなのか。

——見つけて欲しいのに、見つかりたくはないもの。

——誰かに見えていても、他の誰かには見えないもの。

そんなことを考えながら、香織はもう一度、祖父の寝室をゆっくりと見回した。分析の水準をずらすことはできたろうか。さっきまでとは違うものが視界に引っかかる。寝室の棚の上に、すっかり埃で汚れた記念の盾やトロフィーが並んでいた。北高来郡高来町将棋愛好会・シニアの部優勝記念、帝国陸軍戦友会・生還五〇周年記念、芽路鹿村老人会カラオケ大会準優勝記念など——いかにも老人の部屋にありそうなものばかりだ。

香織は、戦友会のトロフィーに呼ばれた気がした。祖父は、九州出身者を集めた師団に所属して、ビルマで戦っていたらしい。そのトロフィーは透き通るようなクリスタル製で、どこか墓標のようだった。上に、小銃を構えた歩兵の人形がのっている。

「…………」

香織が思い浮かべたすべての条件に、その記念トロフィーが当てはまった。仮に証拠隠滅のためにこの屋敷にやってきた人間がいたとしても、それに隠すとは思いつかないだろう。なにしろ、記念トロフィーは透明なのだから。そもそも、祖父に対して個人的な興味がなければ、それに注目しようとさえ思わないはずだ。

香織は記念トロフィーを手にとった。よく注意してみれば、クリスタルの内側にさらに鏡が埋め込まれていることがわかる。透明なものと鏡を組み合わせることで、マジックのトリックみたいに内部のスペースが確保されている。隠し物のために、わざわざ記念トロフィーを改造したのだろう。底を見ると、ネジでとめてあった。

ドライバーはないか、と香織は視線を左右に動かした。すぐに見つかった。祖父の、寝室の机の上だ。古くても、ドライバーはドライバーだった。まるでそこに、使って欲しいと言わんばかりに存在していた。そのドライバーは香織が来るのを待っていた。香織はそれを使って、クリスタルの記念トロフィーの底を開けた。キィッ、とイルカが鳴くような音がして、中の隠しスペースが明らかになる。指をさしこむと、何かが触れた。つまんで取り出す。出てきたのは、ビニールで厳重に梱包《こんぽう》されたディスクケースだった。完全に密封された、三枚のフロッピーディスク。

「見つけました！」と香織は叫んだ。

　どたどたと足音がして、すぐに二人が駆けつけてきた。

「やっぱり！　フロッピーディスクもあった！」と笑顔で伏見。「どこにありました？」

　そう訊《たず》ねてから、伏見はすぐに香織が手に持っている記念トロフィーに気づいた。この流れで底のふたが外されている記念トロフィーを見れば、導き出される答えは一つしかなかった。

「なるほど、クリスタルの内部とは。『敵』の盲点をつき、それでいて『味方』ならいつか必ず気づく。いい隠し場所です」

「伏見さんのおかげです。探し方のコツを教えてくれたから」

「いえいえ香織さんの力です。私なんて口だけでね……面識はなくとも、さすが親族だ。来てもらって正解でした」

　香織はとりあえず伏見にディスクを渡した。ビニールの梱包はまだ解かれていない。伏見は、ビニール越しに中身を見つめて、目を細めてから言った。

「残念ながら、フロッピーディスクの中身をここで確かめる方法はありません。町まで戻って、ディスクドライブとパソコンを使うしかないでしょう。これは凄く保存状態がいい。我々にとっては幸運なことに、データが残っている可能性が非常に高い。ワープロの規格やフォーマットの手間によっては、時間がかかるかもしれませんが……」

5

三人は外に出た。フロッピーディスクも香織が持ち歩くことになった。彼女が一番荷物が少なく、ザックやウエストバッグの容量にも余裕があった。

「変な村ですね」伏見がつぶやく。彼が遠くを見ていたので、独り言なのか、誰かに話しかけたのか判別できなかった。

「私もそう思いますが、具体的には何かありますか？」大谷が、宛先《あてさき》のなかった伏見の言葉を受け取った。

「廃れ具合、とでもいうんですかね。一番荒れているのは、村長である平田幸吉さんの屋敷だ。しかし、そうでもない家がある。廃れ具合に差がある。数十戸は、空き家になってからほんの一年も経《た》っていないように見える……いや、もっと短いかもしれない……とにかく、錆《さび》や雑草、蔦の広がり方にムラがある」

「それが意味するのは……」と香織。

「最近まで誰かが使っていた家と、そうではなかった家がある、ということでどうでしょう」

「ああ、たしかに……」香織はうなずいた。

「仕上げに、学校を調べましょう」伏見が言った。

「学校？」香織は思わず訊き返した。

「芽路鹿村分校です。本当は小学校だったらしいんですが、過疎が進んだせいか中学生も通っていました。しかし、どんどん子どもが減って、廃村が近い頃には生徒は中学生が一人だけ。倉庫や木材加工の作業場を除けば、分校はこの村で一番大きな建物です。カルト教団がよからぬことを行うにはぴったりの場所だとは思えませんか？」


芽路鹿村分校は、住宅地と山林との境界線上に位置していた。この村では数少ない二階建てだが、香織が知っているどの学校よりも小さい。いつ倒れるかわからない錆びたサッカーゴールが設置された、狭い校庭がついている。

校庭は荒れ果てていた。凄《すさ》まじい量の雑草だった。雑草の根本に、いつ降ったかわからない雨の水たまりが残っていた。この校庭が沼になるのも時間の問題のように思えた。

学校の敷地全体がフェンスによってぐるりと囲まれている。フェンスは防錆《ぼうせい》処理が施してあるらしく、くすんではいるものの陽光を浴びれば反射して輝き、荒れ放題の校庭と比べるとアンバランスだった。

校門は閉ざされていた。格子状の門にチェーンが巻かれて、向こう側で大きな南京錠によって固定されている。「どうしたもんかなあ……」と伏見が途方に暮れていたら、大谷が何も言わずにフェンスをよじのぼってたちまち乗り越えてしまった。敷地側に飛び降りた大谷は、手近な石を拾い上げて乱暴に南京錠を破壊した。石があれば誰にでもできる、というものではなかった。彼の打撃は信じられないほどの力がこもっていて、しかも正確で、プロフェッショナルの凄さはこんな瑣末《さまつ》な出来事からも滲《にじ》み出るのだな、と香織は思い知った。

大谷がチェーンを外した。キィッ、とイルカの悲鳴のように耳障りで軋んだ音を立てて、校門が開いた。

三人は、学校の建物の中に入っていった。祖父の屋敷と違って、この建物はあまり「死んでいた」感じがしない、と香織は思った。そもそも、廃村の校門にわざわざチェーンやいかつい南京錠を使うだろうか？

落莫《らくばく》とした空気に支配されていた。廊下も教室も寒々としている。無人の学校にはそもそも一種異様な雰囲気が漂うものだが、それを差し引いてもこの芽路鹿村分校はまがまがしい。床は板張りではなくリノリウムで、埃が積もり、箇所によっては黄色く変化していたが、状態はそれほど悪くなかった。

教室の数は全部で六つ、あとは給食室と職員室に、倉庫。机や椅子はきれいに片付けられていて、もし黒板さえなければ、ここは元病院でも元村役場でもなんでもよさそうだった。それほど特徴のない造りだった。

かつてはこの空間で子どもたちが学んでいたという事実が、なぜか香織を切ない気分にさせた。学《まな》び舎《や》として建てられて、村はなくなり、今は香織たちしかいない。夕方に保育園で、親の迎えが遅くて最後の一人になってしまったような切なさ。

「地下がありますね」

伏見の声が聞こえた。いつの間にか彼は香織から離れて、校内の何かありそうな場所を隅々まで探索していた。

香織と大谷は、伏見のもとに向かった。伏見が見つけたのは、倉庫の床にとりつけられた重厚な観音開きの揚げ板だった。

「跳び箱や平均台で隠してありました」と伏見。「下手な隠し方です。悪いもの、い、い、い、い、を隠そうとするからそうなる」

念入りなことに、揚げ板はバーナーで溶接してあった。しかし、伏見と大谷が、どこからか見つけてきたバールの釘抜《くぎぬ》きで溶接部分を削り、何度も叩きつけ、最終的にはてこの原理を使って強引にこじ開けた。そこには地下への階段があった。

「雑な溶接だ」と伏見。「降りますか」

「危なくないですか?」と香織は心配する。

「溶接してあった揚げ板の下には、危険な人物はいないですよ」伏見は笑った。その通りだ。

「それとも、平田さんはここで待ちますか？」

「いえ、一人になるほうが不安なので、一緒にいきます」

三人は階段を降りた。地下がどんな臭いなのか、伏見だけがマスクをずらして鼻を動かし、顔をしかめた。マスクをしていても、刺激の強いすえた異臭を嗅《か》ぎ取ることができた。伏見と大谷は、小型だが強力なライトを取り出して先を照らした。暗闇《くらやみ》の中に、ぽっかりと光のサークルが浮かぶ。階段を降りきるとまず休憩室らしき場所があり、いたるところに鋼鉄のドアがある。

神経質な静寂――足音。三人で廊下を歩いていく。暗闇が、香織に想像力を駆使するよう強制してくる。闇の奥には何が潜んでいてもおかしくはない。たぶん、何もいないだろう。揚げ板は溶接されていた。理屈ではわかっていても、身体《からだ》は恐怖を感じてしまう。

二人が当てた光のサークル内で、金属が鈍い光を反射した。――鉄格子だ。廊下の奥には、牢屋が左右に並んでいた。まるで留置場――刑務所だった。一番奥には、鉄格子のついた窓さえない、完全な独房があった。

「人を監禁していた。それも、一人や二人じゃない」伏見がつぶやく。

「なんのために……」香織は呆然《ぼうぜん》とつぶやく。

「ここは、カルトの巣だった。洗脳にはぴったりの場所ですよ」

ただ部屋があるだけで、手がかりらしきものは何も発見できなかった。実に徹底的に掃除されていた。「フラッシュを使うので、合図をしたら目を閉じていてください」伏見が、牢屋や独房をデジタルカメラで撮影した。

三人は階段をあがって、そのまま学校を出た。とりあえず、広場に移動する。

午後三時三〇分。

「これから――」

これから、伏見は何をするつもりだったのだろうか。彼は、その言葉を最後まで言うことができなかった。突然、水風船を割ったように血飛沫《ちしぶき》があがって、伏見の体が回転した。

弾丸が彼の胴体を貫通していた。

第五章

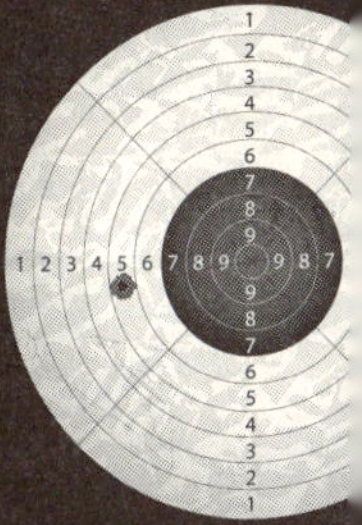

1

テキサス南西部——メキシコ国境近く。

空気が乾燥していて鼻の奥がひりつく。一マイルちょっと先には、青々とした葉を茂らせて、ペカンの木々が壁のようにそそり立っている。暑さのために陽炎《かげろう》がたちのぼり、濃厚な草のにおいで胸やけがしそうだ。

このあたり一帯は、州から許可を受けた射撃場に指定されている。日系アメリカ人のデイヴィッド・マカリ海兵隊二等軍曹は、この射撃場で行われているスナイパー競技会に参加していた。

アメリカでは、各地で頻繁に射撃競技会が開催される。民間の射撃愛好者向けの競技会から、公的機関に勤務する人間限定のものまで様々だ。このスナイパー競技会は、完全に軍・警察関係者向けで、民間人は一人も参加していない。

マカリ二等軍曹は、海兵隊入隊後、カリフォルニア州キャンプ・ペンドルトンの斥候狙撃手《スカウト・スナイパー》養成校を卒業。特技区分0317の技能識別コード《MOS》を得た。それはすなわち、厳しい訓練を潜《くぐ》り抜けた優秀なスナイパーということだ。

射撃場には鉄骨の台座が組み上げられていた。二階建てアパートほどの高さだ。台座に敷かれたマットの上で、マカリは寝転がって伏射の姿勢をとっている。マクミランのストックが頬と肩に触れていて心地いい。

軍・警察向けスナイパー競技会の二日目だ。ちなみに一日目は、狙撃《そげき》用のライフルではなく拳銃《けんじゅう》を使った競技が中心だった。スナイパーといえば、一般的には一発一殺《ワンショットワンキル》のイメージが強い。長距離で戦い、接近戦には弱い――。しかし、実際のスナイパーは狙撃の他にも室内戦闘や格闘技も訓練する。米軍の地上戦における新しい交戦教義《ドクトリン》が、すべての距離で戦える万能の兵士を欲しているのだ。

マカリは、ほんの数ヶ月前までイラクで戦っていた。海兵隊第一師団、第七連隊の狙撃小隊に配置されていた。現在はアメリカ本土に帰還し、カリフォルニアの空軍基地で再び訓練の日々を送っている。またすぐにサンドボックス――中東の戦場のことをそう呼ぶ――に派遣されるのかと思っていたら、最近は雲行きが怪しくなってきた。

大統領選だ。

スーパー・チューズデイ以降、民主党バラク・オバマの勢いが凄《すさ》まじい。彼は公約にイラクからの米軍撤退を掲げている。アフガニスタンのほうもどうなることやら、だ。マカリは彼に対して複雑な思いを抱いている。有色人種から大統領が出るのは日系として大歓迎だが、まだ決着もついてない戦争から撤退するのは一海兵隊員として納得できない。ブッシュの度重なる失策、共和党の限界——色々と思うところはあるが、大統領に相応《ふさわ》しいのはやはり一匹狼《マーベリック》のほうじゃないか？　そう、ベトナムで捕虜になったこともあるタフな政治家ジョン・マケインだ……。

「本当にどうなってんだかな」

余計なことを考えていた。雑念だ。スナイパーに政治は関係ない。

——標的、俺。

——標的、ライフル。

距離、角度、弾丸、重力、気温、風——。

マカリのような兵士は、よく暗殺者も同然として扱われる。特に、マスコミや反戦市民団体の人間は憎しみをこめてはっきり一音ずつ区切って言う。「S・N・I・P・E・R」と。自分の仕事を恥じたことはないが、釈然としない。爆撃機やアパッチの乗員のほうがよほど非人道的なことをやっている。

民間人だけではない。二人一組で行動する海兵隊のスカウト・スナイパーは、軍の上官たちにもまるでカウボーイだと嫌われている。たまにスナイパーの仕事をまったく理解できない指揮官に出くわす。行動後評価《AAR》ではいつも散々だ。

スカウト・スナイパーは、その性質上、指示をいつまでも待っているわけにはいかない。

その場の状況判断が重要なのだ。命令違反はしない。しかし、任務のためなら独断専行する。隠密性のためには、あえて状況報告《シットレプ》をしないこともある。こういったスナイパー特有の性質がなかなか理解してもらえない。それを学ぶため、わざわざ士官向けに「スナイパー指揮講座」が開催されるほどだ。

二日目最初の種目は「五〇〇ヤード・移動標的《ムーバー》」だった。

鉄骨の射撃台から五〇〇ヤード（四五七・二メートル）先に、普通の人型標的《マンターゲット》が二つ並んでいる。間隔は五〇〇ヤードほどだ。その二つの標的の間を、レールに沿ってゆっくりと本命の標的――ムーバー――が動く。ムーバーは直径三〇インチ（七六・二センチ）の円形で真っ白だ。

まず、普通の標的を一発ずつ撃つ。すると競技会の審査員を兼ねる観測手《スポッター》がムーバーを撃つ許可を出す。ムーバーを撃ち抜くまでにかかった時間と消費した弾数でポイントが決まる。最高一六ポイントだ。

デイヴィッド・マカリは狙撃と米軍を愛している。米軍がなければ狙撃はできない。狙撃ができないのなら米軍にいる意味がない。

マカリが砂嚢《さのう》を使って構えているスナイパーライフルはM40A3という。レミントンM７００をベースに軍用にカスタムしたライフルで、クァンティコのＲＴＥ（ライフル・チーム・エクイップメントショップ）ご自慢の逸品。バレルは美しいステンレスのシュナイダー・マッチグレード。使用する弾丸は口径七・六二ミリ、薬莢《やっきょう》の長さ五一ミリ。大量生産のファクトリーロードではなく、自分で薬莢を研磨し発射火薬を注入したハンドロードだ。どの弾丸も薬莢の長さはできる限り均等に、火薬の量は〇・〇一グレインまで測定した。それこそまるで科学者のように。

狙撃は科学の実験に似ている。

数学と物理を駆使する知的な殺しの作業だ。

マカリの顔の近くには、狙撃用の携帯情報端末と、ライフルと弾丸の弾道データが書かれたカード、そして自分で描いたこの射撃場の地図が置いてある。

照準器の調整をゼロインという。マカリはこのライフルを二〇〇ヤードでゼロインしている。弾丸は重力に従って放物線を描くので、五〇〇ヤード先を狙《ねら》うと、上におよそ六五インチ分の修正が必要だ。

シュミット&ベンダーのスコープを覗《のぞ》いて標的の位置を確認した。

標的までの距離は五〇〇ヤード――しかしそれは、主催者の発表にすぎない。正確ではない。本当は何ヤードなのか？　四九九ヤードなのか、五〇一ヤードなのか。このスナイパー競技会ではレーザー距離測定器の使用は禁止されているので、微妙な距離は自分で修正しなければいけない。つまり、腕の見せどころだ。

スコープにはレティクル――十字線――が浮かんでいる。ただの線ではなく、一定の間隔でミルドットという小さな点が並んでいる。ミルドットを使って、最後の微妙な距離感を自分の中で調整していく。

「ムーバーか……」

あの標的はただ動いているだけだ。

生きているのではない。

生きる標的と動く標的。撃つのが簡単なのは、当然後者だ。

いけそうだ、とマカリは思う。

あとは、風を読む。マカリは風速計を持ってきているが、これでは自分の周囲の風しか計ることはできない。五〇〇ヤード先には、違う風が吹いていることもある。風の動きは複雑だ。自然現象を完全に計測し、完全に計算することは不可能だ。それを把握するには、経験と直感を使うしかない。

射撃台には、三人の射手が並んで寝そべっている。ロサンゼルス市警SWATのスナイパー、陸軍第七五レンジャー連隊のスナイパー、そして海兵隊のマカリだ。立っているのは、審査員兼観測手の若い男だけだ。

まずSWATの男が撃ち、ムーバーに対して三発外して一〇ポイント。次がレンジャーの男で、二発外して一二ポイントだった。審査員の男が「三番、海兵隊」と言った。

マカリは海兵隊でも指折りのスナイパーであり、この距離、このコンディションなら、たとえ動いていてもムーバーはイージーなターゲットと言えた。微妙な距離を読み、風を読み、テキサスの強い日射しが生む陽炎を見切る。

呼吸を止めてから、一〇秒以内に撃つのが普通だ。競技会や戦闘では、その半分以下の時間で撃つことが要求される。マカリが使うM40A3の引き金の重さは一・五キロ。引き金に指を添えて、遊びの部分まで引く。そこからは静かに、ライフルに対して真っすぐ、引き絞る。体は完全に静止していて、ただ人差し指だけが動くような感覚。

ライフルが炎と弾丸を吐き出す。最初の標的に命中。素早くボルトハンドルを操作して、排莢し、次弾を薬室に送りこむ。ボルトアクションのライフルで複数の標的を撃つときは、リズム感が大切だ。プロフェッショナルな射手には重要な要素だ。

テンポよく、二つ目の固定標的も撃つ。ボルトアクション。

ムーバーの動きは人間よりもずっと単調で物足りないほどだ。

満点の一六ポイント。

このスナイパー競技会で、マカリはトップを独走していた。


マカリは使わなかった弾をライフルから抜いて、安全装置をかけて、スコープを取り付けたままM40A3をライフルケースに片付けた。何か問題がない限り、スコープは外さない。せっかく緻密《ちみつ》に行ったボア・サイティングやゼロインが無駄になってしまうからだ。

水分をとるために休憩所に向かっていたら、「デイヴィッド・マカリ海兵隊二等軍曹だな」と太い声をかけられた。声の方向を見やると、そこに大佐の階級章をつけた軍服姿の大男が立っていたので、マカリは「イエス・サー」とかしこまった。大男は腕が太く、肩幅が広く、短い灰色の髪が硬そうに逆立っている。鎧《よろい》を着こんで古代の戦場を駆け回っていてもなんの違和感もない風貌《ふうぼう》だ。

「私はMARSOCのポール・ギルバート。まあ、リラックスしろ」

アメリカ軍の軍事力は、その大部分が国防省が統括する「統合軍《UCC》」の管理下にある。九つ存在する統合軍のうちの一つが、合衆国統合特殊作戦軍《USSOCOM》。その名前通り特殊作戦を担当する。

USSOCOMの海兵隊部門が、海兵隊特殊作戦コマンド《MARSOC》。海兵隊の情報収集、対テロ戦、特殊作戦、非正規戦などを仕切っている。

「車で話したいことがある。ついてこい」

殺風景な駐車場に、ゼネラルモーターズの高級SUVであるハマーのリムジンモデルが停《と》めてあった。ハマーはもともと軍用車両で、そちらはハンヴィーという。マカリもハンヴィーなら何度も乗ったことがあるが、民間用のハマー――しかもVIP向けリムジン――は初めての経験だった。ギルバートの護衛を務める兵士がドアを開けてくれたので、マカリは中に乗り込む。

リムジンの広い車内では、すでにスーツ姿の男がくつろいでいた。軍人にスーツ姿で会いに来るのは、ジャーナリストか中央情報局《CIA》だと相場が決まっている。マカリは微《かす》かに目を細めた。

スーツの男の隣に、ギルバート大佐が座った。

「中央情報局の工作担当次官補佐官、ヘンリー・パタースンだ」

と、スーツの男が明らかな偽名を名乗った。

Ｃ・Ｉ・Ａ、9・11の悲劇を止められなかった連中。

パタースンは長身痩躯《そうく》。目は切れ長で鼻梁《びりょう》が高く、聡明そうな整った顔立ちをしているが、甘さが足りない。その両目には、世の中のすべてを蔑《さげす》んでいるような暗い翳《かげ》を宿している。

次官補佐。マカリがチェスの駒だとするならば、パタースンはプレイヤーに助言する立場だ。時にはプレイヤーのかわりに、二、三手進めることもあるだろう。二等軍曹のマカリから見ると、雲の上のような高官が目の前にそろっていた。

海兵隊特殊作戦とＣＩＡ秘密工作の高官。同じ車に、場違いなチェスの駒が一人。噂《うわさ》は知っている。ＵＳＳＯＣＯＭは、必要に応じてＣＩＡに人材を派遣している——と。主に、非合法な暴力装置として。

「デイヴィッド・マカリ海兵隊二等軍曹。一日目の成績はトップ。それも獲得ポイントが他の参加者より頭一つ高い」と、ギルバートは称賛した。「二日目も順調な滑り出し。軍・警察の一流スナイパーしか参加していないのに、余裕の優勝になりそうだな。この競技会」

「海兵隊の厳しい訓練のおかげであります。サー」

「お前にしかできないであろう任務がある」

ギルバートがそう言ってうなずくと、次にＣＩＡの男が口を開いた。

「特技区分《MOS》０３１７を取得した日系の兵士で、日本語が堪能であり、実戦経験があり、公式記録で三〇人以上射殺していて、しかも隊内の心理分析で『非合法な特殊作戦にも耐えられる精神の持ち主』と判定されている――この条件に全アメリカ軍兵士の中で、唯一当てはまったのがきみ、デイヴィッド・マカリだ」

「日系であることが関係する任務ですか？」

「マカリ軍曹」パタースンはマカリの問いには答えず、自分の話を続けた。「きみは、最近のＣＩＡについてどう思うかね？」

「はい？」パタースンが何を意図してそんな質問をしてきたのかはわからなかったが、兵士らしくあまり考えずに即答した。「いわゆる巻き返しの最中。テロとの戦いのために、世界中に人を送っていると聞いています。もちろん、詳しいことは知りませんが……」

「世界中に人を送っている、か」パタースンは苦笑し、マカリの言葉を繰り返した。「それができていれば、何も問題はないんだ……」

「……それは、つまり？」

「できていない、ということだ」パタースンは、神父の説教のような口調で続ける。「たとえば9・11の悲劇は、ＣＩＡさえまともに機能していれば防ぐことができたかもしれない。そうだ。あの事件が起きたとき、ＣＩＡはまともに機能していなかった。冷戦の終結後、上層部は経費削減のためのリストラを進めていったからだ。きっと、愚かなくせに権力を握っている誰かが、『ソ連という巨大な敵がいなくなった今、スパイ活動に高額予算をかけるのはナンセンス』とか言い出したんだろう。——まず、経験豊富な現場の人間が切られていった。地獄のような場所で合法・非合法を問わずアメリカの国益のために戦い続けたケース・オフィサーたちが、『時代遅れ』という理由でクビにされ、あるいは隅っこの閑職に追いやられた。主力として残ったのは、無能だが高給取りの管理職と、海外勤務経験のないアナリストたちだ。外国人エージェントは軽視され、トカゲの尻尾《しっぽ》のように切り捨てられ、しかしコンピュータや偵察衛星といったハイテクを駆使することでリストラの穴を埋めることは可能だと考えられていた」

「実際は違った」

「その通り、アナリストに、ベテラン・ケース・オフィサーのかわりは不可能だった。——悲劇を防ぐことはできず、現在進行形でＣＩＡは世界中の敵に遅れをとっている。一度切り捨てたケース・オフィサーや外国人のエージェントを、再び現場に戻す作業も難航している」

　それはそうだろう、とマカリは思った。インテリジェンスの世界にはそれほど詳しくないマカリでも、今の話を聞けばＣＩＡがいかにまずいことをしたかは理解できる。ケース・オフィサーとやらは、海外の物騒な地域で仲間を集めて、皆でつみきのいえを築くような作業をしていた。ところがそこにお偉方がやってきて、仲間たちには「もう来なくていい」と言い、せっかく築きあげたつみきのいえも壊してしまった。

「事情が変わった。また同じことをやれ」と言われても、マカリがケース・オフィサーの立場なら「バカにするな」と思って引き受けないだろうし、そもそも、もう同じことはできないだろう。つみきのいいえが精密であればあるほど、その再現は難しくなる。

「この国は巨大な獣のようだ」とパタースン。

「獣……ですか？」マカリにはピンとこない。

「旧約聖書を読んだことは？」

「もちろん。何度も」

「ヨブ記の獣だよ。ベヘモット。牛のように草を食べ、骨は青銅。神の傑作とされた。『野のすべての獣は彼に戯れ』て、『川が押し流そうとしても、彼は動じない』」

「…………」

「しかし細かい経緯は知らないが、中世以降、ベヘモットは聖書本来の意味を離れて悪魔とされた。さらに偉大な思想家ホッブズはこの獣を『内乱の象徴』として扱った。最初は神の傑作であったはずの巨大な獣が、なぜそんなことに？」

「私にはわかりませんが……」

パタースンは実に回りくどく論旨を展開していく。ただし、話を聞く限りはっきりしているのは、彼が神や宗教にそれほど思い入れがない人間だということだ。聖書を引用するから即ち信心深い、ということにはならない。パタースンは無神論者か不可知論者だろう。そうでなければ、あのように軽々しく「神」という言葉を使ったりはしない。そしてマカりは、そのことを不愉快に感じたりはしない。彼もまた、神に頼らないタイプの性格だ。狙撃手をやっていると、何度も神頼みをしたくなるが、そこをぐっとこらえて自分の能力の限界と冷静に向き合うのがプロフェッショナルだ。

パタースンは淡々とした口調で続ける。

「べへモットを、正しい姿に戻さないといけない。軍曹にやってほしいのは、そういう仕事だ。我が国の権威に傷をつけ、我が国の活動を妨害し、我が国の主義思想を貶《おとし》めようとするものを、軍曹がより早く仕留める」

ＣＩＡらしいというかなんというか、もったいぶった言い方をするやつだ――冷笑を浮かべかけて、マカリは危ないところで無表情を維持し続けた。どうやら自分は、海兵隊から貸し出されて、一時的にＣＩＡの殺し屋になるらしい。

「日本だ」ギルバートが反論を許さない強い口調で言った。「軍曹。お前は民間人に偽装して日本に入国し、ある特殊任務についてもらう」

「イエス・サー」

意外な命令。しかし、戸惑いを顔に出したりはしない。

デイヴィッド・マカリは狙撃を愛している。

「日本だろうが世界の果てだろうが、海兵隊員は戦場を選びません」

2

日系アメリカ人の斥候狙撃兵――デイヴィッド・マカリ海兵隊二等軍曹は、国防省が用意した「本物の偽造パスポート」を使って日本に入国した。中に書かれた個人情報はでたらめだったが、作製したのはつまりアメリカ政府であり、内容の偽装を見破るのは世界中のどんな入国管理でも不可能だ。久しぶりの日本だったが、特に感慨はなかった。すでにマカリにとって第二の故郷はイラクであり、父の故郷であるはずの日本はまるで見知らぬ外国のようだった。

マカリは寄り道せず、事前に指定されたポイントに早足で向かっていった。成田空港の駐車場に、迎えの車が来ていた。目立たない灰色の、トヨタのセダンだ。車に乗っているのは一人だけで、ミラーを介してマカリが近寄ってくるのに気づくと、ドアを開けて降りてきた。マカリにとっては意外なことに、それは女性だった。

「横山《よこやま》商事の館林《たてばやし》です」と名乗る。英語だった。

アメリカを発《た》つ前に、中央情報局の工作担当次官補佐官ヘンリー・パタースンから説明を受けていた。横山商事とは、CIA日本支局が抱える非合法対日工作部隊の「仮の姿《カバー》」だ。いわゆる工作用の架空会社《ノーショナルズ》。

赤坂の在日本アメリカ大使館には、CIA日本支局長の執務室がある。極東におけるアメリカの情報収集活動の最重要拠点の一つと言っていい。日本支局の指示で密《ひそ》かに活動する横山商事のような隠れみの団体が、日本国内には多数存在している。

　ＣＩＡの対日工作の歴史は長い。その証拠は、アメリカ議会図書館、国立公文書館、大統領図書館にある。

　アメリカでは、公文書の保存と一般公開が義務付けられている。アメリカの国益を損ねると判断されないかぎり、一定期間を過ぎれば機密情報でも必ず人目に触れる。たとえばウォーターゲート盗聴事件。リチャード・ニクソン元大統領の声。大統領執務室の録音記録は一般人でも簡単に聞くことが可能だ。

　ＣＩＡの対日工作――それは、ＧＨＱが戦犯容疑者を占領政策に利用したところからスタートした。いわゆる高度成長期に入っても、工作は続いていた。高級官僚の懐柔、政権与党への資金援助、そして大手マスコミを使った親米世論操作等々だ。

「デイヴィッド・マカリ海兵隊二等軍曹です」日本語で言った。

「よろしく」向こうも日本語になった。

　握手を交わす。経験豊富な兵士であるマカリには、それだけで館林がただものではないことがわかる。射撃練習をしたり、格闘技をやっている人間は自然と指が太くなり、てのひらの皮も厚くなるものだ。

　館林は端正な顔立ちで、均整のとれた体のラインを誇り、黒いレディース・スーツがよく似合っている。スカートがやや短めで脚線美を惜しげもなくさらしているのは、ジャケットの下に吊《つ》っている小型拳銃に気づかれないようにするためだろうか。

マカリは訊《たず》ねる。

「この作戦におけるあなたの立場は？」

「現地管理官《レジデント・ディレクター》です。私の報告であなたを軍法会議にかけて、刑務所に送ったり、海兵隊を辞めさせることも可能でしょう」

やれやれ、と肩をすくめそうになるのをマカリは耐えた。このお嬢さんには、逆らわないほうがよさそうだ。もしかしたら、横山商事のトップに近い女性なのかもしれない。

「さっき、あなたはさっそくミスを犯しました。偽装経歴《カバー・ストーリー》はもう頭に入っていますか？」

「そういえばそうでしたね。すみません。ついうっかり」

日本国内ではデイヴィッド・マカリの名は使えない。

「わかりますよ、いきなり別人になりきるのは難しい。専門の訓練を受けていない限り」

「俺は馬雁《まかり》。馬雁雅夫《まさお》です。栃木県出身。両親とはすでに死別。大学卒業後、アルバイトで金を貯《た》めては海外を放浪している」

「年齢は？」

「三〇歳」

「両親の他に家族は？」

「姉が一人。横山商事に勤務している」

「卒業した大学は？」

「明治大学です」

「合格です。馬雁さん。大丈夫とは思いますが、つまらないことでボロを出さないように気をつけてください」

マカリは助手席に、館林は運転席に乗り込んだ。

「あとの話は『小舟《スキッフ》』で」

車が高速道路を走っている。どこに向かっているのかは、日本の地理に疎いマカリにはわからない。日本の高速道路は、世界中のどんな道路よりも未来を感じさせる。清潔だからだろうか、とマカリは思う。日本人は簡単に道端にガムを吐き捨てたりしない。窓からタバコも捨てない。そして、そういうことをする人間を見たら、大多数の人間が嫌悪感を覚えるように社会ができている。嫌悪感を周囲に振りまく人間は、決して社会的に成功しないようにできている。そういった文化は、銃を持たなくても安全な社会を形成することに一役買っているのだ。金額に換算することはできないが、日本という国は素晴らしい財産を持っている。


マカリと館林は「小舟」に移動した。

六本木のあるレストランはＣＩＡ日本支局が運営する工作拠点の一つであり、国家機密区分情報施設《ＳＣＩＦ》の指定を受けている。その部屋は特殊パネルで防護されていて、電磁波だろうがレーザーだろうが、あらゆる盗聴を阻止する。

「少し、質問してもよろしいですか？」

「ええ、もちろん」

「俺の仕事は、狙撃と聞いています。標的は何者ですか？」

「民間人ですが、日本警察の厳重な監視下にあります。現在は熊本のある大学附属病院に入院中です。そこを、なるべく早く仕留めてほしい」

「これは、軍の正規の任務ではありません。俺には、詳細を聞く権利があります」

日本で、日本人の民間人を撃つ。マカリが想定していたよりもダーティな任務だ。

スナイパーは民間人を撃たない。

それは最低限のルールだ。

それを自分に許したら、心のタガが外れそうな嫌な予感がある。

軍の正規任務で、相手も兵士なら、マカリはどんな命令にもただ黙々と従う。仮に疑問を覚えても無視してそのまま捨て去る。徹底的な訓練の末に、そんな思考パターンが完成していた。

——いや、ただ訓練の結果というだけではないだろう。

軍の体質——特に海兵隊——に適応するには、生まれつきの資質が必要だ。

「今からアメリカに引き返しますか？」

館林は意地の悪い言い方をした。

「それは不可能なんでしょう」マカリは苦い顔をせずにはいられなかった。「発つ前に、ずいぶん脅されましたよ。そして今も、脅され続けている」

脅し――任務を途中で放棄したり、個人的な理由で完遂できなかった場合、愛国者法の適用、あるいは国家反逆罪での告訴をほのめかされた。

「そんなつもりはありませんが、一応謝っておきます。申し訳ない」

「謝罪よりも、保証がほしいものです」

「保証？」

「免責が明記された命令書。そして書類には、大物の署名」

「大物とは？」

「できることなら大統領の署名が欲しいものです。そしてＤＮＡ」

「ＤＮＡ？」

「毛根までついた髪の毛か、採取後試験管に密封した細胞片か。裁判でもめたときのために、です。責任の所在がどこにあるのか、最後はＤＮＡ鑑定が勝負の分かれ目に。大統領がだめなら、ＣＩＡ局長か統合参謀本部議長のものを」

「大統領は無理ですが、局長の署名や髪の毛くらいならどうにか」

「無礼は承知で言わせてもらいますが、東京支局長ではだめですよ。本局の、です」

「それさえ用意すれば、やってくれるわけですね」

「俺はイラクやアフガンからの撤退には反対です」

マカリは多分に私情をこめて、言った。

たとえばある警察官が、上層部の決定でいきなり「お前が担当している地区は治安が悪すぎるから放棄する。別の地区に回れ」と命じられたとして、素直に従うことができるだろうか。無論、警察官と軍人では仕事の性質が異なる。だが、マカリの理想としてはアメリカ軍は「世界の警察」であってほしいのだ。確かに、いまやアメリカ軍に敬意を払うものは少ない。アメリカ国民でさえそうだ。それでも海兵隊は、マカリが命を預けた場所だから。今さら、自分の人生を否定するような真似《まね》はしたくない。

マカリは続けて言う。

「この狙撃が国家の利益となり、また戦争の継続のために必要なら、相手が民間人でも仕方がありません。ポリシーには反しますが、一生にただ一度のことだと思えば」

「そう言ってくれる暗殺者を待っていました」

「…………」

マカリは眉《まゆ》をひそめた。スナイパーと暗殺者は違う。確かに今のマカリはCIAの汚れ仕事に協力する身だが、手段を選ばず暗殺するつもりはない。プロのスナイパーとして、薬物や爆発物には頼りたくない。ライフルの引き金がすべてだ。たとえ命令されようと脅されようと、狙撃に関しては一切妥協したくない。

しかし落ち着いて考えてみれば、CIAがわざわざマカリを選んだのには理由があるはずだ。狙撃以外の方法を使わせるのなら、最初からマカリを選ばなければいい。いくら近年CIAの能力が低下気味でも、その程度のことがわからないわけがない。

「いつやりますか？」

「こちらも準備があるので、もう数日、準備に専念してください。一流とはいきませんが、快適なホテルの部屋がとってあります」

「今の俺は丸腰です。ライフルは？」

「沖縄であなたに渡す予定です。そのあと、作戦の実行拠点に移動します」

「実行拠点とは？」

「九州、熊本県です」

「クマモト？」

知らない土地だ。任務をこなしたら、再び訪れることはないだろう。

3

マカリは東京都内のビジネスホテルで一泊したあと、飛行機で沖縄の米軍基地に向かった。名護市と国頭郡宜野座村にまたがる、海兵隊のキャンプ・シュワブだ。早朝四時、シュワブ訓練地区の射撃場はマカリの貸し切りとなっている。秘密任務のために、ただ一丁の狙撃用ライフルを調整するためだけに、広大な土地を「自由に使っていい」と言われたのだ。

横山商事の館林は、このキャンプ・シュワブまでついてきていた。彼女の紹介で、マカリは自分よりも若い兵士と引きあわされた。クルーカットの、見た目だけは一人前の海兵隊員《ジャーヘッド》だ。鼻が大きく、目が細い。腕も足も、腰も太い。頑丈そうな若者だ。

「マイク・ジロー・カワムラ海兵隊伍長です」

やはり日系アメリカ人だった。

「よろしくお願いします、二等軍曹」

「よろしく、伍長」

「このキャンプでの案内役と、任務ではあなたの観測手を務めます」

「実戦経験は？」

「ありません。しかし、訓練は十分です」

バリバリのルーキーかよ、とマカリは愚痴の一つもこぼしたくなったが、のみこんだ。

任務の相棒――観測手にカワムラが選ばれたのは、日系というのが最大の理由なのだろう。実力よりも日本国内をうろついても目立たないことのほうが重要なのだ。これはある意味信頼の証《あかし》かもしれないな、とマカリは思った。CIAやMARSOCのポール・ギルバートは、たとえひよっこの観測手でも、マカリならば上手《うま》くやると考えているのだ。

「どんなライフルを使うかはもう決まっているのか？」

マカリは、館林に訊ねた。

「はい。中国製です」

「ちょっと待ってください。いま、メイド・イン・チャイナと言いました？」

「はい」

「なんでわざわざ」

「偽装工作の一環です。日本でも密輸で押収される種類のライフルだと、色々と都合がいいので」

「まったく、厄介な任務ですね……あの国にまともな狙撃銃なんかあるんですか？」

「自分にはよくわかりません。撃ってみますか？」

「それしかなさそうだ。ところで、スコープも中国製なんて言わないでくださいよ」

「シュミット＆ベンダーのものを用意してあります」

「チューブ径は？」

「三四ミリ」

「倍率」

「三倍から一二倍」

「狙う距離は？」

「四六〇ヤード（約四二〇メートル）」

「今回の任務に関して、初めてのグッドニュースだ」

四六〇。まともなライフルさえあれば、マカリにとっては楽な距離だ。

　館林と別れて、マカリとカワムラは小火器倉庫に足を運んだ。一般の兵士向けではない、特殊部隊向けの装備が保管されている二階建ての建物だ。倉庫のロッカーから、カワムラがライフルケースをとりだして重厚なウォールナット材テーブルの上に置く。合金製の特

別なライフルケースに、パスワードと指紋認証式の特別な鍵《かぎ》。カワムラが解錠する。中から出てきたのは――、

「ドラグノフ⁉」

マカリは目を丸くした。

ＳＶＤ《スナイパースカヤ・ヴィントブカ・ドラグノバ》。ドラグノフ狙撃銃。

エフゲニー・フョードラヴィチ・ドラグノフによって開発され、一九六三年、ソ連軍において制式採用された。ドラグノフはただの開発者ではなく、自身も優れた射手だったという。遠距離射撃について知悉《ちしつ》していたのだ。

ガスオペレーテッド、ロティティングボルト。

半自動射撃《セミオートマチック》。

まさかこのライフルを海兵隊のキャンプ内で見ることになるなんて、夢にも思ってみなかった。

「さっき、ＣＩＡ日本支局の女性が言っていたでしょう」とカワムラ。「正式にはドラグノフではありません。その中国製コピー。79式狙撃歩槍」

「中国北方工業公司《ノーリンコ》か……！」

「とはいえ、使用する弾薬は七・六二ミリ・モシンナガン。オリジナルと同じです。カスタムと整備を担当した連中に言わせれば、精度もほぼ完璧《かんぺき》な状態だとか」

「オリジナルのドラグノフと同じ性能で、専用の弾薬を使い、ベストの状態だとしても、

確実に頭部を狙える距離はせいぜい四〇〇ヤード。胴体を狙うとしても、七〇〇ヤードが実戦での限界だろう」というマカリの口調は、手術を控えた医者に似たものだった。「今回の任務における狙撃距離は、四六〇ヤード。あとは、当日の天候次第だ」

「いけますか？」

「九割はな」

射撃場には、吹きさらしのバス停のような射手ブースがあった。数十人が並んで射撃できるように、木の板で簡単に仕切られている。装備品を置くための巨大で無骨なテーブルが、射手ブースの床に直接釘《くぎ》づけられていた。どの釘も、救世主を磔《はりつけ》にするとき使ったもののように長く、太かった。マカリとカワムラは、必要な道具を倉庫から射手ブースに運んだ。

さっそく、マカリは79式狙撃歩槍を分解した。弾倉を外し、コッキングハンドルを引いて薬室が空であることを確認。すでに初期設定のＰＳＯ－１スコープではなく、世界各国の軍や警察で採用されているシュミット＆ベンダー社のものに交換してある。シュミット＆ベンダー社はハンガリーの国営光学機器メーカーを子会社化して、高品質なレンズを作っている。耐久性も抜群だ。カバーを外し、ボルトも抜く。重要な部品は、一度自分の目で直接見てチェックしないと気がすまないのがマカリだ。部品に関しては何も問題はなさそうだと安心してから、組み立てる。

とりあえず、三〇ヤードの場所に標的を立てた。丸と十字線で構成された、単純な図柄のものだ。それから狙撃歩槍を、ライフルレストという専用の台座に固定した。マカリは銃に向かってつぶやく。いいこだから、麻酔を注射された猛獣みたいにおとなしくしているんだ。

マカリは、狙撃歩槍のコッキングハンドルを引いて、その薬室に薬莢型のレーザー・ポインターを滑り込ませた。ハンドルから手を離して薬室に送りこむと、雷管の位置にあるスイッチが押されて銃口から赤いレーザーが伸びる。

ボア・サイティング――。スコープと銃が、ちゃんと「同じもの」を狙っているかどうか確認するための作業だ。レーザー・ポインターのおかげで、銃口がどこを向いているのかが見ればわかるようになっている。赤いレーザーの点が標的の中心にくるように、ライフルレストごと動かして微調整する。この段階での正確さには限度があるので、大雑把でいい。

ここで狙撃歩槍を完全に固定。スコープの調整に移る。

スコープには、標的に狙いをつけるための十字線が入っている。レティクルという。マカリはスコープのレティクルが標的の中心にくるよう調整ノブを回す。上下を調整するエレベーション・ターレットと、左右を調整するウィンデージ・ターレットだ。古い時計のネジを回すように楽しい作業だ。

レティクルとレーザーの点が重なって、調整終了。レーザー・ポインターを抜く。マカリは厚紙製の弾薬箱を開けて、中から七・六二ミリ口径のドラグノフ専用精密狙撃弾薬7

N14を三発、つまんでテーブルの上に並べる。底が平べったく、ハンマーで叩《たた》いたら鉄板にどこまでも食い込んでいきそうなリムドカートリッジだ。一発ずつ、自分の爪《つめ》を切るように丁寧に、狙撃歩槍の弾倉に詰めていく。弾倉には一〇発入るが、試射だからとりあえず三発でいい。

ライフルレストに狙撃歩槍をセットしたまま、弾倉をさしこみ、コッキングハンドルを引いて薬室に実弾を装塡《そうてん》した。引き金を絞る。鋭い銃声。ボア・サイティングが上手くいっているので、いきなり標的の中心近くに着弾する。スコープを覗いて、調整ノブをほんの数クリック。二発目を発砲。続いて三発目。着弾の集まり具合も申し分なかった。

次がいよいよ本題――標的を四六〇ヤード先に設置して行う、ゼロインだ。零点規正。照準器の最終調整と言っていいだろう。ゼロインが完璧なら、本番では標的をレティクルの中心に捉えて引き金を絞るだけでいい。

マカリはライフルレストの拘束を緩めて、狙撃歩槍を取り外した。実際の狙撃現場にライフルレストを持ち込むことはできない。カワムラに、四六〇ヤード地点に標的を立てておくように命じた。その間にマカリは、弾倉に一〇発の専用弾薬を詰め、銃の本体に装塡。人を殺すための凶器に命が宿る瞬間だ。ドラグノフで使う七・六二ミリの弾道特性は、なんとなくではあるが覚えている。あとは、撃ちながら修正していく。

カワムラが戻ってきたので、マカリは彼に軍用双眼鏡を持たせて、「標的から目を離さないように」と言った。軍隊の狙撃手は、通常二人一組で行動する。

狙撃手と観測手。

カワムラは観測手だ。

狙撃手の護衛、着弾の確認や風力計測、弾道計算の補佐などやることは多い。

四六〇ヤード。およそ四二〇メートル。スコープ越しの世界では、どんなものでも手を伸ばせば届きそうな気がする。

「撃つ」とマカリは言った。射手ブースに寝そべって、伏射の姿勢だ。指をくっと引く。銃声と反動。

「着弾確認」とカワムラ。「ギリギリ標的に当たっていますが、中心からは右に一二インチ、上に六インチは離れています」

「了解。修正する」調整ノブを回す。「撃つ」

二発目でさらに標的の中心に近づき、

「右に三インチ、上に一インチ」

「了解」

三発目でど真ん中。四発目も五発目も、それに近い位置に吸い込まれる。一発撃つたびに、狙撃歩槍が自分の体の一部になっていくのがわかる。スコープはマカリの目の延長になり、引き金は指の延長になり、銃床は骨の一部になる。一弾倉全弾撃ち切ってから、改めて着弾の「集まり具合《グルーピング》」をチェック。二発目以降は、直径六インチ（約一五センチ）の範囲内に収まっている。自分で作った弾薬を使えば、もっと精度はあがるだろう。犬の調教を終えたときのようにすっきりする。

「こいつは、ようやく俺のものになった」

あとは、弾薬作り。そしてその弾薬に合わせて弾道カードを作る。弾道カードには、弾丸の距離による落下量や、風力によってどの程度横に動くかなどを書きこむ。この狙撃歩槍の銃口は、オリジナルのロシア製ドラグノフ用減音器《サウンド・サプレッサー》が取り付けられるように改造されている。サプレッサーを取り付けた状態での弾道データも、入念に調べておく必要がある。狙撃は、いくら準備しても、しすぎるということはない。

4

マカリの標的は、ミツオ・ワタナベという。CIAはその男を消したいという。作戦中、無線や電話、報告書では標的のことを「D・W《デルタ・ウイスキー》」と呼称する。ターゲット・デルタ・ウイスキー。呼び方を変えただけでも、気分的にだいぶ「撃ちやすく」なる。

「…………」

マカリは、熊本市内のビジネスホテルに宿泊していた。

チェーン運営のビジネスホテルだ。部屋には必要最低限のもの（小さなベッド、小さなテレビ、小さな冷蔵庫、一瞬ペット用かと思った小さな浴槽）しか用意されていないが、掃除は隅々まで行き届いているし、値段のことを考慮するとまあまあのサービスだと言える。少なくとも、アメリカの安ホテルとは比べ物にならないほど快適だ。狭い部屋の安っぽい丸テーブルでコーヒーを飲みながら、マカリは数百枚という書類の束に目を通している。書類は資料と報告書だ。CIA日本支局の非合法部門――横山商事の館林が、いい仕事をしてくれた。

標的は、熊本県内にある大学の医学部附属病院に入院している。その周囲には、目立たないように私服の刑事ばかり六人が配置されている。その六人が、六時間ごとに二人ずつ交替。一八時間でそっくり入れ替わる態勢だ。総員一〇人か一二人か――隙《すき》はない。入院中の部屋を強襲するとすれば、銃撃戦と流血を避けるのは難しく、その場合、顔も見られず手掛かりも残さず逃げ切るのはほぼ不可能と言っていい。部屋の中にも一人刑事がいて、深夜にならなければ標的から離れてくれないので、医師や看護師に変装してから暗殺を仕掛ける手も使えない。最も安全で、最も楽なのがマカリの専門分野、すなわち狙撃ということになる。

標的が入院している病院は、熊本市の中心部からほんの少し外れた場所に位置している。巨大な病院であり、外来・診察室などを擁する本館の他に研究棟があり、入院患者用の東病棟、西病棟が並んでいる。西病棟が一二階建て、東病棟が一一階建て。標的の個室は、西病棟の一一階だった。

附属病院のすぐ近くを「白川」というやや幅広の川が流れている。名前は美しいが、水は動物の死体を溶かしたように濁っている。マカリはすぐに、この川を越えた場所から撃つのがいいと判断した。館林も同じ意見だった。狙撃に適しているのは、川を越えた繁華街の高層ビルの屋上が理想的――つまり、このホテルだ。

マカリが宿泊しているホテルは、利益最優先で徹底的なコストダウンを行っているため、監視カメラがエレベーターと出入口にしか設置されていない。防犯装置も、低層階の窓についているだけだ。

「病院を狙うスナイパーなんて、ろくなもんじゃないぜ……」

マカリは独りごちた。とことん気が乗らない仕事だ。だからといって、途中でやめるわけにも手を抜くわけにもいかない。なんとなく自分の頬を撫《な》でると、そのざらっとした手触りでまだ髭《ひげ》を剃《そ》っていないことを思い出す。

浴室に入った。トイレ、洗面台、浴槽が押し込まれた三点ユニットバスだ。おもちゃのような安全剃刀《かみそり》があった。ちゃちな道具だが、軍隊生活に慣れたマカリにとっては問題ない。顔をお湯で濡《ぬ》らして、泡立てた石鹸《せっけん》を塗りつけて、髭を剃る。皮をなめす作業に似ている。戦場に出たことのあるマカリの肌は、安全剃刀くらいで荒れたりしない。皮膚を新品に交換したように、最後に冷たい水で顔を洗ってすっきりする。

館林が用意した書類の束には、一通の封筒が混ざっていた。その中には、飾り気のないスチールの鍵が入っていた。このホテル内のドアならどれでも開けることができる、マスターキーの複製――合鍵だ。さすがはＣＩＡ。日本支局とはいえ気合いが入っている。

マカリはポロシャツにジーンズ、黒いショルダータイプのカメラバッグという目立たない姿で部屋を出た。廊下に人の気配はない。泊まっているのは最上階。屋上へと通じるドアはすぐだ。階段をあがって、「従業員・関係者以外立ち入り禁止」という札がさがった低い柵を乗り越えて、合鍵を使ってドアを開けた。

早朝の空気は、人の汗を吸う前だからだろうか、清潔で爽快《そうかい》な味がした。蒼空《あおぞら》に雲はなく、風も微かだ。今日狙撃できれば悪くないんだがな、とマカリは思う。

このビジネスホテルは二七階建て。このあたりでは一番高い建物なので、何者かに目撃される可能性は限りなく低い。二七階の屋上から病院の一一階を狙うのなら、角度的にも悪くない。

屋上には機械室があり、巨大な給水タンクがあり、大量のエアコンの室外機が化学式のように規則正しく並んでいた。給水タンクから伸びた数本の太い配水管が、砂に潜る大蛇を思わせる。鉄の筒があちこちに何本も生えていて、なんだろうと怪訝《けげん》に思ったマカリが近づくと、ダクトの外気口だとわかった。

屋上は鉄柵に囲まれていた。隙間が大きいので、狙撃の際邪魔になることはない。マカリは用心のために伏せて、匍匐《ほふく》前進で鉄柵に近づいていった。屋上の端に到達したところで、カメラバッグから軍用双眼鏡を取り出し、附属病院の方角に向けて構える。

すぐに、標的の部屋を見つけた。射線が確保できて一安心だ。館林が言っていた四六〇ヤードという距離も間違っていないと感じる（当然、あとで念のためにレーザーで測距もする）。附属病院の特別な個室は、窓から観光名所の城《キャッスル》を見物することができるように大きな窓がついている。厳重な監視をしている日本の警察も、遠距離からの狙撃についてはまったく警戒していないように見える。問題は、濃いオレンジ色のカーテンだけだ。閉め切られているのは狙撃対策ではなく、万が一にもマスコミにこの事実——渡辺光男の生存——を知られないようにするためだろう。

西病棟、しかも北西側高層階の部屋で助かった、とマカリは思う。東病棟だと、病院の施設管理棟が邪魔になる可能性があった。

なぜ、重体の銀行強盗に自分がとどめを刺さねばならないのか、マカリにはさっぱりわからない。民間人は撃ちたくないし、病院も狙いたくない。しかし、特殊任務とはこういうものだと自分自身を納得させる。この任務を成功させれば、マカリはただの海兵隊狙撃手ではなくなる。重要なのは軍への忠誠心であり、アメリカの国益であり、スナイパーは人を殺すために大金をかけて育成されているという純然たる事実だ。

それにしても、とマカリはこの熊本という都市について考える。観望すると、とりあえず美しい都市だと思った。訪れる前に想像していた稠密《ちゅうみつ》さは感じなかった。役所や警察署が、近代的な美術館や博物館のような外観をしているのには驚く。館林から少しだけ聞いた。アートポリス構想だとかなんだとか……。熊本城《キャッスル》と凝り過ぎた建物とのアンバランスさがむしろ見事なほどだった。そのせいで、街全体がちぐはぐな造り物に見える。

その日のうちに、マカリは屋上に中国製のドラグノフ、79式狙撃歩槍を運んだ。コンクリートと同じ色の防水シートを被って、銃と自分の姿を隠す。ライフルケースから事前に作成しておいた弾道カードを取り出して、手元に置く。マカリは何種類もカードを用意していた。弾道は些細《ささい》な要因で変化する。

たとえば、ライフルの銃身は綺麗で冷たいのか。それとも熱をもっていて、撃ちだした弾丸の残滓《ざんし》で微かに汚れているか。

プロの狙撃手は最低でも弾道カードを二種類用意している。クリーニング後の初弾《コールドボア・ショット》用のカードと、発射後二発目以降を記録したカード。一発目と二発目では、着弾点がずれる。そのずれは、狙う標的が遠くなるほど大きくなる。

「どうも」

「ああ」

観測手のカワムラもやってきた。彼も大きめのカメラバッグと、カモフラージュ用の防水シートを持ってきて、マカリのやや斜め後方に寝転がって陣取る。

カワムラは弾着標定鏡《スポッティング・スコープ》を構えた。観測手用の装備だ。大口径のレンズで視界が明るく、素早く目標物を発見することができる。カワムラはこれでマカリの狙撃をサポートする。

大雑把に風を読んでから、マカリは伏射姿勢をとった。カメラバッグの中から砂袋を取り出し、狙撃歩槍を支える二脚のかわりにした。両肘《りょうひじ》を地面について、肩はなるべく水平に。足はやや開いて、爪先《つまさき》を外に向け、かかとで屋上の床面を感じる。

姿勢を安定させてから、スコープを覗きこみ、標的がいる部屋を確認。スコープのパララックスを手動で補正。

「一一階、オレンジ色のカーテン。閉め切ってある。間違いないか？」と念のためにマカリ。

「間違いありません。同じ部屋を監視しています」とカワムラ。

一一階で、現在カーテンが閉まっているのは一部屋だけだ。

「現在の風力は？　観測手」

「施設管理棟の一部が改装中で、シートがはってあります。その動きから見て、デルタ・ウィスキー周辺の風力は毎秒一〇フィート。ビル風の影響で軽く渦を巻いているようですが、おおむね八時方向からとしていいのではないかと。デルタ・ウィスキーから二〇〇ヤード離れた中間地点はほぼ無風、そしてこの狙撃地点周辺は九時方向から秒速二〇フィート。今撃つのならば、偏差調節は二クリック分で」

ついさっきマカリが読んだ風のイメージとほぼ合致している。合格だ、とマカリは自分の中でカワムラを正式に相棒として認めた。狙撃手は標的に集中しなければいけない。広い視野で風を読むのは、観測手に頼ったほうが圧倒的に効率性が良い。

マカリはすでにチェックアウトをすませていた。しかし、外に出るように見せかけてホテル従業員の目を盗み、非常階段から合鍵を使って屋上に忍びこんだ。このままマカリは、狙撃が成功するまでこの屋上だけで生活するのだ。

マカリとカワムラは長い「待ち時間」に入った。

本来は常時集中するべきだが、「さすがにしばらくチャンスはなさそうだ」という時間帯はどうしても気が抜ける。気を抜くべきときは、抜く。そうしなければ、さすがに神経がもたない。狙撃の予感が近づいてきたときに最大の集中力が発揮できるように、自分自身のコンディションを細かく把握しておく。

神経が弛緩《しかん》した深夜の時間帯、カワムラと監視を交代するまでの間、マカリの意識に戦場の記憶が竄入《ざんにゅう》してくる。

——あれは二度目の派遣だったろうか。イラクのアンバール県ラマディ。ファルージャほど大きな都市ではないが、人口も多く、激戦区の一つと言えた。テキサスの田舎と、映画の『ブラックホーク・ダウン』で見たモガディシュを組み合わせたような町だと思った。

ラマディで、海兵隊の狙撃チームがいくつも壊滅していた。陸軍のパトロール隊にも多数の被害が出ていた。インテル班（情報担当海兵隊員）によれば、敵にもスナイパーがいる、ということらしい。北朝鮮か中国から非公式に派遣された優秀なスナイパーと推測された。味方の体内から摘出された弾丸から、敵が使っているのはＳＫＳとドラグノフだとわかった。敵のスナイパーは最低でも二人。そこで、ＭＯＳ０３１７——マカリの出番となった。

ラマディのスナイパー狩り。バレットＭ82Ａ1の使用が許可された。バレットは、強力なセミオート五〇口径ライフルだ。「対人使用するには強力すぎる、非人道的な武器」として非難されていたが、アメリカ軍としては知ったことではなかった。そもそもマカリには、強力な武器が「強力だから」という理由で非難されることが意味不明だった。強力な武器は犠牲者に痛みを強いることがない。むしろ人道的だ。

　バレットには、シュミット&ベンダーのスコープがついていた。3－12×50　PMⅡ／LP。百科事典に似た特大の弾倉には、ラウフォスＭｋ２１１弾丸が詰まっている。これはノルウェー製の高性能焼夷徹甲弾《HEIAP》だ。

　ラウフォスには、先端に混合薬Ｂという爆薬が詰めてある。弾芯《だんしん》はタングステン。さらに焼夷《しょうい》剤入り。爆発エネルギーと弾芯の運動エネルギーの相乗効果によって、とてつもない威力を発揮する。攻撃力のある破片を周囲に撒《ま》き散らし、火も噴き出す。民間の自動車なら、燃料タンクやエンジンに当てることができれば一撃で吹き飛ばせる。

　配備された初日に、マカリは敵のスナイパーを一人仕留めた。ビルの窓から味方の車両隊を狙っていたのを発見したのだ。マカリが放ったラウフォス弾をくらって、敵のスナイパーは粉々になった。比喩《ひゆ》ではない。本当に人体が木っ端微塵《みじん》になる。現場をチェックした兵士によると、「敵の部屋には、シュレッダーにかけたみたいな人肉と、焼け焦げた骨と内臓が散らばっていた」そうだ。

　最前線の拠点——戦闘前哨《COP》ホテル——からの指示を受けて、遠くから車を狙撃することもあった。主要給路《MSR》に乗り捨てられている怪しい車は、自動車爆弾《VBIED》の可能性がある。爆弾処理班の到着が遅いときには、ラウフォス弾で爆発させてしまう。

その日、マカリは日干し煉瓦《れんが》の小屋に相棒の観測手とともに潜伏し、市街中心部を監視していた。距離は七〇〇メートル近く離れていた。が、バレットなら有効射程内だ。バレットのスコープに、ラマディ防衛を担当する空挺師団のパトロール隊が映っていた。情報提供にしたがって、住宅街に潜んでいるゲリラを探索している。

そして――どう控えめに表現しても、戦争犯罪が始まってしまったのだ。

兵士たちの一部が、ドアも開けずに、中身もたしかめずに民家に銃弾を撃ちこみ始めた。あとから聞いた話だと、その部隊は例のスナイパーに何人も仲間を撃ち殺されて気が立っていたらしいが、それは民間人を殺す言い訳にはならない。兵士たちの行動はエスカレートしていって、老人や男性を路上に引きずり出し、処刑形式で射殺し始めた。ひざまずかせて、両手を頭の後ろで組ませて、後頭部に銃口を突きつけて引き金を引くのが処刑形式だ。マカリは慌てて作戦本部《TOC》に無線連絡を入れたが、返ってきたのは「放《ほう》っておけ」の一言だけだった。

マカリは、戦争犯罪を止めようと思った。だが、方法は何もない。本気で止めるには味方を撃つしかない。実際、マカリは味方の背中にスコープの照準線を合わせていた。撃てば軍事法廷後に刑務所、撃たなければ人間として何か大切なものを失う。

悩んだ末に――。

マカリは何もしなかった。正確にいえば、「見ない」努力をした。戦場で最も優れた「目」を持っているはずのスナイパーなのに、「何も見ていない」という奇妙な状況。

何か大切なもの？　そんなものは存在しない――そう思うことにした。

戦場で、マカリは変わった。変えられてしまった。

まず、訓練と実戦を通して人を殺すことが平気な人間に変えられた。そこまではいい。ある程度望んでそうなったわけだ。しかし、ラマディの戦争犯罪で、マカリは想定外の場所に傷をつけられた。しっかりと防具をつけていたのに、わずかな隙間から刃が滑りこんできて腱《けん》を切られてしまったような感覚だ。その結果、自分を正当化する作業が必要になった。傷の痛みに耐えるために、自我を強化せねばならない。愛国心だ。あのとき戦争犯罪を止めなかったのは、アメリカのためだったのだ。こんなひどい戦場で、くそ交戦規則に縛られたうえで、くそろくでもない任務に死力を尽くしている。なんのためだ？　パックス・アメリカーナのためだ！　自分自身に何度も言い聞かせていくうちに、アメリカの国益や軍への忠誠心は、マカリの人格の一部になっていた。


79式狙撃歩槍を伏射で構えているマカリ。その隣で弾着標定鏡を構えたカワムラ。二人ともコンクリート色の防水シートにくるまっている。この屋上で狙撃のチャンスを待ってすでに五〇時間以上が経過していた。なかなか「そのとき」は訪れなかった。カーテン越しの狙撃はギャンブル過ぎる。標的の位置はなんとなくつかめているのだが、やはりプロの狙撃手としてははっきり確認するまで引き金は絞りたくない。

「……風は変わったか？」

「狙撃地点周囲の微風がやや一〇時方向に。それ以外は変化なし」

「了解」

スコープで監視を続ける。一三時、標的の個室に看護師が入ってきて、窓とカーテンを開けてくれた。しかし、半分だけだ。標的の姿は見えない。昼食のあと、換気しているのだろう。皿やカップがのったキャスタートレイが見えたのだ。横山商事からの報告書には「標的は意識不明の重体」とあったが、飯が出たということは標的は起きている。

半分開いたカーテンから、なんとか個室のドアまで見通すことができる。そのドアが開いて、さらに人が入ってくるのが見えた。男が二人だ。そこで偶然が結びついた。特別室と廊下と病院の通気システムに道が通った。閉まっていたカーテンがふわりと舞い上がり、標的の姿を完全に確認できた。とうとう完璧な瞬間がやってきたのだ。

とにかく、頭を狙う。顔を確認する。資料の写真と同じ顔。迷ったり考えたりしている暇はない。待っている間に、何度も何度もシミュレーションを繰り返した。何も問題はないはずだ。マカリは呼吸を止め、人差し指に力をこめる。引き金を真っすぐ、真後ろに絞る。サプレッサー越しの、ドラムを叩く程度の抑制された銃声が鳴る。

銃口から弾丸が放たれた。

正確に測距すると、四七〇ヤードだった。

銃身の内側には、ライフリングという溝が刻まれている。弾丸は銃身を通過する際に、その溝によって回転を付加される。ジャイロ効果によって、弾道がある程度安定する。79式狙撃歩槍に刻まれたライフリングのツイストは一：九・四インチ（約二四〇ミリ）。このツイストだと、弾丸は四七〇ヤード進む間に一八〇〇回転。ほんのわずかだが回転方向に移動する。風の影響を受け、重力の影響を受け——弾丸は決して直進しないが、それでもマカリが計算したコースから大幅に外れることはなかった。標的に到達するまで〇・七五秒。

観測手のカワムラが言う。

「着弾を確認。デルタ・ウィスキーの頭部が消失」

発砲の反動で銃口が動いた。マカリは瞬時に照準を修正し、二発目を撃つ。照準を修正、三発目を撃つ。カワムラの報告を信用しないわけではない。一発で仕留めた手ごたえはあったが、半自動で連射することで素人っぽさが演出できる。それに、渡辺は自分のこめかみに拳銃を押しあてて引き金を絞り、それでも生き残った幸運な男だ。狙撃手は幸運を恐れる。

「二発目、三発目、ともに胸部に命中」

「こんなところだな」

ライフルはこの場で処分していく。日本の警察は優秀だ。使った弾丸で銃種はばれる。どうせ弾道は分析され、狙撃地点も特定される。最初から相手に渡すつもりで、ＣＩＡ日本支局は「この銃」を選んだのだ。当然、ただ渡すだけでは芸がない。証拠を隠滅しようとした「形跡」も与えてやる。弾道カードやスコープ、空薬莢、予備の弾薬といった重要なものは回収し、銃本体はライフルケースごと火をつける。

マカリとカワムラは、非常階段を駆け下りた。

「初弾をミスった。危なかった」軽やかに跳びながら、マカリは言った。

「ヘッドショットでしたが？」と、必死についていきながらカワムラ。

「初弾から胸部を狙ってた。結果オーライだけどな」

非常階段に監視カメラがないのは確認済みだ。しかし、一階にある出入口にはカメラがついているので、二人は二階から飛び降りる。この程度の高さ、輸送ヘリからの降下に比べれば、どうということはない。

5

ＣＩＡ日本支局が抱える非合法対日工作部隊、そのカバー会社である横山商事が、マカリとカワムラのために安全な隠れ家——セーフハウス——を用意してくれていた。セーフハウスは、陸上自衛隊健軍駐屯地に近い、健軍本町にあるマンションの一室だった。リビングにキッチン、そして寝室が二つあり、さほど親しくない男二人が一緒に生活しても不自由しない広さだった。食料も現金もたっぷりおいてあったので、むしろ快適そのものだ。

マカリは「食事は当番制で」と言ったが、カワムラは「いえ、自分が係で」と譲らなかった。カワムラは、炊事洗濯も軍隊式の簡潔さで手馴《てな》れたもので、特に不満が生じることもなく任せることにした。

ある日、カワムラがテレビを見ながら腕立て伏せをして、マカリが紅茶を飲みながらジェフリー・ディーヴァーの新刊を読んでいたら、横山商事の館林が訪ねてきた。セーフハウスのリビングで、それぞれソファに座って向かい合う。

「お見事です」開口一番、館林は二人の仕事を賞賛した。

「仕事です」とマカリ。「『来た。撃った。当たった』」

「これで、帰国ですよね？」カワムラが嬉《うれ》しそうに言った。そして彼は、館林にも紅茶を出した。彼女はティーカップを受け取ったが、口はつけなかった。

「ところが、そうもいかないようなんです」

館林は申し訳なさそうに言った。

「ちょっと待ってください」マカリはつい笑ってしまった。「嫌な流れだ」

「話が変わってきたんです」館林は表情を変えなかった。

「話が変わる、ってのは一兵士にとっては生死にかかわる問題です」

「状況の変化は戦場なら当たり前のことではありませんか？　臨機応変に対応していただきたいものですが……」

館林の仮定に、マカリは苛立《いらだ》ちを隠さず言った。

「戦争ではありませんよ」

「戦争とは言っていません。しかし、ここは戦場なんです」

館林は怯《ひる》まなかった。

マカリはこの女性に、好意を覚え始めていた。

「状況の変化、とは？」そう言ったカワムラの表情は、さっきまでとは一転して不安げで、小刻みに瞳《ひとみ》が揺れているようだった。ただでさえ情緒不安定に陥りやすい、特殊任務の最中なのだ。

「攻撃的な『配管工事《プラミング》』が必要です」

「そのままの意味じゃないですよね」

「水漏れ……情報漏洩《ろうえい》対策のことをこう呼びます」

「なんとなく、わかってきましたよ」とマカリ。「CIAの誰かが、あってはならない失敗をやらかした。そして、俺たちがその後始末をしている」

「おおむね、そんなところです。しかし、ただの後始末ではありません。上手くいけば、確かなCIAの財産――アメリカの国益となります」

「国益、という言葉に嘘偽《うそ》りはありませんか？」

「もちろん」

「ここから先は、もう少し事情を教えていただかないと動きたくありません」

マカリはきっぱりと言った。自分は駒だと割り切って動ける段階を越えてしまった。

「……わかります。何をどこまで話していいのか、改めて上司と相談します」

「よろしくお願いします」

それから、館林は部屋を出た。どうやら、上司に電話するのに、一度自分の車に向かったようだ。日本支局とはいえ、さすがはＣＩＡというべきか。マカリとカワムラは顔を見合わせるが、この状況では特に話すこともなく、なんとなく気まずかった。一五分後、館林は何事もなかったかのように戻ってきた。

「始まりは、第二次世界大戦でした」

ビデオの一時停止を解いた瞬間を思わせる自然さで、彼女はゆっくりと口を開いた。

第六章

1

厚着の洋服の下で、伏見の大胸筋が断裂していた。左の肺と、おそらく心臓の一部に穴が開いている。たちまち服が血で滲《にじ》んで黒く染まり、重たくなっていく。伏見を破壊した弾丸は、肩甲骨の下あたりから抜けていった。――致命傷だ。伏見の顔が一瞬で真っ青になって、倒れてから何度か痙攣《けいれん》した。

ついさっきまで会話を交わしていた人間が、次の瞬間もう死体になっているという状況に、香織の理解力は追いつかなかった。そのかわりに、大谷が動いた。彼が比較的冷静に動くことができたのは、前にも一度「狙撃される側」を体験したおかげだった。渡辺光男の衝撃的な死体が、大谷に「このまま動かなかったらどうなるか」を教えてくれていた。

敵が渡辺光男暗殺犯と同一人物だと確信しつつ、大谷は駆けだして、香織を押し倒しながら跳んだ。予想通り、もう一発きた。大谷の行動が一瞬早く、弾丸は二人の頭上を通過して、遠くに着弾した。外れたが、かなり危なかったのは疑いようがなかった。

まさか、こんな山の中で銃撃されるとは――まさか、伏見が殺されてしまうとは――まさか、渡辺光男の暗殺犯にずっとマークされていたとは――様々な「まさか」を、とりあえず頭の片隅にある保留の箱の中に放《ほう》り込んでおく。

大谷は前転しつつ瞬時に立ち上がり、背中を曲げて低い姿勢で香織を引きずって移動した。三発目がくる前に、村長の屋敷を囲む塀に身を隠すことに成功した。

「大谷さん……！」

「動かないでください」

二人は塀の後ろで身を伏せた。大谷は、塀に触れて硬さを確かめた。頑丈そうなブロックが、六〇センチほどの厚さで積み上げられている。一二・七ミリ口径以上の対物狙撃《そげき》銃（アンチ・マテリアル・ライフル）なら貫通してしまうだろうが、七・六二ミリ口径以下の狙撃銃はなんとか防いでくれるだろう。

「狙撃です。長距離の」

「何が起きてるんですか？」

「俺もそれが知りたい」

香織はすっかり怯《おび》えて双眸《そうぼう》に涙をためていた。広場には、もうすでにぴくりとも動かなくなった伏見の死体が転がっている。

身を隠してから、ようやく大谷も膝《ひざ》が震えだした。大谷の生死は、向こうの気分次第だったのだ。敵がもしも最初に撃つのを伏見ではなく大谷だと判断していたら、そこで終わっていた。一発目はどうしようもなかった。

大谷は深く呼吸した。そう、まずは呼吸だ。落ち着いた呼吸、落ち着いた心臓が、落ち着いた思考のもとになる。狙撃手はその仕事柄、呼吸を整えるのは得意だ。肺を奥まで洗うように息をするうちに、恐怖や恐慌が薄まっていく。

「いくつかは、はっきりしています」大谷は言った。香織に何かを相談したいわけではなく、話しかけているのはどちらかといえば自分自身に対してだった。「……ここで、何かが行われていた。それを知られるとまずい連中がいる。そいつらが、どうやってか俺たちの動きをつかんでいて、殺し屋を放った」

「殺し屋？」

「たぶん、密《ひそ》かに入院していた渡辺光男を殺した犯人と同じヤツでしょう」

本当は「たぶん」ではなかった。大谷は同一人物だと確信していた。芽路鹿村のことを探られてはまずい何らかの勢力があり、真相に近づいた人間の口を封じるためにやってきた。暗殺という行為の動機は主に二種類、政治的対立か口封じだ。敵の狙《ねら》いは正確で、実戦慣れしていて、忍耐力が強く、敵地での長距離潜伏活動能力も高い。偵察、暗殺、サバイバル、破壊工作——とにかく、一通りこなせるやつだ。

携帯電話を見ると、残念ながら圏外だった。応援は呼べない。このあたりが圏外なのは、当然敵も計算に入れている。

神経を火で炙《あぶ》るような、拷問じみた緊張の時間が続く。

大谷は考える――考えないといけないことが山ほどある。

――まず、敵はどこから撃ってきたのか？

自分たちがいるのは、標高七五〇メートルの芽路鹿山。その北側、頂上に近い斜面の村の、中央広場に自分たちはいた。

そして、敵は二発の弾丸を使った。一発目、伏見を貫通した。二発目は標的――自分たちのことだ――を外して、少し遠くに着弾した。大谷はウエストバッグから地図を取り出し、位置関係を整理する。

地図上で考えると、敵がいる方向はここからさらに北、ということになる。真っ直ぐ北ではなく、ほんの少し、やや東寄り。

とすれば――敵の狙撃は一ノ宮岳からか？　一ノ宮岳の標高は八二七メートル。芽路鹿村を撃つのにいい位置をとることができる――いや待て、と大谷は一人で首を横に振った。一ノ宮岳ではない。あの山には道路と登山口があり、多良岳横断林道も通っている。人気の登山コースだ。人が多すぎる。

――じゃあ、どこだ？

一ノ宮岳の周囲には、その弟分のように隆起が連なり、山地を形成している。弟の山――そっちかもしれない。

大谷は自分自身を叱咤《しった》する——計算しろ。もっと計算しろ。

ペンも取り出して、地図の裏側に死体と着弾位置を書き込んでいく。できる限り正確に。伏見を貫通した弾丸がどこに着弾したのか、確かめる。——どこだ？　物陰から頭は出さないように気をつけながら、よく観察する。

すぐに見つかった。伏見の死体からおよそ八メートルほど離れた民家の壁に、小さな黒い弾痕が生じていた。伏見の内部で、どの程度弾道が変化したのか考える。

ヒントは三つ。伏見の死体、そして二箇所の着弾点。大谷は、伏見の死体をもう一度よく見る。伏見が撃たれた瞬間のことをよく思い出す。どこを撃たれたのか、正確に。血飛《ち》沫《しぶき》のあがりかた。どう貫通して、どう出ていったのか。

初弾は、伏見の胸部に着弾。射入口——大胸筋に大穴。心臓に近く、やや左の肺寄り。射出口——肩甲骨の下。貫通した弾丸の位置は、射入口の高さから数センチ下がっているように見える。——いけない。こういうとき、「数センチ」はまずい。仮、でもいいから計算に使える数字を出さないといけない。仮の数字をいくつか出して、何パターンか計算しておくのだ。

数センチから訂正。とりあえず、二センチとしよう。つまり敵は、自分たちよりほんの少し高い場所から撃ってきた。

この村は、芽路鹿山の標高五五〇メートルのあたり。

芽路鹿山の北——やや東より。そこに、一ノ宮岳へとつながる、地図上では特に名前のついていない標高六〇〇メートルの山がある（一般的には、一ノ宮岳の一部と考えられているのかもしれない）。作戦を練っていくうえで名前がついていないと不便なので、大谷は敵が潜伏している可能性が高い山を「弟山」と呼ぶことにした。敵が身を隠しているのは、弟山の標高五七〇から五八〇のあたりで身を隠しやすい場所――そこだ。

弾道だ、弾道だ、弾道だ。

見えない弾道に、脳内で線を引いていく。想像して、線を延長していく。線と線が交差するポイント――範囲は限定された。

大谷は、小さな鏡を使って、物陰から弟山の様子をうかがった。

――あそこだ。

なんとなく、いそうな場所がわかる。大谷の狙撃手としての直感が働いている。あとは、近づいてみないとわからない。

――撃ってから、敵は動いただろうか？　自問自答する。いや、動いてはいない。狙撃手は、一度山の中に入れば余計な運動を嫌う（もちろん、動く時は大胆に動くが）。動くのは、自分の位置が敵に知られたとき、あるいは反撃を受ける可能性が高いときだ。

現在、敵が大谷たちから反撃を受ける可能性は限りなくゼロに近い。だから、位置を変える必要がない。事実、大谷の手には反撃のための高性能ライフルがない。持っている武器は、伏見から渡された拳銃だけ――。この距離で、ライフルなしで、狙撃手と撃ち合うことは不可能と言っていい。ただの自殺だ。

──敵は、この村のほとんどをスコープの視界に収めているのだろう。

どこに姿を出しても撃たれる。

──どう反撃するのか？


大谷は、自分がまだ登山用のザックを背負っていることを思い出した。ザックの中身──着替え、雨具、防寒具、ライト、予備電池、予備水筒、非常食、コンロ、コッフェル・食器、双眼鏡、救急セット、保冷剤、タオル類、ビニール袋、トイレットペーパー、ツエルト。

そして、拳銃。伏見が用意してくれた拳銃。彼は死体になってしまったが、彼の道具はこれから役に立ちそうだ。

ウエストバッグの中身──ライター、ガムテープ、バンドエイド、ウェットティッシュ、防水マッチ、折りたたみ式ナイフ、筆記用具、コンパス、地図、ＧＰＳ受信機。

──使えるものは？

たくさんある。

ザックの底に隠し持ってきていた拳銃と予備弾倉を取り出すと、香織が目を瞠《みは》った。

「一応、持ってきてたんですよ」

「けい……警察官ですものね、大谷さんは。たしかに、拳銃くらい、持っていてもおかしくないですよね」

いくら警察官でも、勤務時間外に拳銃を持ち歩くことはありえない。銃器がいかに厳重に管理されているか、香織に説明することも考えたが、今はそれどころではなかった。

「平田さん、よく聞いてください」

「はい」香織は声も体も震えていた。

「ここには、水も食料もある。天気もいい。しばらくここに隠れていてください。すぐ近くにあなたの祖父の屋敷があるが、入ろうとしてはいけない。入っても、大きな窓がある建物は安全ではない。ほんの数メートルの間に、撃たれてしまうかもしれない」

「はい……でも、大谷さんは？」

「警察官ですからね。犯人逮捕に向かいます。そのための銃です」

「それは、危ないんじゃないですか？」

「もう、危ないんですよ。どうにかしないと」

「あと数時間で陽《ひ》も落ちます。夜になったら、相手はもう銃を撃てないのでは？」

「相手はおそらく軍用のライフルを使っている。プロです。伏見さんを殺した狙撃も、六〇〇メートルは離れた場所からだ。装備を整えてきている。もしかしたら、暗視装置も用意している可能性も」

「暗視装置？」

「それがあると、夜でも明るい視界を得ることができます。微《かす》かな光を増幅する方式と、赤外線で熱源探知する方式があります。最新式の暗視装置なら、その二つの方式を切り替えることができるものが多い。かなりの長距離にも対応しています。敵がそれを用意していた場合、夜になって不利になるのはこっちだ。こういう状況では、自分たちにとっての最悪を想定するべきです」

「……」

「攻めないといけない」大谷は断じた。

「私はここで留守番ですか」

「そうなりますね」

「その間に、誰かに襲われたりしませんか？」

「近くまでは来ませんよ。わざわざ遠距離で狙撃してきたのは、姿を見せたくないからです。距離が近づくほど、アクシデントが起きる可能性が高くなる。向こうは、極度に接触を避けている。万が一にも取っ組み合いにならないように気をつけている」

大谷は時計を見た。

午後三時四〇分。

あと三時間半後には、すっかり夜になっていることだろう。そうなったら、装備に優れる敵が有利だ。大谷一人なら、三時間あれば山地でも一〇キロ近く移動できる。芽路鹿村から敵の潜伏地点まで、直線距離だと一キロも離れていない。しかし、姿を見せずに近づくためには、移動のほとんどを匍匐《ほふく》前進で行う必要があるだろう。一〇〇メートル進むのに一時間かかるような――下手をすればもっと多くの時間――展開もあるだろう。ということは、もう時間は少しも無駄にできない。

「準備しますね」大谷は言った。拳銃の薬室に弾丸が入っていないこと、そして撃鉄が起き上がっていないことを確認してから、ベルトにさしておく。まず、ザックの中にあった非常食のチョコレート・バーを手にとった。包装紙を破って、頬張《ほおば》る。香織がまた驚いている。これから長丁場になれば、次はいつ何を口にできるかわからない。食べ終えてから、ペットボトルの水を飲んで、残った水はそのまま地面にまいた。

「何をしてるんですか？」

「カモフラージュです」

大谷は、湿らせた泥を自分の顔に塗った。周囲の風景に溶け込むためだ。

「警察の狙撃手として、自衛隊で訓練を受けたことがあります。山や密林での隠密行動もきっちりやりましたが、まさか役に立つ日がくるとは夢にも思ってみなかった」

泥を首にも塗り、着ている洋服もわざと汚した。肌の泥はいずれ乾くが、それでも何もしないよりカモフラージュ効果は高い。途中で、泥を補充することもできるはずだ。

伏見の死体が、大谷の原始的な感情を駆り立てた。生きるためならなんでもする、という気分だ。何もしないでいたら、殺されるのだ。

殺されないためには、戦うしかない。

大谷一人なら、「逃げる」という選択肢もあったかもしれない。——だが、その場合香織はどうなる？　彼女に、長時間の匍匐前進は無理だ。「日立たない動き方」の訓練も受けていない。大谷は、警察官として、一人の男として、彼女を守らねばならない。

持っている知識をすべて使うのはもちろん、足りない知識はその場の機転で埋めなければならない。何事も慎重にやらねばならない。最大限に注意し、観察し、思考しなければいけない。敵の殺意に対抗しなければならない。


大谷の作業は続く。ツエルトの布に、ガムテープを使って小枝や葉っぱをはりつけていく。テープは丸く巻いて、あまり表面に露出しないようにする。ツエルトの布にも泥を塗って汚しておく。即席のカモフラージュ・マット。ギリースーツ（カモフラージュ用迷彩服の一種）のかわりだ。敵は、もっとちゃんとしたものを着ているだろうが。

ガムテープを持っていったほうがいい、と提案したのは伏見だった。「ガムテープは便利ですよ。何かが壊れたとき、服が破れたときなどに、応急処置をするのに便利なんです。で、いざってときはケガの治療にも使える」と。本当に、死んでからも役に立つ男だ。

カモフラージュ・マットは完成したが、これだけで最新機器の目をごまかすことは難しい。赤外線の暗視装置は昼間でも効果を発揮する。身を隠したまま相手に接近するには、移動するルートの選択、つまり地形が重要だった。相手の姿を岩の壁越しに確認できるような暗視装置の話は聞いたことはないし、あったとしてもそれは徒歩で携行できるサイズではないはずだ。

――近づくのだ。相手は神ではない。

人間である以上、その視界は限られている。

大谷はカモフラージュ・マットをすっぽりと被《かぶ》った。香織に鏡を持ってもらって、自分の姿を確認する。ちゃんと枯れ草の集合体のようになっている。このツエルトのもともとの色がブラウンだったことも幸いした。手持ちの物だけで作ったにしては上出来だ。近距離は無理だろうが、遠距離なら敵の目をある程度ごまかせる。

「いってきます」

「……気をつけて」

「銃声がしたり、一日たってもまだ俺が戻らなかったら、平田さん一人で逃げてください。一か八か、全速力で走って、障害物に身を隠して一休みしながら山林に入るんです」

そう言い残して、大谷は身を低くしたまま屋敷の裏手に回った。

塀に沿って移動する。

塀の切れ目から、隣の民家が見えた。間に、歩道がある。その幅は、およそ三メートル。道の上にはびっしりと草むらが膨らんでいるので、このカモフラージュ・マットを被ったまま低姿勢匍匐前進でゆっくりと進めば、敵にも見つからないかもしれない。ためらっていても仕方がない。ここで撃たれてしまったらそこまでだ。

意を決して、大谷は塀の陰から出た。

――まずは、ほんの数センチ。

草むらに顔を埋《うず》める。鼻先をバッタのような虫がかすめた。凄《すさ》まじいまでの自然の匂《にお》いだ。草と土。こんなにもはっきりと大地を実感したことなど今までなかった。

——即席のマットはどこまで身を隠してくれるのか？

——敵が気づかないでいてくれるか？

——相手はどうやってこちらを監視しているのか？

腕を少し前へ。体を少し前へ。

伏せたまま、地面を泳ぐようにする。

腕を少し前へ。体を少し前へ。

三〇秒で一〇センチ。これでも急ぎすぎているくらいかもしれない。

それとも、遅すぎるかもしれない。

いつ弾丸が飛んできて大谷の頭が消失してもおかしくない。

——ひゅんっ、と。

答えは、あとになってみないとわからない。

大谷は、自分をかたつむりだと思うことにした。

絶対に頭をあげないようにして、隣の民家へ。

——どれほどの時間が過ぎたろうか。

大谷の意識は、夢を見ているような状態になった。自分ではなく、一匹のかたつむりが道を横切っている夢だ。動きながら、ほんの少しだけ眠ったのだろうか？　とにかく、いつの間にか大谷は道を渡りきって隣の民家の壁に身を隠していた。

――いける。

同じ要領で、さらに隣の家に移動する。

ゆっくりと、焦らずに。

大谷は住宅街を低姿勢匍匐前進で抜けて、山林に入っていった。

2

一ノ宮岳に近い、名もない山の中。日系アメリカ人のデイヴィッド・マカリ海兵隊二等軍曹は、ターゲットの一人である刑事ヨシキ・フシミに狙いを定めて引き金を絞った。その着弾を、相棒――観測手であるマイク・ジロー・カワムラ海兵隊伍長が確認する。仕留めた。

マカリはボルトアクションで排莢《はいきょう》。スナイパーライフルに次弾装塡《そうてん》。ターゲット#Bである警察官コウジ・オオタニに照準を移す。これで終わりだと思っていたが、弾丸は空を切ってしまった。考えられないことに、避《よ》けられたのだ。

何の前触れもなく狙撃された場合、普通の人間はまったく反応できないものだ。反応できたとしても、瞬時に回避行動をとるには厳しい訓練が必要になる。驚いたり、もたもたしているうちに三人とも射殺できるはずだった。ところが、オオタニは違った。素早い動きでターゲット#C――カオリ・ヒラタ――のことまでカバーし、滑るように塀の陰へと逃げていった。

「二発目、外れました！　ターゲット#B、#Cを引きずって逃走！」

マカリは思わず舌打ちするところだった——三発目が間に合わない！

「CIAの逆鱗《げきりん》に触れようとしているものたちがいます」

横山商事のセーフハウスで館林が言っていた。

CIAの誰かが、あってはならない失敗をやらかした。後始末が必要になった。

「始まりは、第二次世界大戦でした」

マカリは、館林の説明を思い出している。

「当時、アメリカの情報収集能力はイギリスやフランスに遅れをとっていました。少しでも諜報《ちようほう》先進国に追いつくために、情報調整官事務局が設置されます。この局には二つの部門がありました。戦略活動事務局——OSSと、戦時情報事務局です。OSSは現代でいう特殊作戦の他に、毒物や催眠術の研究まで行っていました。しかしこのOSSは期待されていたほどの成果を出せず、廃止されます。その後、戦略事務部隊となり、役立たずで短命の中央情報グループとなり、一九四七年、中央情報局——CIAが誕生します。

大戦中、世界各国の情報機関は、敵国の捕虜の脳内を自由自在に操ることができないかと研究していました。頭の中を破壊して重要情報を聞き出したり、捕虜を自国のスパイに仕立てあげてから敵国に戻したりできないか、という考えです。ドイツではゲシュタポが、アメリカではOSSがそういった研究を進めました」

当時はまだ、「洗脳」という言葉は一般的ではありませんでした、と館林は補足した。その言葉が広く使われるようになるのは、五〇年代に入ってからだという。

「ドイツが降服して、日本に原爆が落ちて、大戦が終結しても、アメリカの前には巨大な敵が立ちはだかったままでした。——共産主義です。アカの脅威。中国共産党は戦時中の捕虜や政治犯に対して『思想改造』『強制転向』を開始します。長期間の監禁、執拗《しつよう》な再教育、薬物の投与、そして拷問などによって、アメリカ軍の兵士だろうとヨーロッパ人の神父だろうと、誰であろうと中国共産党の支持者に変えてしまうのです」

「で、順序でいうとそろそろ朝鮮戦争？」

「その通り。序盤は韓国が劣勢でしたが、途中でマッカーサー率いるアメリカ軍が参戦。そこに、北朝鮮には中国共産党からの援軍が加わり、戦争は激化。その裏側では、双方捕虜を使って『洗脳』の実験を行うようになります。朝鮮戦争開戦の年に、ＣＩＡ長官アレン・ダレスはプロジェクト〈ブルーバード〉の発足を承認します。このプロジェクトは、敵の洗脳に対してこちらの精神防御力を高める技術、捕虜に対するより効果的な尋問技術、催眠術や薬物の戦術的な使用などを研究するためのものでした。

一九五一年、プロジェクト〈アーティーチョーク〉が発足。〈ブルーバード〉の研究に加えて、より強力な薬物が使われるようになります。コカイン、アンフェタミン、バルビツール剤、亜酸化窒素などです。

そして〈アーティーチョーク〉から二年後、計画は〈ＭＫウルトラ〉に進化を遂げます」

ＣＩＡ洗脳実験の歴史年表に、マカリとカワムラも期せずして名前をのせることになってしまったわけだ。

ターゲットとはつまり、実験の真相を暴く可能性を持ったものたちだった。

それが三人。

一人は確実に殺した。残りは二人——オオタニとヒラタ。やり損ねてしまった。ブロック塀の陰に引っ込んだまま出てこない。——絶対に逃がさん。塀の周辺、屋敷の窓、出入口——二人がかりで手分けして監視している。塀の周辺は、マカリ。それ以外がカワムラの担当だ。マカリのほうは精密狙撃用にスコープの倍率を上げているが、カワムラが使っているスコープは精密さよりも視野の広さを重視した調整になっている。しかも、カワムラのスコープは高性能の赤外線暗視装置がとりつけてある。敵が動いたら、即座に撃つ。次は外さない。

村長の屋敷だけではない。マカリとカワムラは、芽路鹿村全体を見渡せる位置をとっている。狙えないのは、物陰か建物の中だけ。建物の中でも、間抜けが窓の近くを通れば撃ち殺せる。

どんなことがあっても敵の反撃を受けないように、マカリたちは念入りに「Ｃ・Ｃ・Ｄ」を実行していた。

「偽装（camouflage）」、「隠蔽《いんぺい》（concealment）」、「おとり（decoy）」――その頭文字をとって「C・D」。戦術的優位を得るための三要素。これらを満たした陣地を構築すれば、敵にほとんど情報を与えずにすむ。作戦成功率、戦闘要員の帰還率も上がる。

マカリたちの偽装。

鬱蒼《うっそう》と茂った葉を利用し、体の輪郭を隠す。自然の中に身を潜める際、人体の輪郭を隠すのが最も重要だ。体の線を背景に溶けこませないといけない。特に、ライフルなど身につけた装備の「直線」には気をつける。完全な直線は、自然界にはほとんど存在しないからだ。

マカリとカワムラは、近赤外線を反射する染料でプリントされた山岳迷彩服を着ている。この迷彩服を着て山林や茂みに隠れると、輪郭の問題がクリアできる。

二人は茂みの奥に隠れて偽装しているが、ライフルは自由に動かすことができる状態だ。偽装用のネットも使っている。このネットは、ステンレス鋼繊維が織り込まれており、レーダー電波を吸収・屈折させる。偽装用ネットには、葉、大小の枝、草などが接着してあり、これも迷彩を強化する役目を果たしている。葉のつけ方にも「こつ」があって、必ず葉の「表側」が見えるように配置しなければいけない。葉の「裏側」は色が薄くて目立つのだ。

目立つといえば、ネットにつけた枝の白い切り口もそうだ。泥を塗って黒くしておく。

マカリとカワムラは、ペイント・スティックで塗り合った。皮膚に迷彩色を塗って、肌が露出しないようにする。肌からにじみ出る汗や脂肪分が、光を反射するのを防ぐ。耳の後ろや指の隙間《すきま》まで塗る。

　携帯する装備も偽装されている。金属部品にはつや消しを施し、音を立てそうなものはテープで固定する。装備しているライフルも迷彩色に塗ってある。

　そして隠蔽。

　小便はペットボトルにして埋めている。大便はビニール袋にして、深く穴を掘って消臭剤をかけてから、やはり埋めておく。排泄物《はいせつぶつ》をパンツの中に漏らしてしまう狙撃手もいるが、そうすると臭いで敵に気づかれる可能性が高まる。もちろん、状況によっては垂れ流しにしなければいけないこともある。

　構えたライフルの、銃口の下の地面は濡《ぬ》らしてあった。すぐに乾くので、定期的に水をまいて湿らせている。発砲した際に、土埃《つちぼこり》や木の葉が舞い上がるのを防ぐためだ。

「C・C・D」――最後の一つである「おとり」も用意してある。マカリとカワムラの準備は万全だった。

　マカリが構えているライフルはM40A3。少し前に、軍・警察向けのスナイパー競技会でも使っていたライフルだ。ステンレスのシュナイダー・マッチグレードのバレルに、細かいところにも手を抜かずに作ったハンドロードの弾丸。

　このライフルの原型は、アメリカ海兵隊がベトナムで狙撃をするために開発された。M40A3は、狙撃手の直接の助言によって生まれたカスタム・ライフルである。スコープはシュミット&ベンダー・ナイトビジョン・ウェポンサイトも搭載することができる。すでに、銃声を抑制するサプレッサーが装着済みだ。

Ｍ40Ａ3というライフルの特徴の多くが、海兵隊射撃訓練部隊《ＭＴＵ》と各軍の特殊部隊双方のメンバーの意見交換によって生まれた。伸縮自在の床尾板や、調節可能なチーク・ピースがその特徴の一部だ。

このライフルこそが、マカリにとって最高の相棒だと言えた。まるで、自分のためだけに作られたかのように思えた。

八〇〇ヤードまでが有効射程。マカリは、このライフルで一〇〇〇ヤードでも当てられるように訓練をしている。――実際のところ、このライフルで一〇〇〇はかなり厳しいのだが、不可能ではない。

Ｍ40Ａ3の命中精度は、一ＭＯＡ（一〇〇ヤードでの標的への集弾が一インチ以内）をはるかに下回る。

カワムラもライフルを構えている。

戦場では臨機応変な判断が求められる。敵は近くにいるかもしれないし、数百ヤードも離れた場所にいるかもしれない。それに対応するのは、狙撃手を補佐する観測手カワムラの役目だ。

たとえば複数の敵に襲われた場合、ボルトアクションでは対抗できない。セミオートマチックの、容量の大きい弾倉をつけたライフルが必要になる。接近戦にも対応しつつ、遠距離の敵を撃つこともできる。

それがDMR。Designated Marksman Rifle。新しいスナイパーライフルの形。

カワムラが持ってきたナイツ・アーマメントM110SASSは、代表的なDMRの一つだ。ユージン・ストーナーが一九五〇年代に開発したAR10の最新発展モデル。七・六二ミリ×五一弾を使用。弾倉には二〇発。

ナイツM110の、バレルの長さは二〇インチ。高精度なフリーフローティングのカスタム・バレルを採用。リューポルドのスコープを搭載し、銃口にはサプレッサーを装着。さらに通常のスコープと併用できるデザインの赤外線暗視装置までもがとりつけてあった。

赤外線暗視装置も万能ではない。地面の隆起や岩場に対しては、意外なほど弱い一面もある。そのためカワムラは、定期的に弾着標定鏡《スポッティング・スコープ》を使って全体的にどこか違和感がないか確認している。

「………」

敵に動きがない。

余裕があるうちに、マカリはカワムラに給弾作業に入るという合図を出した。薬室に一発、弾倉に一発残っているだけだ。マカリは弾倉に三発の狙撃用弾丸を詰め直した。先端が尖《とが》ったライフル弾は、獣の牙に少し似ていた。

給弾作業中に標的が動くこともなく、安心する。

3

大谷は、村の東側から山林に入ることができた。撃たれずにすんだのは奇跡なのだろうか、それともこちらが用心しすぎているせいなのか、どちらかはよくわからなかった。――すでに敵は諦《あきら》めて立ち去ったとか？　いや、プロフェッショナルを相手にしているのに、根拠もなく楽観的になるのはまずい。「危機は過ぎ去った」ことにして偽装を放棄し、普通に立って歩いたり走ったりするのは、すごく楽なことだ。だが、楽になりたいという気持ちは、死にたいという気持ちによく似ている。

芽路鹿村を出てすぐの山林で、身を伏せたまま、これからどうするか大谷は頭を働かせた。一ノ宮岳に連なる名もない山――さっき、大谷が「弟山」とした――に、敵の狙撃手がいる。おそらく、二人組だろう。ちゃんとした狙撃手なら観測手を欲しがる。

大谷は、敵の立場になって考えてみる。潜伏任務中の狙撃手にとって、まったく想定していない事態とはなんだろうか？　考えたくもないような事態とは？

敵が想定しているであろう事態――たとえば標的が塀に隠れたまま動かないとか（しかし、餓死するわけにはいかないし、精神力の限界もあるだろうからいつか必ず動く。そこを撃つ）、標的が思い切って走って逃げ出す（どんなに速く走ってもライフルの性能はそれを上回る。二度は外さない自信がある）、反撃してくる、密《ひそ》かに近づいてくる（銃もギリースーツもないのにどうやって？　こちらは主要なルートをすべて監視下においている）――そんなところか。

答えが見えてきた。敵は、こちらが銃やガムテープを持ってきたとは知らないはずだ。即席のカモフラージュ・マットは、大谷が自分で思っている以上に妙手だったのかもしれない。

――二人のプロフェッショナルの目をあざむきつつ、山地を抜けて接近する。そのためには、最短距離で移動してはいけない。こちらが通りたい道は、敵も気をつけている道だ。主要なルートは迂回《うかい》する。峠道なんてもってのほかだ。敵が想定すらしていない事態とは、標的にいつの間にか後ろをとられて逆に銃撃されることだ。

弟山に入るまでには、川と二つの小さな山がある。

山の尾根の一部で、低くくぼんで馬の鞍《くら》状になっているところがあり――いわゆる鞍部《あんぶ》だ――、川はそこから流れている。その川は大谷が持っている地図の上では、芽路鹿山と別の小さな山の境界線のように見える。

川を越えて、二つの小山を外側から回りこんでいけば、敵に姿を見せずにすむはずだ。小山の東側は敵にとっての死角。そこを移動している間は、普通に走っても問題ないだろう。あとは、弟山に入ってからだが――そこで敵を発見したら、どうするのか？　また射殺するのか？　正当防衛には違いないが――。

まあいい、と大谷は匍匐前進に集中した。敵に銃口を突きつけたときのことを考えるのは、まだ早すぎる。

微速で進む大谷は、段差の多い岩場を見つけた。焦らず、こういうときこそさらに速度を落として慎重にいく。時間をかけてようやく段差の陰に滑りこみ、背筋を反らしたり、腰をひねったりして筋肉の緊張を解いた。まだ弟山までかなり距離があるので、今のうちにペットボトルに小便をして埋めておく。次、いつできるかわからないものは、やれるうちにやっておく。カモフラージュ・マットの枝や葉が落ちていないか確認する。泥が乾いて、ぽろぽろとこぼれ落ちはじめていたので、岩の根本にたまっていた濡れた土で補充しておく。

「……ふう」

大谷は、自衛隊の狙撃手から学んだことを思い出した。

――高所の頂上や、地平線（山地の場合は稜線《りょうせん》）にはできる限り近づかない。

目標物へは遠回りで、適度に速度を変えながら進む。

敵は、様々なものを見ている。潜伏移動中、鳥や動物を驚かせてはいけない。鳥の羽ばたきや動物の警戒の鳴き声は遠くからでも確認できる。植物や木の枝を不用意に揺らしてもいけない。自然物の不自然な動きは、必ず敵に警告を与える。

決して尾根や山頂で姿を露呈してはいけない。

どうしてもというときは、山頂部より少し下の稜線をたどる。

困難であっても遮蔽物のあるルートを選ぶ。

4

マカリには計算外の要素が一つあった。それは、日本の自然の豊かさだ。東京のビル群と同じで、日本の山や森林にも密集した感覚がある。アメリカの自然とは異なる何かがある。見慣れない木々、見慣れない花――そのすべてが、マカリやカワムラにとってはカモフラージュ効果があるのだ。「慣れない」というただそれだけのことで、本来そこにあるべきものと、それ以外との区別がつきにくくなる。新鮮さが異物を吸い込んでしまう。

――かといって、その結果マカリたちの優位が揺らぐわけではない。

万が一狙撃が上手《うま》くいかなくとも、標的は女連れだ。まずいと判断してから走りだしても、簡単に追いつくことができるだろう。「なるべく敵に姿を見せない」「芽路鹿村に立ち入らない」などと様々な命令が出されているが、緊急事態になったら仕方がない。接近戦のリスクを負ってでも仕事はやり遂げる。

――それにしても。

マカリは小声で言った。

「……動きがなさすぎる」

本当は、潜伏任務中の狙撃手はこんな無駄話はしないほうがいい。しかし、現在敵が近くにいる可能性はゼロだ。小声でならば問題ないだろう。

「動きようもないんでしょう」とカワムラ。他人の声だと大きすぎるように感じるから不思議なものだ。「死体を見て、びびった」

「だといいんだけどな」

標的の経歴が、マカリの中でほんの少しだけ引っかかっていた。コウジ・オオタニ。警察の精鋭部隊──銃器対策の特殊部隊所属。日本人としては珍しいことに、人を殺したことがある。マカリと同じ、専門の狙撃手。

「ターゲット#Bは俺と同類、か……」

「同類ということはないでしょう。こんな天国みたいに治安のいい国の警察官なんて」

カワムラが嘲笑まじりに言った。

たしかに、とマカリは思う。「なるほど、天国の標的。撃ちやすい極楽鳥《ライフルバード》だ」

日本の、しかも地方の警察の狙撃手なんて、技量はたかが知れている。戦場を経験したマカリが恐れるほどの相手ではない。それは、わかっている。わかっているのに──なぜか、微かに引っかかるのだ。たとえ話をしよう──あまり親しくないやつが握手を求めてきた。しかし、そいつはトイレのあと手を洗っていない。そのことに気づかず握手に応《こた》えてしまう間抜けは誰だ？

5

大谷は、緑色の海の中を泳いでいるような気分だった。顎《あご》や頬、首にまで雑草が触れる。肘《ひじ》と膝を保護するために汚したタオルを巻いたが、それでも匍匐前進が多すぎて皮膚が裂けたように痛む。村を出るときはかたつむりの気分だった。今は蛇の気分だ。蛇に手足がついていない理由が、大谷にもようやくわかった。手も足も、地を這《は》うには邪魔なのだ。

　大谷は斜面をくだっている。

　山岳作戦の基本は、ジグザグ移動と継続躍進だ。

　監視部隊と躍進部隊に分かれて、交互に進んでいく方法を継続躍進という。尾根や谷に沿って移動する場合では、監視部隊は高台に陣取り、緊急の場合は射撃掩護《えんご》する。一定の距離を進んだら、交替して繰り返す。残念ながら、大谷は一人だ。二手に分かれることはできない。

　頭の中では常に地図を意識していて、どの程度くだれば敵の死角に入るのか考えている。角度的に、そろそろ小山の陰に入ったころか——。大谷は、念の為に自分が「安全」と感じた地点からさらに数十メートルくだったところでようやく立ち上がった。

「………」

　しばらく、歩く。


　谷筋は安全地帯と言えた。川の水が近くなると、木が減り、かわりに苔《こけ》の生えた岩石が目立つようになる。

　大谷はよく滑る不安定な足場をおりきって、川筋に達した。長い時間をかけて浸食されたのだろう、山奥であるにもかかわらず、細かい砂や丸い石が散らばる河原が形成されていた。敵に命を狙われている状況で、川を渡る方法は二つしかない。仲間に援護してもらうか、大急ぎで渡るか、だ。大谷には選択肢が最初から後者しかなかった。カモフラージュ・マットを折り畳んで胸の前に抱えて、全力で走る。川の深さは目測しただけだったが、水が顔の高さまでくることはなかった。無事に川を渡って、再び服を汚す作業、皮膚に泥を塗り、カモフラージュ・マットを整える。

渡渉に成功した大谷は、小山を外側から回り込むコースにのった。敵からは見えない位置だと思っていても、安心はできない。すべては大谷の推測をもとにしているからだ。足場の良いルートは「敵に知られている、監視されている」ものとして避ける。できる限り無防備な姿はさらしたくないが、険しい傾斜で自分の体を持ち上げたりする場合にはそうもいかない。冷や汗が止まらなくなる瞬間だ。車を運転しているとき、急に人が目の前に飛び出してきたとき、胃のあたりが急に縮んだような不快が生じて、腰から力が抜ける——ああいう感覚を何度も味わう。

最短距離に何度も誘惑されるが、大谷は大回りを選択した。多くの山岳作戦が敵の側面をつくことで成功してきた。使用しそうにない危険かつ非合理的なルートを選択し、敵に察知されることなく優位な位置を獲得する。

遠くばかり見ているわけにもいかない。山林には、至近距離でもまったく目に入らない場所が存在する。そういう場所はいわゆる「待ち伏せ攻撃」にもってこいだ。どんなに低くても、可能性があるのならば警戒する。可能性という話だけなら、どこかで敵と鉢合わせすることもあるかもしれない。

　二つの小山を大回りする際には立って歩いていたが、いよいよ弟山が近づいてきたので再び匍匐前進に切り替える。

　時刻は、午後五時をちょっと過ぎたくらいか。陽光がたしかに弱まってきた。弟山は高さはそれほどでもないが、山林の緑が濃い。頂上付近には、黄色っぽい葉をつけたマンサクの木々が集まっている。やはり、あのあたりにはいないな、と大谷は思う。狙撃手は山頂を嫌うし、色合いの濃淡がはっきりしている場所も嫌う。

　地面すれすれの目線で見ると、ヤマラッキョウがやけに目立った。赤紫色の、球状の小さな花が花火のように咲き乱れている。小さな虫が飛び交っている。目には見えない花粉を感じる。他にはたまにユウスゲの花も見かけた。淡黄色の、小さな楽器のような花だ。カモフラージュ・マットとは色が異なるから、花の上、あるいは花の近くを通らないように注意する。美しい風景だが、大谷にとっては地獄だ。地獄であり戦場でもある。――あまりにも疲労がたまり、急に何もかも放棄したくなってくる。俺はこんなところで何をやっているんだ？　どうしてこんなところで命を狙われなければいけないのか？　そもそもなぜこんな辺鄙《へんぴ》なところまでやってきたのか？

　――もういい。とにかく始まってしまったのだ。あの山のどこかに伏見を殺したやつがいる。そいつのために、俺はこんな辛《つら》い目にあわされている。本気で腹が立ってきた。自分だけは安全なつもりか――いい気になりやがって。

ただじゃすまさん。

弟山を匍匐前進で進んでいく。

通常、兵士は山地に陣地を築く場合、岩場や木々の密集地帯など防御に適した地形の周囲を選ぶことが多い。そういった陣地に対して最も有効なのは砲弾や爆発物だ。フォークランド紛争では、イギリス軍は山岳作戦において、ロケット砲を駆使してアルゼンチン軍の掩体《えんたい》を破壊した。大谷の手にそんな兵器はない。拳銃が一丁だけだ。

弟山の東側の斜面を通過していく。長い時間が過ぎて、大谷は自分が地面と同化してしまったような気分になってくる。正確にいえば、長い時間が過ぎたのかどうかもよくわからなくなってくる。

大谷は、人間は時間を制御できるという事実を実感した。動かないことで、あるいは通常の数十分の一の速度で動くことで、自分内の時間を無限に延長できる。敵を倒すためなら、無限の苦しみでも受け入れる。原始的な時代から続く狩人《かりうど》の意識を共有している。大谷の体は、まず暗黒の重い殻を背負ったかたつむりになり、蛇になり、そして今は物差しになった。この体で生と死の長さを測定することができる。無限の時間を測定し、ある暴力的・破壊的なポイントでそれは突然ごく当たり前の時間に区切られる。大谷はそのポイントを必死に探しているのだ。

「………」

じりじりと神経質に手足を動かす。今吹いている弱い風と同じ速度で前に進む。大谷の体のすべてが、鉛を流し込まれたかのように重くなっている。

およそ一時間かけて、大谷は敵がいるであろう斜面の反対側――弟山の北側斜面――に到達した。ここまで撃たれなかったのは奇跡なのか、ただ泳がされたのか、それとも大谷の努力に対する当然の結果なのか。

大谷は敵の背後をとるために斜面を登り始めた。地面を舐《な》めるような超低姿勢の匍匐前進から、やや高い姿勢の匍匐前進に切り替える。肘も膝も限界に近い。あと数十分で完全に日が暮れてしまう。慎重さを維持しつつ、なるべく早く決着をつける必要がある。

まず、敵の推定位置と「高さ」を合わせた。たとえば、山に冠を被せたとする。冠の上には大谷と、その反対側に敵の暗殺者がのっている。そんな冠の線に沿って移動すれば、理屈では敵の側面をつくことができる。


今までよりもさらに繊細に、神経質に――。弟山の南側の斜面に回って、あとはいつ敵に遭遇してもおかしくないキルゾーンに入る。大谷は思う。軍隊では、「射撃による偵察」という選択肢がある。身を隠すのに向いている怪しい場所に大量の弾丸を撃ち込んで、その反応を見ながらこちらの行動を決めるのだ。大谷はベルトにさしこんでいた拳銃を抜いた。グリップを右手で握りしめて匍匐前進しつつ、引き金を絞りたい衝動に駆られる。今が撃つべきときでないのはわかっているが、それでも撃ちたい。無限に続きそうな苦しい時間を終わらせたい――。甘美な自殺衝動を、必死に理性で抑制する。疲労は理性の活動を鈍らせる。理性を助けるのは、警察狙撃手としてのプライドだ。

命をかけた天秤《てんびん》が上下して、危ないところで理性が勝った。雑念を振り払って、微かな前進を続行する。

そんな大谷の動きがぴたりと止まった。

——なんだ、あれは？

大谷は、視界のやや下方に違和感を見つけた。ぼんやりしていたら、気づかなかっただろう。こんもりとした緑色の茂み。ところどころに枝や泥も混ざっていて自然に見える。しかしそれは一瞥してそう見えるだけの話で、注意深く観察すれば自然界にはありえないものの存在が明らかになる。茂みから、ほんの微かだが「直線」が伸びている。ライフルの銃口、銃身の一部だ。

6

——見つけたのか。ここがゴールなのか。

無限かと思われた時間に、破壊的な分節点が刻まれる。銃口。あれに撃たれない方法を必死に考えつつ、あれを必死に追い求めていた。伏見を殺されたことはさておき、むしろ感謝したいような気分だった。もうこれ以上、探さなくてもいいのだ。

——ようやくだ、ようやく。

大谷は右手の拳銃を意識しなおした。安全のために、まだ撃鉄は起き上がっていないし、薬室には初弾が装塡されていない。撃つためにはスライドを引かねばならない。その作業には多少の金属音がともなう。薬室に初弾を送り込んだら、すぐに撃たねばならないわけだ。

現在、大谷の位置から敵の潜伏地点までおよそ一五メートル。山林の中で障害物が多く、拳銃で撃つにはもう少し近づく必要があるだろう。大谷の技量なら一〇メートルでも当てる自信はあるが、確実にやるなら六メートル。そこまで近づいたら、拳銃のスライドを引いて、すかさず連射する——。

ちょっと待て。

何か簡単過ぎないか。本当に相手はまだこちらに気づいていないのだろうか。

正確な数字を出したわけではないが、今発見した敵の潜伏地点は、大谷が最初に想定した狙撃地点よりもやや下すぎる気がする。これは感覚的な話——狙撃手の直感だ。下すぎる？　どうして俺は今、下すぎると感じたんだ？

そもそも最初の推測が大雑把なものなのだ。数十メートルくらいの誤差は、あって当然。不信を抱く根拠としては弱すぎる。それなのに、一度気になるともう頭にこびりついて離れない。自分が最初に思っていた感じと違う、ただそれだけの理由で。

新たな戦いが始まった。過去の大谷と、現在の大谷の戦いだ。過去の大谷は、違和感があると警告している。現在の大谷は、すぐにでも敵に攻撃を仕掛けたがっている。気力、体力、集中力が充実していたのは過去の大谷のほうだ。

「自分を信じる」という言葉はよく聞く。問題は、いつ、どんな状態の自分を信頼するかだ。

五〇〇メートル以上の遠距離狙撃を楽々こなすような敵だ。おそらく、軍属のプロフェッショナルなのだ。大谷は、「ここは、敵を甘く見るべきではない」と結論を出した。あの偽装潜伏地点が「おとり」だとすれば納得がいく。おとりの潜伏地点は獲物を引き寄せるための餌《えさ》であり、狩人はもっと高い位置に陣取っているに違いない。

「…………」

大谷は、息を殺して改めて周囲を観察する。五感をフルに働かせて、皮膚感覚で空気の流れさえもつかもうとする。さっき見つけた潜伏地点のことを一時的にでも意識からしめだすのは、意外にも骨の折れる作業だった。なにしろ、大谷の体は一刻も早く休みたがっている。嫌でも視線が「おとり」に引き寄せられてしまう。

現在の視界内には何も見つからなかったので、大谷は時間をかけて慎重に一メートルほどさがり、首を上下左右に傾けた。

──今度こそ、本当に見つけた。

おとりの潜伏地点のおよそ二〇メートル上方に、より完璧な偽装が構築されていた。意識して注目してみない限り、わずかに突き出た二本の棒状の物体が銃口だとは気づかないだろう。そこにはたしかな人の気配を感じる。

大谷が観察していると、片方の銃口が引っ込んだ。それからしばらく外に出ている銃口は一つだけで、数分後に戻ってきた。何が起きたのか、大谷は考える。今、銃口を一度引いたのは観測手のほうではないだろうか？　ライフルから手を離して、スポッティング・スコープで全体を見渡していたのではないか。

――いよいよ、下は「おとり」、上が「正解」で間違いなさそうだ。

どうする、と大谷は自問した。こちらが敵に気づいた以上、敵がいつこちらに気づいても不思議はない。カモフラージュ・マットは即席だし、赤外線暗視装置で見れば大谷の存在はたちまちばれる。敵が油断しているうちに、幸運が続いているうちに仕掛けるしかない。これ以上の匍匐前進は、リスクを積み上げるだけの作業にすぎない。

大谷は拳銃のスライドを引きながら立ち上がり、邪魔になったカモフラージュ・マットを放り捨て、敵の「本当の潜伏地点」目指して走りだした。


一瞬で、距離が五メートルは詰まった。走りながら、大谷は両腕でしっかりと拳銃を支えて、立て続けに三回、引き金を絞る。まだ少し離れているが、決して当たらない距離ではない。急激な運動に大谷の体が悲鳴をあげる。拳銃が火を噴いて、轟音《ごうおん》が鳴り響き、空薬莢が宙を飛んで近くの木に跳ね返る。偽装潜伏地点の奥で、どさりと何かが崩れ落ちる音がする。

手応《てごた》えがあった。大谷は思わず雄たけびをあげそうになった。

その直後、偽装潜伏地点から爆発的に人影が飛び出した。ライフルを持って、ギリース

ーツを着込み、顔に黒いペイントを施した兵士が、全速力で走って大谷から遠ざかってい
く。
大谷はその人影を狙って拳銃を連射。一弾倉撃ち尽くすが、人影は倒れなかった。何発
かが山林の木の幹に吸い込まれた。大谷は拳銃の弾倉を交換しつつ、敵の偽装潜伏地点に
飛び込んだ。そこに、男の死体があった。迷彩服を着ていて、やはり顔は黒塗り。手の届
くところに弾着標定鏡が置いてあることから、敵の観測手ではないかと推測される。大谷
が放った弾丸が彼の顎と喉を破壊していた。即死に近かったろう。
死体の顔は半壊していたが、どうやら日本人らしい——いや、ずいぶん鼻が高く、命の
輝きを失った目の色素が薄い。日系人か。
大谷は、死んだ男からライフルを奪った。ＡＲ10の最新発展モデル、セミオートのスナ
イパーライフルだ。リューポルドのスコープと、赤外線暗視装置がついている。拳銃をベ
ルトにさしこみ、奪ったライフルを両腕で構える。逃げたもう一人を追いかける。
逃げた敵は、後ろを振り返ることすらしなかった。大谷がライフルを確保している間に、
かなりの距離がひらいていた。敵は弟山の西側を目指して走り、斜面を転がるようにくだ
っていく。これには、追い詰めた大谷のほうが焦った。凄《すさ》まじい逃げっぷりだ。
少し考えてから大谷は数メートル駆け上がり、大きな岩が一つ転がっているだけの見通
しのいい場所でライフルを構え直した。初めて使うライフルだが、拳銃で狙うよりはるか
にましなのは間違いない。

スコープを覗きこんで、大谷は敵が使っている赤外線暗視装置の性能に驚いた。装置越しの映像は基本的に灰色で、生物の皮膚は真っ白く見える。鮮明で、通常の狙撃用スコープと組み合わせてあるから狙いがつけやすい。

そして、逃げた敵の姿を探す。激しく運動している背中を見つける。大谷はとりあえずライフルの引き金を絞った。サプレッサーがついているので、よく振った炭酸飲料のふたを開けたとき程度に銃声は抑制されていた。鋭い反動が大谷の上半身を駆け抜ける。弾丸は、狙った場所のはるか下に着弾した。弾が外れるのは、予想のうちだった。なにしろ大谷はこのライフルのことを何も知らないのだ。どんな弾丸を使っているのか、どの距離でゼロインしているのか、集弾率はどの程度なのか――。一発撃ってみて、あとは自分の勘で照準を修正する。このライフルのゼロインは五〇〇メートルくらいか。スコープに刻まれたミルドットで、少し上を狙う。弾丸が上手い具合に落下して、敵を貫くことを期待する。

しかし、敵の動きも素早かった。逃げる敵は、特に木々の密集率が高い山林に飛び込んでジグザグに走った。最初から、いざというときの逃走経路に設定していたのだろう。大谷は二発目、三発目を撃つが、木が邪魔で当たらない。木片だけが弾《はじ》け飛ぶ。

――やがて、逃げた敵の姿が見えなくなった。

遮蔽物をとって隠れたか、それとも大谷の死角に入ったのか。

「くそ……」

大谷は狙撃姿勢を維持した。やっとのことで一人倒したのに、まだ安心できない。意識をスコープに集中して、敵が動くのを待つ。敵は動かない。時間だけが過ぎていく。――敵はいったい、どういうつもりだ？　反撃を企んでいるのか、それとも本気で逃げているのか。

軍用には、赤外線を反射するカモフラージュ用の塗料や布もあると聞いている。敵がそれを使っているとしたら、敵から奪ったこのライフルの暗視装置でもその姿は見えにくくなっているということもあるかもしれない。

「………」

大谷は襲撃した偽装潜伏地点に戻った。殺した男から、装備を剝《は》ぎとっておきたかった――そのときだった。大谷は地面に血痕《けっこん》を発見した。自分の血でも、殺した男の血でもない。逃げた敵の方向に点々と続いている。

大谷が連射した拳銃の弾丸が、もう一人の敵に当たっていたのだ。致命傷ではなかったようだが――これで、はっきりした。敵は本気で逃げている。

狩りでは、手負いの獣ほど恐ろしいという。血痕を追いかけるのは危険だ。あれほどの敵なら、血痕を利用して逆に罠《わな》を構築しても不思議はない。大谷は考える。もしも自分が敵の立場で、負傷してしまったら次はどうするか。持久戦は避けたい。血を流しているほうが不利になるに決まっている。しかも相棒のライフルまで奪われてしまった。となれば、残った選択肢は――。

「平田さんか……？」

大谷は死体の装備の中から使えそうなものを選んだ。ライフルの弾道カード、予備弾薬と予備弾倉。それらを大慌てでポケットに突っこみ、今度は最短距離で芽路鹿村まで戻る。敵は狡猾《こうかつ》なプロフェッショナルだ。人質を取ることを思いつくのは自然な流れだ。

7

日が暮れて、山は夜の闇《やみ》に沈んだ。ライフルを抱えて山地を全力疾走した大谷は、息を切らして香織が隠れているはずの塀の陰を覗きこんだ。

「平田さん！」

「大谷さん⁉　無事だったんですね！」

――平田香織は無事だった。しかし、目を真っ赤に泣き腫《は》らしていた。かわいそうに、ずっと一人で膝を抱えて不安に震えていたのだ。そんな彼女の腫れた目が、出るときは持っていなかったライフルを見て少し丸くなった。「……それは？」

「敵から奪いました」

「ころ……殺したんですか？」

「はい、でも、もう一人います。まだ油断できない。気をつけてください」

大谷が、ライフルを構えて周囲を警戒した。塀からほんの少しだけ体を出して、この屋敷を狙える場所、この村に近づいてくるためのルートを監視する。地面に尻をつけて、両膝を立てて、足を使ってライフルを支える。いわゆる座射の姿勢である。長い匍匐前進のせいで腹の肉まで腫れていて、とてもではないが伏射の姿勢を長時間維持することはできなそうだった。

そんな大谷の背中に香織がぴたりと身を寄せた。彼女の息遣いと体重の一部を感じて、大谷の胸の奥から今までに経験したことのない熱い感情がわいてくる。背中に女性を感じながらでは監視に集中できないかと思ったが、実際はその逆だった。大谷は疲れきっていた。集中力なんてほんの少ししか残っていなかった。それが、香織のおかげで急速に回復しつつある。守ると同時に守られている。

「大丈夫ですよ、平田さん」

「……いまさらですが、香織、でいいですよ」

「……わかりました、香織さん。俺が必ず、なんとかします」

再び狩人の時間が始まる。大谷はふと思う――自分は狩人なのか、獣なのか。殺しあっているのはもしかして二人とも狩人だからなのか。

結局――敵は戻ってこないまま、狩人の夜が明けた。敵が負ったのは、大谷が想像した以上の深手だったのだ。負傷した敵は戦闘を継続するどころではなくなり、離脱した。爽《さわ》やかな日の出が、大谷に死地を切り抜けたことを実感させた。

誇張ではなく、一度死んでからよみがえったような気分だ。

「…………」

香織は、大谷に寄り添ったまま眠っていた。

朝の陽光が、山地の風景を鮮やかに白く染め上げる。大谷は、その眩《まぶ》しさに顔をしかめた。

第七章

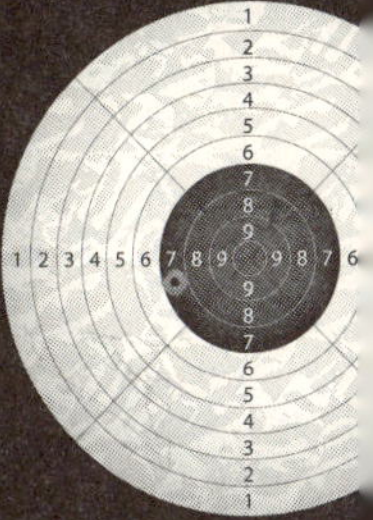

†

一九＊＊年、一〇月＊＊日。

まず、最初にお願い申し上げます。この文章を読んだかたは、なるべく早くしかるべき治安維持機関や報道機関に通報をしていただきたいのです。通常の警察ではどうにもならないかもしれません。このフロッピーディスクが証拠品の一つとなれば幸いです。

この文章を書いている私は、平田幸吉と申します。長崎県北高来郡、芽路鹿村の村長を務めております。あまり時間がなさそうなので、この村に関する細かい説明は省略させていただきます。何が起きたのか、ということが大事なのです。

ある時点までは、小さいながらも特に揉《も》め事もない暮らしやすい村だったと思います。近隣の町との交流は（多少時間はかかっていたものの）活発で、林業と温泉によってそこそこの経済的な潤いもありました。しかし、ちょうど過疎という言葉を新聞やニュースでよく見かけるようになった頃でしょうか。都会に憧《あこが》れる若者の流出が相次ぎ、人口減少と急速な村民の高齢化が進み、村そのものの体力が落ちたところに、つけこむように最倫の会の連中が乗りこんできました。最倫の会とは、いわゆる新興宗教団体です。すべての新興宗教団体が悪いものということはもちろんありませんが、最倫の会はかなり悪質な部類に入ると言っていいでしょう。

最倫の会の頭目は道宋慈俊二という男です（本名は違うようです）。会員数は数百人。すみません、正確な数字は私にはちょっとわかりませんでした。熊本のほうで事件を起こして警察や報道機関に注目され、それを逃れるためにこの芽路鹿村にやってきたのです。

†

最初のうちは、最倫の会の信者が七、八人引っ越してきただけでした。その時点で警戒する村民もおりましたが、恥ずかしながら私はそれほど問題視しなかった。「別に宗教的修行の道場を作られたわけでもないし、あまり排他的になるのもよくない」と、むしろ最倫の会に反感を抱く村民を説得してしまったのです。今考えれば愚か極まりないことです。後悔先に立たずとはこのことです。

最倫の会の連中は、実に巧みにこの芽路鹿村に入り込んできました。最初は「土地代の安さに目をつけた大手通信販売会社が、村に大きな倉庫とコールセンターを建てる」という触れ込みで、少しずつ、少しずつ信者の家を増やしていったのです。いつの間にか、旅館と民宿が乗っ取られていました。大金に目が眩《くら》んだ経営者が、私にも秘密のうちに権利を売ってしまったのです。旅館は改装されて最倫の会の本部施設となり、民宿は修行の道場になりました。そのころになると彼らは村の中でも一大勢力で、そう簡単に追い出すことはできません。昔からこの村で暮らしている住民は彼らを気味悪がり、対立が深刻化しました。

そして、私の一人娘である芳江が、くだらぬ男と出会ってしまいました。森永信三というチンピラです。私事のようですが、これも事件とまるきり無関係というわけではありません。なぜなら娘は、私の身に何か悪いことが起きた場合、このフロッピーディスクを発見する可能性が一番高い人間だからです。

娘と恋仲になった森永信三は顔の良さとおしゃべりの上手《うま》さだけの男です。あの男は信用できんと私は娘に何度も言いましたが、娘は聞いてくれませんでした。たしかに私は、宗教団体の件でしくじりました。先見性に欠けていた。だがそれでも、男を見る目には自信があった。ああいう種類の男は、飽きたら平気で妻にも手をあげます。「これ以上あの男と付き合えば、うちの娘ではない。縁を切る」とまで言いました。

その結果、娘は森永とともに村を去りました。私も妻もひどく落ち込みましたが、同時にほんの少しだけ安心もしたのです。村は、おかしくなりつつあった。本当の混乱が訪れても、娘だけは難を逃れるかもしれない。私は半ば無意識に、娘を追いだそうとしていたのかもしれない。娘のそばにいるのが、あんな男でなければもっとよかったのですが……。信者の数と、普通の村民。やがて人数は逆転してしまいました。それでも、私は村を捨てるわけにはいかなかった。私は村長です。それも、一度や二度の当選ではなかった。少なくとも、最後になるであろう四年の任期の間は村を守る義務があった。

†

突然、大きく状況が変わりました。あと少し文章を書いて、このフロッピーディスクには厳重に封をして、見つけられにくそうな場所に隠すことにします。果たしてディスクがどの程度の期間保管がきくものか正確なところは知りませんが、この文章が今あなたに読まれているということなら、大丈夫だったのでしょう。

突然……本当に突然でした。村に、警察関係と名乗る男女や、外国人が大量にやってきたのです。外国人は純粋な白人と日系の割合が半々といったところでしょうか。全員が銃器で武装しておりました。これには、最倫の会の連中も戸惑っているようでした。彼らによって外部との連絡手段がすべて断たれて、芽路鹿村の全村民は自宅での軟禁生活を強いられました。軟禁……いや、事実上この村そのものが巨大な牢獄《ろうごく》となり、全員が「監禁」されていたのです。その証拠に、逃げようとした信者や村民は容赦なく暴力を振るわれて、拘束されました。今、書いていても自分の文章が信じられません。この日本で、この村でこんなことが起きるなんて。戦時中のことを思い出しました。大きな組織の前では、個人の権利は踏みにじられてしまうのです。自由、民主主義の時代と思っておりましたが、実際のところ、この国の根っこはあの頃と何も変わっていなかった。

やってきた人間たちは、「自分たちは警察の特殊部署に所属している」と言いました。反乱分子や危険な宗教団体を監視する公安部門の人間だと。そして外国人たちは、アメリカのとある情報機関の作戦担当官である、と。「最倫の会は多数の犯罪に関《かか》わった形跡があり、徹底的に捜査する必要がある。その間は、村民のみなさんにも協力していただきたい」

協力要請のように聞こえますが、実際は脅迫でした。このときにはすでに、保護という名目で、最倫の会の幹部や、村民の家族（主に女性。私の妻もです）が一箇所に集められていたのです。下手に逆らったら、何をされるかわかりません。

信者、村民を問わず、厳しい取り調べが始まりました。取り調べ？　あれがそう呼べるかどうかはわかりません。他に適当な言葉が見当たらないのです。この村を離れて町に出た親類縁者は今どこで暮らしているのか、町に友人はいないか、そういった「外」とのつながりを徹底的に洗い出されたのです。詳しくは知りませんが、向こうもある程度下調べをしてきたようで、下手に隠そうとしても逆効果でした。

驚くべきことに、森永信三が連れ戻されてきました。半ば拉致《らち》だったようです。娘も一緒かと思って気が遠くなりましたが、彼一人だけでした。森永は言いました。「娘が生まれたあと芳江とは離婚した。彼女がどこにいるのかは知らない」

森永も拘束、監禁されました。

†

印鑑を奪われて、住民票や転居届の改竄《かいざん》が行われました。表向きは廃村ということになり、村民も全員引っ越したように見せかけて、実は村民全員が孤立した村に囚《とら》われているのです。反抗的なものへの暴力は日々激しさを増しております。もちろん、私は最後まで村長として抵抗するつもりです。

最倫の会との対立もあり、村には子どもがいなくなり、最倫の会は学校を好き勝手に使っていました。その学校を、今度は公安部門の人間たちとやらが使い始めた。地下に、何らかの特殊な施設を作っているようです。最倫の会の信者や村の男が強制労働に駆り出されました。

これから何が始まるのか不安です。妻のことが心配です。娘が無事に、幸せになってくれますように。そしてできることなら私もこの異様な事態を切り抜けて、芳江が産んだという孫娘の顔を見てみたいものです。どうかこのフロッピーディスクが、公安の連中や最倫の会の信者でもない、まともな神経を持ったあなたに見つけてもらえますように。そして、この村で起きた異常な事件が表沙汰《おもてざた》になりますように。

それでは、さようなら。

――長崎県北高来郡、芽路鹿村・村長　平田幸吉

†

「…………」

データは残っていた。大谷と香織は警戒しつつ下山して、携帯が通じるようになったところで轟峡上流にある大渡橋の駐車スペースにタクシーを呼んだ。数十分待たされたが、昨晩の苦労を思えばどうということはなかった。二人は、湯江駅がある高来町の民宿まで戻った。伏見は用心深い男で、予約するときも宿帳に記入するときも偽名を使っていた。宿泊料はすべて現金払いだ。それでも待ち伏せの可能性は否定できなかったが、そのときはそのときだと大谷は思った。

結論から言えば、民宿は安全だった。香織は「警察に通報を」と言ったが、大谷は「それは待ってほしい」と制止した。通報する前に、確認しないといけないことがいくつかあった。とりあえず大谷は風呂《ふろ》に入った。あまりにも汚れていて、汗もかいていた。熱い湯が、匍匐《ほふく》前進で生じた肘《ひじ》、膝《ひざ》、腹のひどい擦り傷にしみた。その激痛さえ除けば、風呂は最高だった。

香織も風呂に入って、一眠りしてから食事をした。

その日の夕方、大谷は駅前でゴルフバッグを買ってきた。

敵から奪ったライフルを持ち帰っていたので、それを隠すものが必要になったのだ。ラ

イフルは分解すると照準が狂うので、そのままの形でゴルフバッグに収納して持ち歩く。

大谷と香織は熊本市内に戻った。伏見の死体のことは気になるが、今は自分たちの身も危なかった。久しぶりの繁華街は、大谷の目にはまるで今までとは違う世界のようだった。山中での死闘が、大谷の中の何かを確実に変えていた。大勢の人が行き交う町が、遠近法の狂った絵画のように見えた。大谷の持つリアリティからすべてが薄く乖離《かいり》していた。

二人は大型家電量販店でフロッピーディスク・ドライブとデータ変換ソフトを買い（店員が恩着せがましく「もうあまり使われていない商品ですから、在庫があってよかったですよ」と言っていた）、ネットカフェに入った。カフェのパソコンにディスク・ドライブを接続し、香織が祖父の家で見つけたフロッピーディスクをさしこむ。

当時最新のワープロだったらしく、現用のパソコンとギリギリの互換性があった。平田幸吉は気の利く人で、フロッピーディスクはＤＯＳフォーマットで保存されていた。それでもひどい文字化けや文章の欠落があったが、念の為に買っておいたデータ変換ソフトで修復できた。

大谷と香織は、平田幸吉の文章を読んだ。

第八章

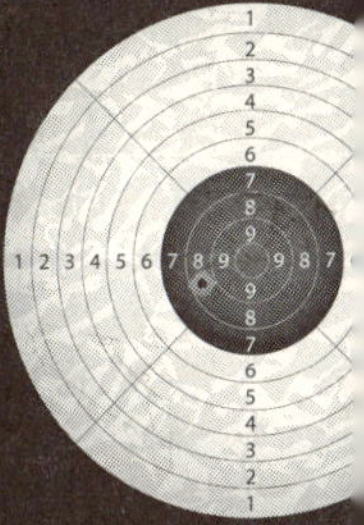

1

「里中道夫さんですね」

大谷は、その男に話しかけた。

車の運転席でハンドルを握っている、高価そうなメガネをかけた中肉中背の男だ。顎《あご》に短く髭《ひげ》をはやし、スーツ姿だが下からの盛り上がりでかなり筋肉質だとわかる。何らかの格闘技かスポーツをやっている。自分を制御することに慣れているタイプの人間。目つきが険しく、自分にも他人にも厳しい生き方を要求しそうだ。

熊本市、新屋敷の高級住宅地に里中の家があった。このあたりは、広い敷地の一軒家と高級マンションが目立つ地域だ。大谷は、彼の車が自宅から出てきたところをつかまえた。車の前に立ちふさがって止めて、ウィンドウを開けるようにやや強めに叩《たた》いたのだ。

「なんだね、きみは」

「県警機動隊、銃器対策部隊のものです」

そんな下《した》っ端《ぱ》が何をしに？　と里中の顔に書いてあった。

「里中さんは熊本県警公安部の幹部で、警察庁とのパイプも太い」

「仕事の話なら、ちゃんときみの上司を通してからな」

「俺の顔は、知ってるはずでしょう。名前も」

「──はあ？」

そのとき初めて、里中は大谷の顔を真面目《まじめ》に見た。次に彼は小さくうなずき、何かを諦《あきら》めたようにため息をつく。

「俺が大谷です。狙撃手《そげきしゅ》の」

大谷は拳銃《けんじゅう》を抜いた。山で殺した敵の観測手から奪った、サプレッサー付きのベレッタだ。いくら警察関係者でも、通勤に防弾車は使っていないだろう。発砲すれば、ウィンドウ越しでも射殺できる。

「………」

里中は察しのいい男で、それだけで大谷の意図を汲《く》み取った。助手席側のドアを開けさせて、大谷が滑りこむ。外から見られないように、自分の体を使って拳銃を上手《うま》く隠しながら、銃口を里中に向ける。

「車を出してください」

「どこに向かう」

「指示します」

いくら朝早くまだ通行人が少ないとはいえ、住宅街で妙なことをしていたらすぐに通報されるだろう。少なくとも数時間はゆっくりできる場所に移動しなければならない。

新屋敷から橋を渡ってすぐの場所に熊本北署がある。今は、あそこにいる警察官の誰にも頼ることができない。大谷の指示にしたがって、里中は子飼橋の下に広がる河川敷まで車を走らせた。

伏見が死ぬ前に、大谷に一枚のメモを渡した。それに書かれていたのが、里中の名前と電話番号、そして住所だった。「私の上司です。今回の事件捜査に関《かか》わっている責任者の一人ですね。私に何かあったら、彼と話をしてください」

橋の下で車を止めた。

「もし自分の身に何かあったら、この男を疑って欲しい――」

大谷は、拳銃を持っているのとは反対の手で、伏見が遺したメモを里中に渡した。里中はその紙を、誰かの遺言書を渡されたときのように見つめた。

「……伏見さんは、最初からそのつもりであなたの名前と住所を俺に教えたんです。知ってますよね、伏見芳樹。残念ながら、もう故人です。そこまではあなたの耳にも入ってるはずだ」

山奥で、狙撃手の待ち伏せにあった。敵は準備万端で、赤外線暗視装置まで用意していた。「たまたまばったり」ということはありえなかった。つまり、情報が敵に漏れていたのだ。消去法で、大谷は「里中道夫が怪しい」と考えた。

「長崎県北高来郡、芽路鹿村。村長がこんな文章を残していたのを発見しました」

大谷は、プリントアウトした平田幸吉の記録文も里中に渡した。

「平和な村に、新興宗教団体がやってきた。そこに、さらに謎《なぞ》の警察・情報機関関係を名乗る人間たちがやってきた。学校の地下に特殊な施設もあった」

「…………」

「さっきのメモが、情報を聞き出すならあなたしかいないと教えてくれた。伏見さんを売ったのはあなただ。今まで、伏見さんが残してくれたものはすべて役に立った。今回も役に立つと確信している。――言っておきますが、こっちも殺されかけた。今も多分、命を狙《ねら》われているでしょう。それだけじゃない、俺は何人も殺した。こんなことになって困ってるんだ。二人殺した男が、三人目を躊躇《ちゅうちょ》すると思ったら大間違いだ」

威嚇の意味をこめて、大谷は拳銃のスライドを引いた。薬室に初弾が装塡《そうてん》され、同時に撃鉄も起き上がり、いつでも弾が出る状態になる。

「ここは広い河川敷だ。あんたの悲鳴は誰にも届かない。あなたが知っていることを、教えてください。芽路鹿村で何があったのか。伏見さんを殺したのは誰なのか」

「何か勘違いしているようだが」里中が口を開いた。見当違いの質問をしてきた生徒をたしなめる教師の口調だった。「私は敵に情報を漏らしたりはしていない」

「しかし」

「黙って聞け」里中の声には、有無を言わさぬ鋭さがあった。「熊本県警公安部の幹部であり、警察庁の指示で汚れ仕事も請け負うような私が、だ。どういう理由があったら敵対勢力に情報を売ると思うんだ？　金か？　女か？　それとも家族が人質にとられた？　調べればすぐにわかることだが、私は独身だ。特に仲のいい家族もいない。金にも困っていない。そもそも、得体の知れない金を受け取るだけでも私にとってはリスクだし、それは敵にとっても同じことだ。裏工作の金は、送るのも受け取るのも一苦労なんだよ。——ところで君は、伏見とどの程度親しかった？」

　突然、逆に質問されて大谷は戸惑った。数秒考えてから、答える。

「……少なくとも、彼の優秀さは知っているつもりです」

「それで十分だ。伏見のような優秀な男が、敵に情報を売るような男の下で働くと思うか？　私を疑っていたんなら、最初から捜査内容や目的地を一切報告しなければよかったんだ。伏見に遊撃を指示していたのは私だ。裏切り者なら、伏見を殺さず、その動きを封じるほうが効率がいい。死体が増えれば増えるほど、隠蔽《いんぺい》は難しくなるからだ」

「…………」

「私が君にとって味方かどうかはわからない。大きなくくりでは『同じ日本の警察官』だが、直接のつながりはない。公安と機動隊では仕事内容が違いすぎる。だが、これだけは断言できる。情報を売って利益が出るような立場ではない。伏見が『私に何かあったら、彼と話をしてください』と言っていたのなら、それはそのままの意味で受け取ればいいんだ」

「それなら、どうして私たちは待ち伏せされた？」

「……山に登る以前に、伏見かお前に監視がついていた、という可能性はあるだろう。どんなに気をつけていても、敵の技術を甘く見てはいけない。高性能の軍事偵察衛星さえ使ってきてもおかしくない敵だ。どこかで目をつけられた。それはもしかしたら、病院での狙撃のときだったのかもしれない」

「あなたはさっきから『敵』という言葉を使っています。それは恐らく、芽路鹿村で村民と新興宗教団体の信者たちを監禁したのと同じ連中でしょう。何者ですか？」

「……アメリカの情報機関だ」

大谷はめまいがした。ある程度覚悟はしていたが、実際に耳にするとあまりにも現実感がなくて戸惑った。この現実感のなさも、「敵」の狙いなのかもしれないな、と大谷は思った。アメリカは小説や映画を通して、自国の情報機関に関する情報を過剰なほど大量にばらまいている。いざ実際にアメリカの情報機関が犯罪行為に手を染めたとしても、一般民衆は「映画みたいだ」という感想を抱いてそれで終わりだ。陰謀はその規模がある一線を越えると、現実感と危機感を麻痺《まひ》させることができる。これもマインド・コントロールの一種だ。誰もが気づかないうちに完全にかかってしまっている。

「日本では、どんな犯罪でもなかったことにできる」と里中。

大谷は眉間《みけん》にしわを寄せて、

「そんなことはできない」

「できる。二年前の流行語大賞を誰も覚えていないのと同じだ。一九五〇年、福岡県の小倉市でアメリカ軍兵士二五〇人が基地から集団で脱走した事件を知っているか？」

いや、と首を横に振る大谷。

「……完全武装した脱走兵たちは、商店や民家を襲撃。略奪、暴力、強姦《ごうかん》。憲兵隊や警察ではどうにもならなかった——これは、本当に日本であった話だ。GHQの規制のためほとんど報道されず、そのため被害の詳細は現在も把握できていない。翌日までに小倉署に出された被害届だけで七八件。実質被害はさらに陰惨なものだと推測される。——歴史の教科書にのせてもいいようなとんでもない事件だろう。まあ、絶対にのることはない」

「…………」

「……このことが、アメリカの軍や情報機関の関係者には好例として記憶された。GHQがなくなったあとでも、日本は非合法な実験の土壌として理想的なのは変わらなかった。『日本人は御しやすい』『日本では何をやってもいい』——失敗し露見しても、組織へのダメージは最小限に抑えられる。それに、アメリカ国民には、根深い黄色人種への差別意識がある。日本人を実験台にしても、非難はそれほど盛り上がらない」

「……次は芽路鹿村の話を」

「ベトナム戦争時、日本はアメリカの前線基地だった」

「それくらいは知っています」

「アメリカ軍の捕虜が、敵に洗脳され寝返るケースが多発した。その対抗策の研究施設が、日本に設立された。横山商事というカバーだ。――今も昔も、アメリカは二つの大きな病を抱えている。彼らが必要としていたのは、その治療薬だ」

「大きな病とは？」

「戦争と宗教だ」

「宗教？」

「アメリカはカルト教団の本場だ。マンソン・ファミリーやジム・ジョーンズの人民寺院くらいは知っているだろう？　現在も、あの国には大小様々なカルトが活動している。本当に過激な信者の数は少ないが、社会に与える影響は大きい。そこで、共産圏対策として開発されたマインド・コントロールの技術が、応用できるのではないか、という仮説が立った」

「それは、つまり？」

「カルト教団の改造だ……マインド・コントロールによって作られた組織は、マインド・コントロールによって簡単に作り変えることができる。わかるだろう？　一度、思考能力を低下させられた信者たちにとって、実のところ『教祖はもう誰でもいい』。他の信者たちと同調し、所属している団体から締め出されないことのほうが重要になる……。

その実験とはつまり、教祖だけを都合のいい人間に交換して、カルト教団をそのまま自分たちの組織の使い捨て部隊にする、というものだ。破壊工作、選挙工作、治安維持……ありとあらゆる局面で役に立つ実験だとされた」

「そんな実験が本当に日本国内で行われていたのか？」

「行われていた、ではない」

「なに？」

「行われている。現在進行形だ。実験自体は何十年も前からスタートしていたが、オウム真理教の事件を切っ掛けに加速した。ＣＩＡはあの事件を『洗脳とマインド・コントロールの完璧《かんぺき》な成功例の一つ』として徹底的に研究し、自分たちの計画に取り入れていった」

2

カワムラを殺された。あのときのことを思い出すと、マカリは眠れなくなる。酒と睡眠薬に頼ることができたらどんなに楽か。しかしどちらも、狙撃手にとっては命取りになりかねないものだ。狙撃手の命取り。すなわち、集中力の減退だ。

ＣＩＡ日本支局の非合法対日工作部隊、そのカバー会社の一つ、横山商事。マカリは彼らが用意してくれた健軍本町のセーフハウスに戻っていた。かつては二人で時間を潰《つぶ》していたこの空間が、今では砂漠のように広く感じる。気を抜いていたら、この部屋の中でも遭難できそうだ。

眠れない夜に、必死に眠ろうとして横になったまま自問する——あのとき、山の中で、俺たちは油断していたのだろうか？

「C・C・D」に抜かりはなかった。マカリは、二人の標的が身を隠した屋敷とその塀をずっと監視していた。スコープの目的上、マカリの視界はかなり狭まっていたが、もっと広い範囲をカワムラがかわりにカバーしてくれていた。――そして結局、二人とも何かを見逃していた。油断ではなかった、と思いたい。

標的の近くに情報提供者がいたので、彼らが拳銃で武装しているのは知っていた。だが、遠距離からの狙撃ならなんの問題にもならない（はずだった）。いまだに信じられないのは、標的がカモフラージュ用のマットを使っていたと思われることだ。あれを、その場で作ったのか？　自分が持っている道具だけで？

油断していたわけではなかった。敵を甘く見ていたということもない。ただ、敵が想像以上だった。――地方警察の狙撃手？　とんでもない。ごくたまに、ああいう男がいる。生まれついての殺し屋。敵を出し抜くことにかけて、天性のセンスを持つ男。

こんなことなら接近して、最初から拳銃で撃ち合うつもりでいけばよかった、とマカリは悔やんだ。しかし、「狙撃で」というのが上からの注文だったのだ。「こちら側の作戦要員は、できるかぎり芽路鹿村には入らないことが望ましい」と。上の連中は、マカリやカワムラにさえあの村に近づいてほしくなかった、ということ。

やむを得ない撤退だった。あの男――オオタニ――は、ホラー映画の殺人鬼のように悪夢的に出現した。数百メートル離れた塀の陰に隠れていたはずの男が、いつの間にか目の前に迫ってきていた。オオタニは拳銃を連射し、その狙いは驚くほど正確で、すぐ隣のカワムラが撃ち砕かれた。狙撃用のボルトアクション・ライフルで戦える距離ではなく、かといってライフルを捨てて予備武器の拳銃を抜いて撃ち返すような余裕があるとは思えず、マカリは反撃の態勢を整えるために逃げた。最初は、一時的な撤退のつもりだった。ところが立ち上がって駆け出した次の瞬間、マカリも撃たれた。腹に、焼けるような熱さと血で濡《ぬ》れる感触を覚えた。オオタニが放った弾丸は、マカリの右脇腹——上行結腸の一部を傷つけていた。しっかりとした施設での治療が必要な深手だった。

マカリは、本格的に撤退するしかなくなった。ある程度離れた場所に隠しておいた緊急用の全地形型車両《ATV》に乗って、多良岳横断林道を目指した。ATVは小型の四輪バギーだ。敵に背中を撃たれることもなく、林道の脇にとめておいた軽トラックまで戻り、その荷台にATVを積んでシートをかけた。そこでようやく館林に連絡して、カワムラの死と任務の失敗を告げ、横山商事の息がかかった病院を手配してもらった。術後の経過は良好だという。

3

平田香織は、佐賀県の嬉野《うれしの》市にいた。昔ながらの温泉街に宿泊している。宿によっては現金前払いが可能で、そういうところではたいてい偽名、偽住所が使えた。「用事がある、すぐ戻ってきます」と言って飛び出していった大谷の帰りを待っている。

「…………」

香織は落ち着いた雰囲気の旅館でのんびりしていた。こんなにのんびりしていていいのだろうか、と逆に不安になってくるくらいに。自分で用意しなくても、時間になれば勝手に料理が出てくる。旬《しゅん》の山菜を使った鍋《なべ》や、塩味のきいた太いエビ料理、そして素晴らしくいい脂がのった牛肉のしゃぶしゃぶ。どこか申し訳ない気分になりながら食べる。

この旅館も現実なら、山の中で伏見の死体を見たことも現実であり、たとえばニュースで見る殺人事件や政治家の汚職や海外の戦争もどこか遠くの現実であるはずだった。自分は現実と非現実の間に流れる川を漂う木の葉のようだ、と香織は思った。

泊まっている旅館は川の上流にあり、整然とした竹林に囲まれていた。爽風《そうふう》が竹の枝葉を揺らしてさざ波のような音を立てる。旅館の近くに建物は少なく、一番近くに建っているのはまた別の旅館だった。道を行き交うのは旅館の車かタクシーかのどちらかが多かった。さっき香織が一人で近所を散歩していたら、奇妙なほど濡れた路面にひしゃげた大きなカエルの死体がへばりついていた。不思議と嫌悪感はわいてこなかった。

香織の部屋には、石の浴槽の個室風呂《こしつぶろ》がついていた。半露天の大浴場もあり、ちょっとした図書室まで用意されていた。部屋は、美しい緑色の中庭に面していた。しっとりとした和風の造りで、しかしその内装にそぐわない最新の大画面液晶テレビとＤＶＤデッキがセットされている。

のんびりしていても、異常な状況下にあることにかわりはなく、頭は上手《うま》く働いてくれなかった。図書室にはＤＶＤソフトもあったので、なんとなく『イングリッシュ・ペイシェント』を借りて観《み》た。若いころのウィレム・デフォーがドイツ軍に拷問されていた。とてもプラムらしいプラムが食べたくなった。

そうこうしているうちに、大谷がどこで手に入れたのかよくわからない高級車で帰ってきた。部屋で顔を合わせるなり、彼はこう言った。

「福岡県、北九州市です。そこに施設がある」

彼の、駆り立てられるような表情が印象的だった。同時に、生き生きとしていた。

「施設ですか？」

「そこに、証拠がある。しかし、詳しいことは実際に調べてみないとわかりません」

「どうしましょう」

「俺は、行きます。今の状況をクリアしないと、うかうか警察の寮にも戻れない。香織さんも自宅に戻れない」

「一人で、大丈夫ですか？」

「証拠を見つけたら、あとは伏見さんの同僚に頼ります」

「伏見さんの？」

香織が茶をついだ。大谷はそれを一口飲んで続ける。

「伏見さんが所属していた県警公安部。そのすべてが味方ではないかもしれないが、敵ばかりというわけでもない。おそらく、公安内部も二派に分かれている。いや、公安に限らず、この件に関わったありとあらゆる組織が分裂している。あるいは最初から相容《あいい》れない二つの組織。たとえば、共和党と民主党みたいに」

香織は「えっ」と小さな声をあげた。「アメリカの？」

「たとえば、の話です。そう解釈しないと不可解な点が多すぎる。もしもこれが一つの巨大な力の手によるものなら、何もかもが回りくどすぎるんです。分裂、二派の対立。片方が善で片方が悪というわかりやすい構図ではないでしょうが……。何かが対立していて、そこに巻き込まれているのなら、どちらかを利用できる」

「それはちょっと、わかります……。結局、あの銀行強盗事件ってなんだったんでしょうか？」

「アメリカの情報機関と、カルト教団の改造。マインド・コントロール……」大谷は集まった情報を自分の頭のなかで整理しながら言う。生前に伏見が言っていた推測を思い出す。「……実験だったんでしょう。あと、デモンストレーション。……たとえば『敵の組織』は、ある種の苦境に立たされていた。大きな失敗をしたとか急に予算が必要になったとか、そういう類《たぐい》の。9・11も当然関係しているでしょう。とにかく、大きな成果を『お偉いさんがた』にアピールしないといけなくなった」

「あの銀行強盗は……つまり実験であり成果でもあった？」

「そうです。『そういえばあの計画があったじゃないか、あれはどうなってるんだ、あれを見せればうるさいお偉方も納得するんじゃないか』……。証拠も残さずに、狙った通りのテロ事件を好きなとき好きな場所で起こせるとなれば、それは非合法活動もやるような情報機関にとっては強力な手札になる。その実験場所として日本はあまりにも理想的だった。証拠は何も残らないはずだったし、敵は自分たちの『成果』をニュースで確認するだけでよかった……しかし、そう上手くはいかなかった」

†

――河川敷の橋の下、車の中で、大谷は県警公安の幹部・里中に銃口を突きつけていた。しかし、結局そこで引き金を絞ることはなかった。

里中は、福岡県の北九州市のとある住所を口にした。

「そこに何がありますか」大谷は訊《たず》ねる。

「詳しいことは、私も知らない。ちょっと前に、武器や人員の輸送が確認された。かつての芽路鹿村の村民が監禁されているとすれば、そこだろう」

「そこまでわかっていて、なぜ捜査しないんですか？」

「怪しいとわかっていても、公安が動くには高いハードルがある。それが米国絡みといえばなおさらだ。本音を言えば……動かぬ証拠があったとしても、通常の捜査のようにはいかない。きっと、お前が望んでいるようなすっきりした結末を迎えることはまずない。不透明で、真実は闇《やみ》から闇へと消える」

「それは、最初から決まっている……もう、負けているということですか？」

「国際的な公安捜査において、勝ち負けが明確に決着することはむしろ珍しい。国益をかけて戦えば、どちらの勢力も必ず傷つく。たいていは、どちらがより傷つかずにすんだかを比べる。そのために……ただそれだけのために、双方が死力を尽くす」

「そういうものなんですか」

「そういうものだ。これを持っていけ」

里中は財布から一枚のカードを抜き取り、大谷に向かって投げた。それを片手で受け取った大谷は一瞥《いちべつ》し、

「キャッシュカード？」

「口座の名義は銀座《ぎんざ》一郎《いちろう》。暗証番号は公安警察の一番長い一日」

「それは？」

「國松孝次《くにまつたかじ》警察庁長官が狙撃された三月三〇日のこと。〇三三〇だ。自由に使っていい資金が数千万円ぶんプールされている」

「どういうつもりですか？」

「敵を揺さぶって欲しい。敵はとてつもなく大きい。そして、強い。公安刑事を殺すことをためらわないプロのスナイパーを使っている。そのスナイパーを追い詰めても、今動かせるだけの戦力で逮捕するのは難しい……遊撃戦力で攪乱《かくらん》した末に、証拠が得られるという確証のもと、隙《すき》をつくように、電撃的に一応の決着まで持っていく……という形が最も

望ましい。敵のスナイパーの排除。そして動かぬ証拠の確保。この二つがあれば、状況はかなり好転する」

「勝てるわけではないが、傷が小さくてすむ」

「そうだ」

「民間人の保護はお願いできませんか？　平田香織さん」

「普通の警察に話しても、まともに相手にしてはもらえないだろう。保護するとなれば、県警公安部が極秘のうちに、ということになる。あまり大人数をつけることはできない。熊本市内の、公安捜査用の隠れ家《セーフハウス》にいてもらうことになる。それでいいか？」

「俺と二人でうろうろしてるよりはマシでしょう」

「我々はどこで平田さんを拾えばいい？」

「そちらが都合のいい場所で」

「こちらにも準備がある。三日後に熊本市現代美術館でどうだ。三階で閉館直前に」

「わかりました」

そして、大谷は里中に「あなたはタクシーでも拾ってください」と、車から降りるように命じた。大谷には足が必要だった。

別れ際、大谷は「これを」と肩にさげていたバッグを里中に手渡した。

「山のなかで、伏見さんを殺した敵のスナイパーから奪ったものが詰まっています。弾道カードや弾着標定鏡。偽造パスポート、偽造身分証、ペットボトルや予備の弾薬。用心深い連中でしたが、慌てて逃げていったから指紋を拭《ぬぐ》う暇もなかった。こいつで身元を洗ってください。芽路鹿村に、伏見さんと敵の観測手の死体があります……回収をお願いします」

†

大谷は里中とのやり取りを香織に説明した。

「なるほど……」と香織は嚙《か》み締めるようにつぶやく。「これから、私はその里中さん、という刑事さんのお世話になるんですね」

「直接警護してくれるのは別の警察官でしょうが、まあそういうことになります」

「大谷さんは……？」

「伏見さんのかわりですかね。あの人のかわりに、引っ搔《か》き回す役目です」

大谷がそう言った直後、香織の表情が凍《い》てついた。

「……心配です」

「大丈夫です」大谷は平然と嘘《うそ》をついた。「もう、敵のやり口はわかってますから。そこまで危険なことをやるつもりはありません」

「大谷さんの近くにいるほうが安心できます。もっと安全な場所に行けるんです」

「それは、錯覚です。香織が、握りこぶしに力をこめる音さえ聞こえてきそうな、それは美しい静寂だった。大谷は村上春樹《むらかみはるき》の小説を思い出した。『世界の終りとハードボイルド・ワンダーランド』――老科学者が、音のない世界について語る場面がある。「そう。まったくの無音になるです。何故なら人間の進化にとって音声は不要であるばかりか、有害だからです。だから早晩音声は消滅する」

次にその静寂を破ったのは、香織の「お別れですね。またすぐに再会できますか？」という質問だった。たしかに音は不要なときもある。雑音は聞きたくないものだ。それでも大谷は、もっと香織の声を聞いていたい。心が落ち着く。

「……もちろんです。約束します」

香織は、ごく自然に大谷に身を寄せた。

大谷は肉づきのいい香織の体をしっかりと抱きしめた。

4

熊本市中心部繁華街の、通町筋《とおりちょうすじ》と上通《かみとおり》の交差点に建つ「びぷれす熊日会館」という建物に熊本市現代美術館が入っている。美術館の他には、オフィス、ホテル、カルチャーセンターなどもある。通町筋のバス停で降りれば、すぐ目の前だ。熊本における新聞発祥の地。巨大な積み木を組み合わせたような、直線的な外観。地上一四階、地下二階の鉄骨造。一部鉄筋コンクリート。美術館関係の施設は、そのうちの三階から五階に集まっている。

三階がメインギャラリー、収蔵庫、事務室、学芸員室、管理諸室など。

四階が資料庫。五階がアートロフトやキッズファクトリーなど。

「きたな」

「どうも、里中さん」

大谷と香織、そして里中、三階メインフロアのギャラリーⅠで顔を合わせた。この美術館で最大の面積を誇る（八八二平方メートル）ギャラリーだ。作品の他は、太い柱が何本かあるだけだ。里中は右手にアタッシェケースをさげ、部下らしき男を二人帯同していた。どちらも伏見の同僚——公安の刑事だろう。狙撃された渡辺光男の病室で見た顔だった。あの病室にいた男たちなら、信用できる。狙撃が行われたとき、怪しいリアクションをとった人間はいなかったはずだ。

「そちらが平田香織さんですね」と事務的な口調と態度で里中は言った。

「はい……すみません、よろしくお願い致します」頭を下げる香織。

「銃は持ってるな？」里中は、大谷に向き直って訊ねた。事務的な口調から、県警の幹部らしい高圧的なものに切り替えた。

大谷はうなずく。「ええ」

「弾薬は潤沢か？　ライフルは必要か？」

「ライフルは、経緯を説明すると長くなりますが、敵から奪ったものがあります」

「大丈夫そうだな」

「伏見さんだったらどうするか……そんなことを考えながら、やってみます」

のだ。

「うむ……」里中は目つきを鋭くして黙した。その表情は、死者を思い出す人間特有のものだ。

大谷と香織はさりげなく視線を交わした。そして、香織は里中に近づいていく。

「じゃあ」大谷は微《かす》かに手を振る。

「はい」ぎこちなく微笑《ほほえ》む香織。

しばしの別れ。これ以上話すこともない。踵《きびす》を返そうとした刹那《せつな》、ふと胸騒ぎがして、大谷は周囲を見回した。あまりにも、静かすぎる。「……ん？」もうすぐ閉館時間とはいえ、他の客が一人もいないというのはおかしい。それどころか、さっきまで近くをうろついていたはずの美術館の職員も見当たらない。里中が人払いしたのだろうか？　いや、そんなことをする必要がない。人払いをするとしたら、また別の勢力だ——。条件さえそろえば非常手段をためらわない連中。

胸騒ぎは的中した。大谷たち以外誰もいないギャラリーIに、六人の男たちが大股《おおまた》で歩いて入ってきた。驚いたのは、その全員が手に銃器を握っていたことだ。大きな星印が目立つ北朝鮮産の拳銃を持っているのが三人、鉄パイプとブリキ缶でできているような安っぽいデザインの中国製サブマシンガンが三人。誰も顔を隠していないのは、防犯カメラを止めたからだろう。もっといえば、大谷や里中を生かして帰すつもりもないということだ。

六人はいずれも体格がよく、荒《すさ》んだ顔つきだった。金のため、自分の楽しみのため——あるいは世間に復讐《ふくしゅう》するためなら、どんな凶悪な犯罪にでも手を染めそうな澱《よど》んだ目の色をしている。彼らは、朝鮮語や中国語で短い会話を交わす。「やるぞ」とか「行くか」といった感じの。大谷は、渡辺を狙撃する際に使われたライフルも、迷彩として北朝鮮を経由していたことを思い出した。これがやつらの手口なのだ。自分たちの作戦を隠蔽しつつ、誰もが納得するわかりやすいドラマを用意しておく。

ギャラリーⅠの出入口は二箇所。

ギャラリーⅡへと通じる出入口と、廊下の出入口だ。

六人は、廊下から入ってきた。

ほんの一瞬でも隙があれば、ギャラリーⅡの方向に逃げることは可能だと大谷は判断した。

大谷はここ最近立て続けに「実戦」を経験していたので、集中力が高まり、勘も冴《さ》えていた。それゆえに、誰よりも反応が早かった。大谷は香織に飛びついて、柱の陰に逃げこんだ。それを見た六人の男たちは「しまった」とでも言いたげな顔をして、慌てて銃を構えて撃ちまくった。甲高い、切り裂くような銃声がして、血飛沫《ちしぶき》があがった。里中が連れてきた刑事の頭が半分吹き飛んだ。もう一人の刑事の肩を貫通した弾丸が、展示されている写真に突き刺さった。その写真は、ある有名なバレエダンサーの全裸だった。そこに、クモの巣状のひび割れが生じ、血と肉片が付着した。

里中も腹と足を撃たれて、倒れた。裂けた筋肉から、太ももの骨がのぞいていた。彼の部下のうちの、一人は即死、もう一人は重傷で悲鳴をあげている。

大谷はサプレッサーつきのベレッタを抜いて、柱の陰から低い姿勢で少しだけ身を乗り出し、引き金を絞った。二秒間で八発。ホースで水をまくように撃った。一番手前にいる敵に、四発を当てた。撃たれた男は、滑って転ぶように倒れる。

「――ッ！」

腹から入った弾丸が、内臓を破裂させつつ脊柱《せきちゅう》に直撃し、男は極端に背中を反らせて海老《えび》のように床の上をはねた。ショックで体が異常に反応しているのだ。やがて男は口から泡を吹き、白目をむいて硬直し、そのまま二度と動き出すことはなかった。

里中も、苦痛に顔を歪《ゆが》めながら、それでも銃を抜いて撃った。狙いやすい位置にいた敵の左足に一発、腹に一発叩《たた》きこむ。男が崩れ落ちて、その周囲に驚くべき速度で血だまりが広がっていった。弾丸が、腹部大動脈か大腿《だいたい》動脈を引き裂いたのだ。とどめをささなくとも、失血性のショックですぐに死にいたるはずだ。

敵は残り四人。彼らもギャラリーⅠの柱の陰に逃げ込む。身を隠して、銃だけを出して乱射する。数発がまだ悲鳴をあげていた里中の部下に突き刺さり、彼の体は断末魔の痙攣《けいれん》をする。さらに里中も傷ついたように見えるが、生死は不明だ。

「ここは場所が悪い。走りますよ」大谷は小声で香織に告げた。

「え、でも……」

「大丈夫です。俺を信じて」

大谷は、香織を力強く抱き寄せてから、ギャラリーⅡへ向かって駆け出した。敵のうちの何人かがこちらに銃口を向け直すがもう遅い。付け回してくるような弾丸の嵐《あらし》が、部屋の壁にボッンボッンと黒い弾痕《だんこん》を穿《うが》って列をなす。間一髪のタイミングで、大谷と香織はギャラリーIを出ることに成功した。そのままギャラリーIIで柱の陰に身を隠す。

そんな二人を、敵の一人が猛然と追いかけてきた。男は全力で走り、雄叫《おたけ》びをあげながら、拳銃を連射している。大谷はその男を迎え撃つ。弾丸が交錯し——大谷が放った弾丸が、男の首に命中。気管に穴が開き、頸椎《けいつい》が砕ける。びくん、びくん！と何度か痙攣し、男は失禁し、脱糞し、数十秒の時間をかけて死体になっていった。残り三人。

「！」

ここで、大谷のベレッタの弾丸が切れた。スライドが後退したまま止まる、ホールドオープンだ。そのことに気づいた敵が、殺到してくる。

急接近してきた敵は、目が細く、唇に大きな傷があり、髪をうっすらと赤く染めていた。赤髪の男は一瞬でサブマシンガンの弾丸を撃ち尽くすと、迷わずそれを放《ほう》り捨てて、走りながら大谷に殴りかかる。

ベレッタの弾丸は切れていた。大谷はベルトに、伏見から受け取ったSIGのP220をさしこんでいた。しかしそれを抜く前に、赤髪の男の拳《こぶし》が大谷の顔面めがけて飛んできた。大谷は咄嗟《とっさ》にホールドオープンのベレッタを捨てて、鋭い右ストレートを左前腕で受ける。間違いなく、格闘技経験者のパンチだ。距離が詰まったとき素手の戦いに移行する迷いの無さは、いかにも敵が場馴《ばな》れしていることを匂《にお》わせた。

大谷も格闘技をやっている。警察官の逮捕術。合気道、柔道、日本拳法をベースにミックスされている。機動隊の一部では、研修として自衛隊まで出向いて徒手格闘の訓練を積む。大谷は狙撃手だが、一人の機動隊員として格闘・逮捕術はみっちりやった。

赤髪の男は右の拳を戻しながら、今度は左フック。大谷はそれを肘《ひじ》で弾《はじ》く。鋭いが、反応できないほどの速度ではない。

大谷は拳を「縦」に固めた。親指を上にした日本拳法の「縦拳」だ。縦拳は、脇を締めた構えから、敵に最短距離で到達する。小さな予備動作で、大谷は赤髪の男の顔面に次々と速いパンチを打ちこむ。たちまち男の瞼《まぶた》に傷がぱっくり開いて流血し、頬《ほお》や唇がパンパンに腫《は》れ上がった。

この男を、なるべく早く倒さねばならない。そうしなければ、別の敵に横から撃たれる。

警察官の暴力は、普段制御されている。容疑者を取り押さえる際にも、必要以上の負傷をさせないように細心の注意を払う。その制御を完全に排除して敵を殴ることに、ある種の解放感がともなうのは大谷も認めないわけにはいかなかった。

赤髪の男が突っ込んできた。大谷の胴をつかんで、倒そうとする。ここで倒れたら終わりなので、大谷は両足を広げて踏ん張る。敵と大谷の力が拮抗する。

ほぼ密着状態からの反撃として、大谷は迷わず目潰しを選択した。人差し指と中指をそろえて、敵の右目に突っ込む。眼球を破壊するのではなく、眼窩《がんか》に滑りこませてかき回すようにするのがコツだと教わった。敵の瞼の奥に大谷の指が入り込んで、その眼球を半回転させる。

警察や自衛隊でも、使わないことを前提で、この手の「隠し技」が教授される。使えない技を、使えるように学ぶ。矛盾しているようだが、緊急事態に臨機応変な対応をするためにはきれいごとではすまないこともある。命のかかった修羅場では、警察官にもこういう暴力が振るえるのだ。

「……っ！」目をやられて、赤髪の男が怯《ひる》んだ。

相手の力が弱まったので、大谷は膝蹴《ひざげ》りを繰り出した。敵は苦しそうにみぞおちを抱えて、体を「く」の字に折る。無防備になった敵の後頭部を狙って、縦拳の下側――拳の肉が厚くなっているところ――を打ち下ろす。鉄槌《てつつい》打ちという。急所を打たれて、赤髪の男はとうとう倒れる。確実にとどめを刺すために、大谷は敵のうなじを思い切り踏みつけた。骨が折れる音が響く。

目の前の敵を無力化することに成功したので、大谷は予備の拳銃を抜いた。

直後に、もう一人、敵がこのギャラリーⅡに姿を現した。大谷が素手で殴り合っていることに気づいて、それをチャンスと考えたのだろう。

ところが、すでに大谷は拳銃を構えていた。立て続けにその引き金を絞る。五発か六発――。そのうちの一発が、拳銃を握った男の右手に炸裂《さくれつ》した。拳銃のトリガーガードと、人差し指、中指が吹き飛ぶ。

「…………」

撃たれた男は呆《ほう》けた顔をした。自分の指がなくなった事実が、理解できていないようだった。棒立ちになったその男に、大谷は冷静に残弾をすべて叩き込んだ。爆発的に血飛沫があがって、頭部がグシャグシャに半壊し、歯や顎《あご》の骨がむき出しになった。

残りは一人。完全に形勢はひっくり返ったのに、敵には逃げる気配がない。

彼らの死を恐れない戦いぶりに大谷は、海外の狂信的原理主義の支配下にあるテロリストたちの話を思い出した。警察官向けの、テロ対策セミナーで見せられた様々な資料。戦士を育成するための簡単な方法。小さな集団を作り、その連帯感を強めていくことによって、死ぬのを怖がることは仲間への裏切り行為と同義だと信じこませるのだ。連鎖反応で、田舎の小さな町から何十人もの自爆テロ志願者が出てくる。軍隊のやり方と同じだ。飴《あめ》と鞭《むち》を上手く使って、命令に従って死ぬことは美しいと徹底的に調教する。バンド・オブ・ブラザース。己殺して国生かせ。常に忠誠を《センパーファイ》。――もしかして、今戦っている相手も、何らかのマインド・コントロールを受けているのか？

最後の敵が反撃してきた。サブマシンガンのフルオート射撃だ。大谷は香織をかばうようにしつつ、ギャラリーⅡの柱の陰でじっと耐えた。大量の弾丸が周囲で跳ねる。石膏《せっこう》ボードの壁に弾痕が並び、ブナフローリングの床が細かい破片を散らす。銃撃の恐怖に負けて下手に動けば撃たれる。弾丸が無限に続く銃などありはしない。ひたすら我慢して反撃の機会をうかがう。大谷は自分の拳銃の弾倉を交換する。

急に静寂が訪れた。

緊張の糸が張り詰めた。息苦しくなるような、神経を蝕《むしば》むような静けさだった。これだけの銃弾が飛び交ったのだ。銃声はもう間違いなく通報された。七分以内にパトカーが駆けつけてくるだろう。三〇分以内に機動隊。そして銃器対策部隊。彼らが到着する前に、刺客は決着をつけたいはずだ。

最後の敵が動いた。柱の陰から、また別の柱の陰へと走る。

半ば反射的に、大谷は発砲した。弾丸は敵に当たらず、太い柱に弾痕をいくつか穿っただけだ。敵は、柱の陰を使った移動を繰り返し、大谷に近づいてくる。

最後の一人は、大胆に肉薄してきた。大谷は彼の胸部に三発撃ちこむ——が、血飛沫があがらない。服の下に分厚い防弾ベストを着こんでいるのだ。男はかなりタフで、着弾の衝撃にもよろめくことはなかった。大谷には、隙が生じた。慌てて頭部に照準しようとするが、ほんの〇コンマ数秒間に合わない——。

処刑の時刻を告げる鐘のように、銃声が轟《とどろ》いた。

そして、人が倒れた。大谷ではなく、刺客のほうだ。

撃ったのは、重傷の里中だった。

里中は血まみれのまま床を這《は》って移動し、最後の敵の背後をとって、拳銃の引き金を絞った。二発の弾丸が、どちらも敵の腰のあたりに命中した。一発は男性器を粉々に砕き、一発は仙骨を破壊した。弾丸と骨の破片で、腸骨動脈も傷ついている。もう、戦うどころではない。とどめをさす必要もない。敵は地獄の苦しみの中で、ゆっくりと失血死していく。

大谷は拳銃の撃鉄を安全位置に戻し、ベルトにさしこんだ。弾丸切れで捨てたサプレッサーつきのベレッタも回収しておく。

香織は比較的落ち着いていた。銃撃戦に巻き込まれるのも、死体を見るのも初めてではないからだろう。彼女は震えていたが、大谷が強く手を握るとそれで収まった。

この美術館で襲撃される前に、大谷は二人を殺している。森永信三と、芽路鹿村で狙撃してきた観測手だ。殺しにおいて一番ハードルが高いのは、恐らく「最初の一人」なのだろう。そこを飛び越えたら、あとは楽だとは言わないが、何かが変わる。しかも、殺しただけではない、知り合い――伏見――を目の前で殺されている。これだけ多くの死体と関わってきた男は、関わる前と同じように生きていくことはできない。――いい意味でも、悪い意味でも。

大谷と香織は、里中に近寄った。

「あ……ありがとうございました」と大谷はとりあえず礼を言う。

「たぶん、死にはしない」里中はかすれた声で言った。

ようやく大谷も気づいていた。敵に監視されていたのは伏見ではなかった。もちろん大谷でもない。里中だったのだ。里中と伏見が密会するときには、移動中の車内やランダムに選んだ人の多い喫茶店など、盗聴や尾行が難しい場所を使っていたはずだ。しかし、相手が本物のプロならばそれでも用心が足りない。最近は、映像さえあれば、コンピュータを使ってその唇の動きから音声が再現可能だという。監視対象の近くに盗聴器を仕掛けなくても、音の波によって生じる壁や窓の振動さえ拾うことができれば、やはり声も再現できる。――さらにいえば、その程度のことは専門の本を読めば書いてある話で、大谷が想像もつかないような未知の技術も投入されているのかもしれない。敵のハイテクは圧倒的であり、こちらは常に不利なゲームを強いられている。

大谷は、里中の銃創に布をあて、近い位置にある血管を圧迫して止血した。

「もういい、行ってくれ。所轄の警察官につかまったら面倒なことになる」

失血のために肌は真っ青になり、手足は細かく震えていたが、里中の意識はかなりはっきりしているようだった。救急車はどんなに遅くとも一〇分以内には到着するだろうから、恐らく命は失わずにすむ。

「これを持っていけ」と、里中は持ってきたアタッシェケースを大谷に渡した。「ここに来るときは見せるかどうか悩んでいたんだが、そうも言っていられないらしい……」

「中身は？」

「お前が言った通り、芽路鹿村の近くで死体を回収した。お前が持ち帰った証拠品も徹底的に調べた。その結果がまとめてある」

証拠品——弾道カードや弾着標定鏡、偽造パスポート、偽造身分証。

「……すまんな、機動隊。今の段階では、そちらに協力することは難しいようだ。情報漏れがある。伏見には悪いことをした」

「なんとかしてみますよ」

里中は言っていた。「遊撃戦力で攪乱した末に、証拠が得られるという確証のもと、隙をつくように、電撃的に一応の決着まで持っていく……という形が最も望ましい。敵のスナイパーの排除。そして動かぬ証拠の確保。この二つがあれば、状況はかなり好転する」

大谷のやることは変わっていない。問題は、それを香織を守りながらやらないといけなくなったことだ。大谷は香織の手をしっかりと握って駆け出した。急ぎつつも、香織が苦しくならないように、速度を合わせる。

「本当にすみません……香織さん。まさかこんなことになるなんて」

「大谷さんが悪いわけでは」

「そろそろ、それ、やめていただけませんか」

「それ?」

「『大谷さん』です。下の名前にしていただけませんか。浩二」

5

健軍本町にあるマンションの一室——横山商事のセーフハウス。マカリが外で食事をして帰ってくると、横山商事の館林が部屋で待っていた。留守中に合鍵《あいかぎ》を使ったようだ。マカリはそれを不快に思ったが、そういえばもともとここは向こうが用意した部屋だった。

「調子は戻りましたか？」

変化の乏しい事務的な彼女の表情から、マカリは無言の非難を感じていた。館林はきっと落胆し、マカリの実力に疑問を抱き、相棒が殺されたのに一人で戻ってきたマカリのことを軽蔑《けいべつ》しているだろう。本当に彼女がそう思っているかどうかは関係ない。マカリがそう感じている。

「よくないですが、次の任務のことを考えています」

心のなかで、次があれば、と付け加える。

「残念ながら、次はありません」

ＣＩＡ日本支局の部員、館林が断頭台の刃を落とすように言った。マカリは落胆をこめて肩をすくめてみせる。

「アメリカに帰国していただきます」

「そうですか」

館林は黙ってマカリを見つめた。「話はこれで終わり」と顔に書いてあった。

国に帰っても、マカリは無事にはすまないだろう。しくじったのだ。そして、恐らく組織内部の事情が変わった。まずいことにまずいことが重なって、ＣＩＡは大慌てで消せるだけの証拠を消しにかかっているのではないか——。

突然、トイレのドアが開いて、そこから大男が飛び出してきた。完全に不意をつかれて、マカリは背後をとられた。ＣＩＡ日本支局の非合法員だ。男は棒に結んで握りやすくしたビニール紐《ひも》を持っていて、それをマカリの首にかけてきた。絞殺——最も死体の始末がしやすい殺し方の一つだ。危ないところで、マカリは紐と首との間に左手の人差し指を入れることに成功した。

キッチンからもう一人大男が姿を現した。そいつは軍用の強力なスタンガンを持っている。引き金を引いて電極を射出するタイプだ。拳銃を使わないのは、少しでも証拠を残さないためだろう。銃創の死体は、日本では目立つ。

——ここで始末する気だったくせに、何が「アメリカに帰国していただきます」だ。

マカリは、ベルトにさげた鞘《さや》からナイフを右手で抜いて、首を絞めにきた大男の腹を刺した。肝臓のあたりを抉《えぐ》ると、たちまち背後にいる相手の体から力が抜けていくのがわかる。マカリはビニール紐を奪いとって、目眩《めくら》ましとして館林に投げつける。

もう一人の非合法員が、射出式のスタンガンを発砲した。——が、それより早く、マカリは肝臓を刺した男の体をつかんで自分の盾にしていた。刺されたうえにスタンガンを食らって、その男は完全に意識を失う。放《ほう》っておいても、すぐに失血死だ。

マカリはナイフを構えてスタンガンの男に飛びかかった。男はスタンガンを捨てて、上着を脱いで素早く右腕に巻きつけて、厚くなった布で刃を防いだ。細かい布切れが宙を舞う。なかなかの機転だ。

マカリは足払いで男を倒した。上から、相手の太腿《ふともも》を何度も刺す。動脈が破れて大量の血が噴き出す。出血に焦って相手のガードが甘くなったところで、マカリはサッカーボールキック。全力で相手の頭を蹴って意識を奪う。

「……！」館林はショルダーホルスターに手をやった。小型拳銃を抜こうとしている。

「だめだ」

マカリは館林の腹を蹴った。そうやって彼女の動きを止めてから、髪の毛をつかんで顔面に膝蹴りを打ちこむ。美貌《びぼう》が鼻血で真っ赤に染まる。

館林を押し倒して、何度もナイフで突いた。マカリの手に、刃が肉を抉る感触。首を刺し、胸の中心を刺し、腹を刺す。ベテランの職人がハンダゴテを使うように、無駄のない動きで、的確に刺していく。一突きするたびに、彼女の口から空気を抜くような奇妙な声が漏れる。すぐに彼女は外に血をこぼし続けるだけの容器になる。

「俺には何もないんだ。軍隊以外、何もない」

もう、普通の手段でアメリカに帰国するのは無理だろう。最初に、どんな手を使ってでもこの仕事を断っておけばよかったと思うが、遅すぎる。

人を撃つように訓練されて、実際にイラクで人を撃った。一度人を殺してしまったら、人を殺したことがなかったころの自分に戻ることはできない。——ただ人を殺しただけではない、マカリは、あまりにも巨大で邪悪な「共犯」関係に巻きこまれてしまった。意識の裏側の、もっと深い場所まで軍隊によって変えられてしまった。イラクでの、致命的な看過の瞬間——。今も多くの人間が、貪欲《どんよく》で大きな体の獣の背に乗っている。どこに運ばれているかも知らず、何に乗っているのかも知らず。

「……『だから夢中で漕《こ》いでいる。流れに逆らう舟である』」

マカリは、好きな小説の暗記していた一文をつぶやいた。

グレート・ギャツビー。

「いくらでも邪魔をすればいい。俺は、標的を追う」

6

大谷は、里中からもらった資料に目を通した。

日本の公安も大したものだ。短い期間だったにもかかわらず、渡辺を殺し、大谷を狙ったスナイパーに目星をつけていた。アメリカ軍にも情報提供者がいるのだろう。

——デイヴィッド・マカリ海兵隊二等軍曹。

カリフォルニア州キャンプ・ペンドルトンの斥候狙撃手《スカウト・スナイパー》養成校を卒業。特技区分《MOS》0317を取得した日系の兵士。日本語が堪能。イラクでは、海兵隊第一師団、第七連隊の狙撃小隊に配属され、公式記録で三〇人以上を射殺——。

一人殺しても悩むのが人間というものだ。それが、三〇人以上となったら、殺した人間は何を感じるものだろうか。「一人殺せば犯罪、戦場で一〇〇万人殺せば英雄」という有名な言葉があるが、本当に一〇〇万人も殺したら、その「英雄」はまともでいられるのだろうか？

さらにマカリの資料を読み込んでいく。

子どものころに両親が離婚。母親側が親権を放棄して、以降父親とトレーラー暮らし。暴力衝動を抑えるため――かどうかはわからないが、ボクシングジムに通っている。ハイスクール卒業後、大学の学費を稼ぐために海兵隊に。しかし、そこで銃に目覚めた。大学には行かずに、自分の戦闘スキルを上昇させることに熱中し始める。大型バイクを所有し、アメリカ国内で何度か制限速度違反の切符を切られている。

短い文章を読んだだけで、マカリの暗い青春が大谷にも容易に想像できた。こういう男は銃を愛するようになる。一度本物の銃を撃ってしまったら、それ以外のことがバカバカしくなってしまうタイプ。そして上官からの評価を見てみると――「単独行動を好み、協調性に欠ける」。よくわかる。

――俺はこんなやつと殺し合っていたのか。

いや、過去形ではない。

――決着をつけるために、まさにこれから殺し合うかもしれないのか。

アメリカ人は楽な標的を撃つことをよく「鴨撃ち《ダックハント》」にたとえる。マカリほどのスナイパーなら、日本人の警察官なんて飛ぶ力の衰えた鳥程度にしか思えないだろう。

第九章

福岡県、北九州市。旧小倉市——小倉南区の石原町。その町の外縁に広がる農地を東側に越えた森林地に、竜巻によって削られて生じたかのような開けた場所がある。そこに、鉄筋コンクリート造の無愛想な外観の建物が存在している。

非合法な実験のための「施設」だ。

四階建てほどの高さで、体育館のようなかまぼこ型の建物が付属し、フェンスで厳重に囲まれている。フェンスの出入口は一箇所しかなく、そこでは独立した警備事務所がゲートを管理している。

施設へと通じる道路は一本だけだった。恐ろしく重要な血管のように、西から東に走ってちょうどその施設を少し通り過ぎたところで止まっている。

施設はある重要な実験の舞台だ。ある意味それは、宗教の軍事利用と言えるかもしれない。宗教の軍事利用？　マカリは笑う。今頃になって気づいた。そんなの昔からやってきたことじゃないか。

カルトの狂信者を政府の狂信者に――。その行為にどれほどの意味があるのかはわからないが、自分の仕事はやり遂げる。

マカリはスナイパーライフルを構えたまま施設全体を監視できるように潜伏し、待機している。マカリが伏せているのは、施設の南側。乳房のように緩やかに盛り上がった高台の、頂上より少し下だ。そこの草むらを利用して偽装を構築している。

高台よりさらに南西側には浄水場の巨大な貯水タンクがあり、マカリはその上に伏せることも考えたが、あまり長期間の潜伏には向いていないしやや目立ち過ぎだと判断した。

マカリから施設までおよそ二〇〇メートルだ。

アメリカ国民は、戦争が長引くと世論がリベラルに傾き、しかしテロ攻撃を受けると一気に保守に寄る。マインド・コントロール実験の歴史をおさらいしてみよう。情報に対して鈍感な大多数の国民を操ることはそれほど難しい作業ではない。ここで必要なのは、自分たちで自由に操作できる「敵」の存在だ。

実験としての銀行強盗は成功した。いや、それは正確な表現ではない。あれはコントロールされた自爆テロだった。あとは、その規模を大きくしていけばいい。標的をアメリカ大使館や霞が関、米軍基地へと延長していく。

カルト宗教の仕業。

日本には前例がある。日本で成功したら、次の洗脳対象はイスラム系原理主義集団かもしれない。目的に応じて駒を確保する。

ふと考える。そもそもカルトの信者と俺たち兵士は似ているのではないか。兵士は、自分の意思で判断したり行動したりはしない。すべての意思・行動の根底に「命令」が存在する。ようは、その命令を出しているのが神か指揮官かというだけの話ではないのか。俺たちの指揮官とはつまり、最終的には大統領のことか。――大統領とはなんだ？　国家にとって、大統領にとって神とはなんだ？　神にとって国家・大統領とはなんだ？　古代、王とは神に選ばれて神に殺されるものだった。この際、神の実在・非実在なんてどうでもいいことだ。重要なのは、間違いなく俺たちはその末端にいるということだ。

マカリは、この世のどこかにいるはずのオオタニに向かって心の声で話しかける。――俺たちは、聖書に出てくる兄弟みたいに山の奥で殺し合った。神の言葉を疑うことなかれ、だ。俺は一人殺して、お前も一人殺した。俺たちはつまり「痛みをわかちあった仲」だ。どうしても必要だった生贄《いけにえ》みたいなものさ。神の国とは、大量に出血しながらそれでも前進をやめることを許されない巨竜のマシーンなんだ。俺の「神」はわかりやすいぜ。お前の「神」はどうなんだ？　ボストン・テランの小説みたいに「神は銃弾」だったりするのか？

――俺たちは戦争というサブカルチャーのアウトサイダーで、英雄的であり同時に古代から続く狩人《かりうど》一族の子孫でもある。ニムロドの話は知っているか？　それとも、日本人は旧約聖書なんか読まないか？　そりゃそうか。最近はアメリカ人だってそんなに読んでない。俺はほんの少しだけ暗唱できる。『クシュにはまた、ニムロドが生まれた。ニムロドは地上で最初の勇士となった。彼は、主の御前に勇敢な狩人であり、「主の御前に勇敢な狩人ニムロドのようだ」という言い方がある。彼の王国の主な町は、バベル、ウルク、アッカドであり、それらはすべてシンアルの地にあった』――。ニムロドは狩人であり、勇士であり、王でもあった。順序はどうだったんだろうな？　狩人だから王になれたのか。勇士だから王になれたのか。王だから狩人でもあったのか。

ところでニムロドとは、ヘブライ語で「反逆」を意味するという。王が狩人でなくなった今こそ、ニムロドの名前が意味を取り戻すんじゃないのか？　今の俺は自由だ。誰の命令を受けているわけでもない。ただ、反逆した狩人として獲物を追いかけている。

「――ッ！」

マカリは思考を中断した。動きがあった。

施設に向かう一本道にタクシーが入ってきた。

いよいよやってきたのだ――標的が。

タクシーとは予想外だった。

あまりにも無防備すぎる。

もし必要なら、車の中にいる標的を狙撃し、口封じに運転手も殺す。

かわいそうなタクシー運転手。

無関係なのに殺されて、それは事件として表沙汰《おもてざた》になることはない。

――向こうは、どういう計算なんだ？

民間人と一緒なら仕掛けてこないと踏んだ？　そんな馬鹿な。コウジ・オオタニは、ただの甘ちゃん日本人スナイパーではない。不利な状況でも反撃してきて、カワハラを殺したような相手だ。民間人を盾にしてどうにかなるなどと考えるわけがない。

マカリはスコープで道路のほうを見た。タクシーがゆっくりと進んでくる。角度のせいで、まだ後部座席が見えない。

――やはり、どう考えてもおかしい。タクシー？

いくらなんでも、ありえない。

自分がオオタニだとしたら、命を狙《ねら》われているのがわかっているのにのこのこ普通に姿を現したりはしない。

マカリはライフルスコープから目を離し、弾着標定鏡を手にとった。「C・C・D」は敵も使う。あのタクシーが囮《おとり》だとすればどうなる？　オオタニは、一人で密《ひそ》かにこちらに近づいてきているのではないか。

――そうだ。間違いない。

あのタクシーにオオタニは乗っていない！

視界を広くして、周囲を索敵する。

――タクシーを囮にして、俺の背後をとるつもりか。

それが一番あり得る戦法だ。

スナイパーとしての技量は、疑いなくマカリのほうが上だ。それは、オオタニもわかっているはずだ。それならば、遠距離戦を避ける作戦を立てるほうが自然だ。拳銃やナイフ戦ならば、オオタニにも勝ち目がある。

そういうことだろう？　マカリはオオタニの姿を探す。

マカリがいるのは高台の草むらだ。視界は悪くない。マカリは、特に背後を気にする。背後——高台の南西側に位置している浄水場の建物は、オオタニにとって理想的な遮蔽物となる。浄水場の駐車場、その駐車場を囲むように広がる雑木林——なんてこった、とマカリは悔やんだ。オオタニには密かに近づくための手段がある。

どんな些細《ささい》な変化も見逃さないように、全神経を弾着標定鏡に集中した。神経が、小鳥の羽ばたきや野良猫のジャンプにも反応するほど研ぎ澄まされる。

オオタニが浄水場から狙撃してくる可能性はあるか？　マカリは当然、その選択肢も考えた。浄水場の建物は低く、たとえ屋上を使ってもいい射撃角度を得られない。それでも撃つとすれば貯水タンクの上しかないが、あまりにも目立つ。マカリに気づかれないまま、タンクの上で狙撃姿勢をとるのは不可能だ。

マカリの背後に人の気配はない。背筋に悪寒が走る。このままでは、タクシーが施設に到達してしまう。

——オオタニは、背後から近づいてきてはいない？

――ちょっと待て、ちょっと待て、ちょっと待て。

マカリは自問する――なぜ俺はこの位置を選んだ？

視界の広さ、適度な角度、距離。

どの要素を考慮しても、あの施設に向かう標的を撃つのならこの高台がベストポジションだ――マカリは思わず舌打ちした。

弾着標定鏡を捨てて、急いでライフルを膝射《ひざう》ちに構え直す。

迂闊《うかつ》だった。

同じ職業――狙撃手《そげきしゅ》だ。ベストポジションなら、オオタニにもわかる。

――俺にとってのベストポジションがある。

――そして、俺を撃つための、あいつにとってのベストポジションがどこかにある。

――しまった、ちくしょう。

タクシーは囮。ここまでは、マカリも間違っていなかった。しかし、だからといってオオタニが遠距離戦を避けた、と考えたのは早合点だったかもしれない。オオタニが、マカリの予想よりもずっと愚かで自信過剰だったとしたら？　タクシーを囮にした上で、遠距離戦を挑んでくる選択も、なくはない。

タクシーが近づいてきて、角度が変わり、ようやく後部座席が確認できた。そこには女が一人。助手席にも誰もいない。やはり、あの車に乗っているのはターゲット＃C――カオリだけだ。オオタニはどこだ？　どこから俺を殺そうとしている？

ここは本物の戦場ではない。

もしも戦場で狙撃手が敵の捕虜になれば、想像を絶する苦痛が待っている。狙撃手は、国際法を無視して処刑されることがほとんどだ。しかも、多くの場合拷問をともなう。狙撃手はそれほど憎まれている。

捕虜になった狙撃手は、指を切断される。爪《つめ》を剝《は》がされる。生きたまま皮を剝がされることもある。レイプもされる、尻の穴に様々なものを突っ込まれる。尿道に竹の串を刺される。ペニスを切り落とされる。頭蓋骨《ずがいこつ》を取り出されて、さらしものにされることもある。そこまでのリスクは、日本国内には存在しない。

敵は警察狙撃手だ。

マカリは、心のどこかで相手をやはり甘く見ていた。警察狙撃手は戦場を知らない。自分の尿道の心配もしたことがない甘ちゃんだ。

しかし警察狙撃手特有の強さがあることも忘れてはいけなかった。

彼らは、ストレスに特殊な耐性があるとされている。日本の警察官は、たとえ相手が犯罪者でも射殺すると非難される。状況によっては、刑事告発されることもあるという。行動には常に戦場にはありえない責任がつきまとう。上司の命令は軍隊よりもさらにうるさい。一発の弾丸で、仕事、家族、名誉——すべてを失う不安を常に抱えている。

そして、求められる射撃の精度は軍隊狙撃手よりも上だ。軍隊狙撃手は敵に重傷を負わせることができればどこに当ててもいい。敵の兵士は他にも山ほどいる。速さが重要だ。警察狙撃手は違う。籠城《ろうじよう》犯人を相手にすることが多く、そういう連中は人質をとっていることが多い。その場合、〇・五MOA以下の世界で人質の生死が変わる。

——そうだ。オオタニはカワムラのライフルを奪っている。今回は、彼も長距離狙撃を行うことができる。

マカリは銃口を動かしてオオタニを探す。

どこだ。見つからないぞ。どうなっている。こんなの絶対におかしい。

†

一緒に行きたい、と言い出したのは香織のほうだった。大谷はかなり強硬に反対したのだ。しかし彼女も一度覚悟を決めると意外なほど頑固で、結局「香織は決して車から降りない」という条件付きで大谷が折れた。

香織の役目は、タクシーの後部座席に敵の目をひきつけることだ。

大谷が、このタクシーに乗っていないように見せかけるために。

デイヴィッド・マカリがこのあたりに待ち伏せているのはほぼ間違いがない。伏見を射殺したあの男が、必ずもう一度仕掛けてくる。その根拠は、「同じスナイパーだからわかる」としか言いようがない。観測手を殺されるというのは、恐ろしく屈辱的なことなのだ。プライドが高ければ高いほど、やり返さずにはいられない。

香織が一人で、大谷の姿が見当たらなければ、敵は当然「囮作戦」だと考えるはずだ。香織が囮で、大谷が別の場所に潜んでいると考えるはずだ。

——ところが、実は大谷は同じタクシーに乗っている。

制帽を目深にかぶって、タクシーの運転手として。

人目につきにくい場所でタクシーをつかまえて、大谷が警察手帳を見せて事情を説明し、結局事業所の責任者を半ば恐喝する形で車と制服一式を調達した。後部座席、香織の足下には、反撃用のライフルが黒いシートをかけて隠してある。長崎の山中で、大谷が敵の観測手から奪ったセミオート。昼間の狙撃なので、赤外線暗視装置はいらない。高性能スコープだけで十分だ。

大谷が殺した観測手の装備の中に、このライフルの弾道カードがあった。狙撃手は、自分が使うライフルや弾丸のデータを書き込んだカードを持ち歩くことが多い。データ、すなわち距離に合わせたスコープの修正量が記入されている。標的の位置が変わったり、狙撃の条件が変化したときに、素早く照準を調整するためだ。大谷はそのカードのことを全面的に信用して、このライフルは「使える」「当てられる」と判断した。

タクシーを運転しながら、大谷はずっとマカリの位置を探っていた。このタクシーには、全方位をさりげなく確認できるようにいくつも車内にミラーが追加されている。敵は、この道路を監視し、いざというときは狙撃するためのベストポジションをとっているはずだ。同じスナイパー同士、何を考えているか見当はつく。

あのあたりではないか、と目星をつけた場所で何かが微《かす》かに動いた。動いたような気がした。動いたのは、銃口ではないのか。マカリは、躍起になって大谷を探しているのではないか。大谷がタクシーの運転席にいるとも知らずに。


大谷は、山でマカリの相棒を殺した。

――マカリは観測手を補充できただろうか？

できていない、と大谷は推測した。

日本で活動しても目立たない、狙撃や暗殺に対応できるほど優秀な日系人の米軍兵士――そんな人材が都合よく何人も用意できるわけがない。

一対一だ。そうなんだろデイヴィッド・マカリ。

「いきますよ、香織さん」

「はい」

覚悟を決めて、大谷はタクシーを停止させた。

すかさず、香織が足下のライフルを運転席に送る。

ライフルを受け取って、安全装置を解除。大谷は運転席で膝を立てて、そこにライフルをのせるようにして射撃姿勢を安定させる。変則的な座射の構え。車内からの狙撃で、マカリを仕留めるつもりだ。スコープを覗《のぞ》いて、さっき怪しいと感じた場所を調べる。

†

突然、タクシーが停《と》まった。マカリはオオタニを探すのをやめて、慌ててスコープをタクシーに向ける。運転席に妙な動きがある。

「なっ……！」

タクシー運転手がライフルを構えているのを見て、マカリはようやく自分が騙《だま》されていたことに気づいた。

マカリは思わず舌打ちする。迂闊だった。最初に思いつくべき可能性だった。

オオタニは不利な状況でできる限りのことをやった。しかし、ここまでだ。マカリのライフルはボルトアクション、オオタニはセミオート。マカリは膝射ちで、オオタニは狭い場所で苦しそうな座射。すべての要素が、オオタニの敗北を示している。

何よりもオオタニにとってまずいのは、ガラスだ。

タクシーの窓ガラス越しの撃ち合いになれば、オオタニはますます不利だ。よりガラスに近い位置で発砲したほうが、弾道に影響が出る。オオタニにはもう、窓を開けている余裕はない。

マカリがいる高台から、タクシーまでおよそ二八〇メートル。海兵隊の特技区分《MOS》０３１７が外す距離ではない。狙いを定めて、引き金を絞る。

†

大谷の目の前でタクシーの窓ガラスにひび割れが走り、丸い弾痕《だんこん》が生じた。マカリは大谷が想像していた以上の腕前であり、対応が驚くほど速く、完全に殺されたと思った。すべてが暗闇《くらやみ》に閉ざされて、傷口から生命力を垂れ流すのだ。

だが――。

マカリが放った弾丸は、大谷の肩をかすめて反対側の窓から外に飛び出していった。何の痛みもなく、魂が地獄に落ちていくこともなかった。

外れたのだ、弾丸が。

自分が不利なのは大谷にもわかっていた。それでも、こちらが先手を取る僅《わず》かな可能性にすべてを賭《か》けてこの対決に挑んだ。

――結局先手はとれなかったのに、どうしてまだ大谷は生きているのか？

軍のスナイパーであるマカリと、警察のスナイパーである大谷。

今、弾丸が外れたのは、マカリが海兵隊のスナイパーだったからかもしれない。

大谷は一発撃った。

警察のスナイパーは、窓ガラス越しに犯人を撃つ状況を徹底的に訓練する。様々な種類のガラスの特性を、体で覚えるまで撃ち続けるのだ。すりガラスに防弾ガラス、強化ガラスにアクリルガラス、耐熱ガラスに合わせガラス、複層ガラスに石英ガラス――。まるでガラスと対話するかのような時間だった。軍のスナイパーは、そこまではしない。

大谷は機動隊狙撃手という仕事に誇りを持っている。

仮に、人質をとって籠城している凶悪犯がいるとしよう。犯人は、人質に銃を突きつけている。狙撃が成功しても、反射的に犯人の指が動けば、弾丸が放たれて人質が死ぬ。それを防ぐには、一撃で、なるべく短時間で凶悪犯の神経の動きを止めなければいけない。

だから機動隊の狙撃手は「脳幹」を狙う。

脳幹には、人体を制御する重要な神経の中枢が集まっている。そこを破壊し、神経インパルスを一気に遮断するのだ。脊椎《せきつい》と脳幹は、ともに端から端まで平均三七ミリ。たとえ窓ガラス越しの狙撃でも、ミスは絶対に許されない。人質の安全が最優先だ。

弾丸は、ガラスに当たると僅かに内側に曲がる。ガラスの摩擦のせいだ。このタクシーのドアについている窓は、安全性を高めた強化ガラス。それが弾丸を軽く「引っ張って」、大谷の身を守った。

大谷が撃つと、すでにひびが入っていた強化ガラスが粉々に砕け散った。自動車用のガラスが割れると、車内の人間を傷つけないように細かく粒状になる。大谷が持っているライフルはセミオート。命中精度ではボルトアクションに劣るが、速射性で上回る。

「………」

大谷は息を吸って、血管内に酸素を供給した。肺の中身を軽く吐いたあとに、息を止める。それから五秒から八秒くらいの間、射手とライフルの関係は安定する――相性のいい男女の結婚二年目のように。

息を止めて、血液中の酸素が不足してくるにつれて、ライフルを持つ手や指に「ふるえ」がくる。息を止める時間が長引けば長引くほど、その「ふるえ」は大きくなっていく。つまり、撃つと決めて引き金に指をかけたら、少しでも早く撃たねばならない。

頬《ほお》と銃床をぴったりつける。リラックスして、引き金に指をかける。

人差し指の、指先の柔らかい部分に引き金を当てる。

真《ま》っ直《す》ぐに引く瞬間を強くイメージする。指をほんの少しでもずれた角度に引けば、そのぶん弾丸もずれる。

呼吸をコントロールしながら、指に力をかけていく。これ以上力をかけたら発砲する、というぎりぎりで止める。

――敵の狙撃手を見つけた。まさに、ボルトアクションで排莢《はいきょう》と再装塡《そうてん》を終えた直後のようだ。高性能スコープのおかげで、相手の表情がはっきりわかる。デイヴィッド・マカリ――アメリカから来た殺し屋――野性的で屈強な顔立ち。最初は信念を持っていたが、それが長く厳しい任務の中で徐々に変質していき、やがて一種の諦念《ていねん》に落ち着いてしまったような、プロフェッショナル独特の荒《すさ》んだ目をしている。

基本的には俺と同種の人間だ、と大谷は思う。

余計な力をかけずに、大谷は引き金を絞る。

サプレッサーを通過して、弾丸が飛び出す。

手応《てごた》えがあった——とびきり性能のいいホッチキスが、気持ちのいい音を立てたような手応えだ。弾丸は、狙い通りマカリの脳幹部分を徹底的に引き裂く。

「……まさかタクシーから狙撃するとは」

「大谷さん」

「俺の親父は、タクシー運転手なんですよ。今もパートでやってるそうです」

マカリの形のいい鼻と、細い唇の間にある「くぼみ」に黒い穴が開く。最後に何か考える猶予のようなものは存在しない。着弾の衝撃が、頭蓋骨の内部で波のように反響する。うなじから、貫通した弾丸が飛び出していく。貫通銃創から脳の一部と鮮血が噴き出す。命を失った死体は、人形と同じだ。心臓という動力が停止して、呆気《あっけ》なく崩れ落ちる。

†

それからしばらく、大谷はスコープを使って周囲を警戒していた。可能性は低いが、他のスナイパーがいるのではないか。スナイパーでなくとも、どこかに武装した連中が身を潜めていないか。気になる場所をすべてチェックして、大谷は再びタクシーを走らせる。

そして、目的の施設の近くで停める。

森林地の開けた場所にある、鉄筋コンクリート造の無愛想な四階建て。フェンスで厳重に守られていて、掩体壕《えんたいごう》のような警備事務所がゲートを管理している。

里中が言っていた。「詳しいことは、私も知らない。ちょっと前に、武器や人員の輸送が確認された。かつての芽路鹿村の村民が監禁されているとすれば、そこだろう」

大谷と香織はタクシーを降りた。大谷はライフルを立射で構えて、警備事務所の様子を見る。なんの動きもない。すでに逃げたのか、じっと息を殺しているのか。フェンス越しに一発撃って、事務所の窓を割る。やはり、動きはない。一応の安全は確保できたらしい。

「スナイパーの語源をご存知ですか」

「いえ……？」

「スナイプ《snipe》とはチドリやシギ類のこと。特にタシギを指す。小型で敏捷な猟鳥で、発見することも仕留めることも難しい。こういった難しい標的を撃ち落とせる射手のことを、いつしかスナイパー《sniper》と呼ぶようになった。しかし、人を撃つのはやはり鳥を撃つのとは違う。俺はただのスナイパーではいたくない。警察官の誇りを持ったライフルマンでありたい」

大谷はライフルの銃口を下げて、訊《たず》ねる。

「……入ってみますか、香織さん」

「入る……」香織は大谷と建物を交互に見た。「あの施設にですか？」

「そうです」

「あの施設に……芽路鹿村の人たちがいまだに監禁されているかもしれない？」

「そういうことです」

「危なくないですか」

「大丈夫とは思いますが、たしかに用心は必要でしょうね。だからこそ、香織さんの判断にお任せしようかと」

「はい……」

香織は考え込んだ。視線の先にあるその施設は、なぜか火葬場に似ていると思えた。ホロコーストやディストピアへの入口のようにも見えた。陳腐とはわかっていても、香織の頭にパンドラの箱という言葉が浮かんだ。分厚い壁から、鉄格子つきの窓から、無人の中庭から、重く禍々《まがまが》しい空気を漂わせている。

「……帰りましょう」

香織はつぶやいた。

「いいんですか？」

「はい。保護とかは警察の人がやってくれるでしょうし。私があの建物のなかを見たところで、意味があるとも思えませんし」

あの施設で行われているのは、人間の尊厳を踏みにじる実験だ。大谷が「入ってみますか」と提案した理由は香織にもなんとなくわかる。この事件が短い旅のようなものだとしたら、あそこはたしかにゴールなのかもしれない。

——ゴールなのだろうか?

違う。

あんなものが私たちのゴールであるはずがない。あれは、建物の形をした罠《わな》だ。立ち寄る必要はない。

二人は再びタクシーに乗って、監禁・洗脳施設の前でUターンし、石原町へと戻っていった。その途中で、何台もの車とすれ違う。重傷を負った里中の部下、伏見の同僚たち——復讐《ふくしゅう》戦に燃える公安の男たちが、覆面パトカーで列をなしてやってくる。

第十章

「はあ」

と、香織は気の抜けた声を漏らした。長い間留守にしていた自分の家は、久しぶりに見回すとあまりにも味気なくて、なんだか夢のなかで見た風景のように曖昧《あいまい》だった。何もかもが曖昧なままなんとなく香織の日常は再開した。

派遣会社の上司が言っていた通り、一時休職中の補助金も出ていたし、新しい派遣先もすぐに決まった。ソフトウェア開発会社のテレマーケティング業務だ。合法的な手段で作成された住所録をもとに、とにかく多くの電話をかけて会社のイベントやセミナーに勧誘する。ちょっとした口頭アンケートも行う。ほとんどの人は相手をしてくれないし（それはもっともだ、と香織は思う。自分だっていきなり電話がかかってきても困る）、たまに愛想よく答えてくれるのは暇を持て余した性格の悪い人間だったりする。優しい人は一〇〇回かけて一人か二人といったところか。一日この仕事をやっていると、少しずつ人間ののことが嫌いになっていく気がする。仕事が終わって家に帰るころには、筋肉を凍らせたかのように肩がこり、肉の脂身だけを流し込んだかのように胃が重くなっている。残念ながら、それほどやりがいがある仕事とは思えなかった。

†

——結局、何が起きていたのだろう。あの芽路鹿村を捜索したことも、そのあとの戦闘に巻き込まれたことも、長い夢を見ていたのではないか、と疑ってしまう。

例の陽動作戦が終わってから、高原町の目立たない駐車場で落ち合い、大谷は「急場はしのいだ」と言った。しばらく佐賀の温泉宿で一緒の時間を過ごし、数日して誰かからの連絡を受けて大谷は「すぐに戻ります」と出かけていった。本当に、すぐに戻ってきた。彼によれば「色々と片付いたようです」。家に戻っても大丈夫になりましたということになったらしい。大谷は県警公安部の監視下に置かれ、もしかしたら香織の家にも盗聴器が設置されていたのかもしれない。偉そうな中年の刑事がやってきて、「許可が出るまで勝手に連絡をとりあったりしないように」と釘《くぎ》をさされた。自分はなんとか日常生活に戻れたが、大谷は軟禁状態にあるのでは……、と香織は心配した。しかし彼がそんな状態だとすれば、香織も無事ですむわけがないのだ。香織はやがてすべてが上手《うま》くいくと信じることにした。

年が明けて、長い選挙戦に勝利したバラク・オバマの大統領就任式が行われた。時差のため日本では深夜だったが、たまたま起きていた香織はその中継をずっと見ていた。画面越しに、アメリカの熱狂が伝わってきた。アメリカの大統領が香織の生活に直接関《かか》わってくることはないだろうが、それでもつられて香織まで興奮してしまった。

彼の就任式は、香織が知っているどんな大統領の誕生とも違う感じがした。が、上手くは言えない。オバマ大統領の誕生は、何かが変わった結果のような気がした。神話に登場する巨大な生きものの誕生に立ち会ったような気分だ。

でも、と香織はふと思う——大統領の誕生は歴史的なイベントだが、本当に大事なことは普通の人間には見えないところで進んでいたのではないだろうか。人は、目に見えることや起きたことを評価する。しかし、本当に大事なことは、むしろ「起きなかった」ことにあるのではないか。回避された危機は、大多数の人間には危機と認識されることすらないのだ。起きなかったことを評価する人間は少ない。平和であることと、何も起きていないことは違う。

平和ではないが、誰かの努力によって「何も起きていないかのように見える」——そういうことも、あるかもしれない。

テレマーケティング業務センターを出て、安っぽい制服からもっと安っぽい私服に着替えて、香織は今日も妖怪《ようかい》のような疲れを背負ったまま帰途につく。「いつまでこんなことやっているんだろう」という気持ちを根本から切り替えなければいけない。せっかく命があるのだから、日常をもっと楽しまねばならない。あと少しで、何もかも失うところだったのだ。しかし、楽しむとしても香織の日常には大事なものが欠けている。あまりにも、圧倒的な空白がある。何が欠けているのかはもうわかっている。

その空白が頭の中にまで広がってきたとき、香織は事件に巻き込まれていた日々のことを思い出す。伏見さえ「本当は生きていた」とひょっこり顔を出してくれれば、懐かしい愛すべき日々とすら思えるだろう。

新聞やニュースで、伏見の死は報道されなかった。——それでもあの死体や大谷の反撃は紛れもない事実だった。香織の知らないところで、誰かが責任をとり、誰かが左遷され、運の悪い誰かは自殺したかもしれない。その程度の推測を立てることは、それほど難しいことではない。大谷が言っていた。「勝ち負けではなく、どちらがより軽傷だったか。その程度の話です」

すごろくで、「振り出しに戻る」のマス目に止まったような感覚だ。ただただ疲れるだけの、やりがいのない仕事。あれだけの体験をしたのに、生きている実感が薄くなるのを止められない。またパチンコ店や競馬場に行くかもしれない。いや、今度の週末、きっと行く。生活は年々苦しくなってくる。どうしようもないと思いつつ、ギャンブルがなければ息がつまりそうになる。女として、人として、終わっている。

香織は二階建ての借家に戻った。住所は熊本市呉服町。暴力的なかつての同棲《どうせい》相手が待ち構えている心配をする必要はもうない。——そして、私の夢の男は、どこへ？　そんなもの映画の中だけの話だ。最初から存在していなかった？

「あっ」と思わず声が出た。

玄関の前で、一人の男が香織の帰りを待っていたことに気づいた。

「どうも、お久しぶりです」

「どうも……」

ずっと待ち望んでいたはずなのに、いざ実現すると上手く対応できない。リアルな夢のなかに迷いこんだような感覚を味わって、慌ててしまう。

「……ようやく、こっちの身の回りも落ち着きました」

「そ……そうなんですか」

「といっても、俺は特に何もしていません。伏見さんの同僚がよくしてくれました」

「あの施設には、何があったんですか？」

特に興味はなかったのに、香織はそんな質問をした。

「行方不明になっていた芽路鹿村の住人たちで……ほとんどは、最倫の会の信者です」

「もう、本当に危険はないんでしょうか？」

香織は質問ばかりだ。大谷に何かを訊《たず》ねていると、なぜか心が落ち着く。

「ない、と思います。が……」

「が？」

「なにしろ、妙な事件でした。何事も断言することはできない。しばらく、あなたと一緒にいてもいいですか？」

香織は、自分の体が熱くなるのを感じた。頬《ほお》も紅潮していたかもしれない。ずっと壊れたと思っていた時計が動き出した。「もちろんです、大谷さん」——声が震えないように、平静を装うのが大変だった。

「……あなたに何かあったら、大変なので。あと、ちょっと気になったんですが」

「あ、はい！」

「そろそろ浩二と呼んでください。香織さん」

参考文献

『ＣＩＡ秘録』（上・下）ティム・ワイナー著　藤田博司・山田侑平・佐藤信行訳　文春文庫
『マインド・コントロールとは何か』西田公昭著　紀伊國屋書店
『ＣＩＡ洗脳実験室　父は人体実験の犠牲になった』ハービー・Ｍ・ワインスタイン著　苫米地英人訳　ＷＡＶＥ出版
『洗脳の世界』キャスリーン・テイラー著　佐藤敬訳　西村書店
『人間らしさとはなにか？　人間のユニークさを明かす科学の最前線』マイケル・Ｓ・ガザニガ著　柴田裕之訳　インターシフト
『ネイビー・シールズ　実戦狙撃手訓練プログラム』アメリカ海軍編　角敦子訳　原書房
『コンバット・バイブル　現代戦闘技術のすべて』クリス・マクナブ＆ウィル・ファウラー共著　小林朋則訳　原書房
『スナイパーライフル　エクストリーム』ホビージャパンＭＯＯＫ３８０　ホビージャパン
『スナイパー　現代戦争の鍵を握る者たち』ハンス・ハルバーシュタット著　安原和見訳　河出書房新社
『狙撃手』ピーター・ブルックスミス著　森真人訳　原書房
『最新スナイパーテクニック　シールズ狙撃術』Ｂ・ウェッブ＆Ｇ・ドハルティ共著、友清仁訳　並木書房

『20世紀全記録』プランニング・アドバイザー、小松左京、堺屋太一、立花隆　講談社
『グレート・ギャッツビー』フィッツジェラルド著　小川高義訳　光文社古典新訳文庫
『世界の終りとハードボイルド・ワンダーランド』（上・下）村上春樹著　新潮文庫

解説

杉江松恋

初めに二人の主人公が登場し、それぞれの物語が読者に披露される。その一人が、母親から「星の数ほどいる男の中からろくでなしを選び出す」という悪しき才能を受け継いでしまった女性・平田香織だ。彼女の元恋人はひどいＤＶ男で、裁判所の保護命令が下されたおかげで今は平穏な生活を送れているが、いつ報復を受けるかわからないため、香織はずっと怯《おび》えながら暮らしている。勤務先のコールセンターは薄給かつ悪条件の職場であり、彼女の生活は低調そのものだ。

もう一人の主人公である大谷浩二は、ある蒸し暑い日の午後、Ｍ１５００のスコープを覗《のぞ》き込んだ姿勢で読者の前に登場する。Ｍ１５００とは、三〇－〇六口径の弾丸が五発装《そう》塡《てん》できるボルトアクション式の国産ライフルだ。熊本市内の銀行に二人組の強盗が押し入る事件が起きた。犯人たちはそのまま人質をとって立て籠もり、大谷の属する熊本県警機動隊の銃器対策部隊に出動要請が出たのである。

事件は最悪の結末を迎えた。人質が二人殺される。そして大谷は、犯人の一人を自らの手で射殺することになったのである。初めて我が手で人を殺したということに動揺する大谷だったが、現場の状況には納得のいかないものがあった。彼が射殺した男は、蟻《あり》の這《は》い出る隙《すき》もないほどに包囲されていると知りながら、まったく無防備な状態で建物の外に出てきたのだ。完全な自殺行為である。

事件の顚末《てんまつ》がニュース番組として報道され、平田香織がそれを観たことから事態は急転し始める。大谷が射殺した犯人は、生き別れになった彼女の父親だった。自分の親を見間違えるはずがない。しかし父の顔写真の下には、まったく見覚えのない名前が映し出されていた——。

『ライフルバード　狙撃捜査』の親版単行本は、二〇一三年四月二十八日に角川春樹事務所から刊行された。今回が初の文庫化であり、単行本時のタイトル『ライフルバード　起動隊狙撃手』から改題されている。

ご紹介したのは冒頭のわずか三十ページ強のあらすじに過ぎない。ここから香織と大谷が出会うまでが序破急で言えば序に当たる部分だ。謎《なぞ》を解くために二人は行動を共にし、刑事・伏見と、香織の実家がある長崎県に向かうことになる。そこからの展開は読んでのお楽しみ。息もつかせぬ、とはこのことで、瀑布《ばくふ》の如《ごと》き勢いで物語は進んでいく。読者が一休みできるのは、最後のページを繰り終えた後になることだろう。

特筆したいのは、この作者ならではの人体損壊の乾いた描写だ。たとえば大谷が銀行強盗を射殺するこの場面をご覧いただきたい。

――目だし帽が袋の役割を果たし、鮮血も脳漿もほとんど飛び散らなかったが、頭蓋骨の中身は弾丸の通過によって瞬間的に生じる空洞と衝撃波でカクテルのようにシェイクされているはずだ。そして大脳と小脳のカクテルは、顔中の穴という穴から溢れだす。

ここに存在するのは感情を一切排した、徹底的な客観描写である。深見真は、力によって破壊されうる脆いものとして人体を扱う。時が一瞬止まり、力の作用点に起きた出来事が克明に描写される。そのことを残酷と感じる人もいるだろう。しかし作者は、暴力描写を面白半分に行っているわけではない。これは、人間の存在がいかに小さく、暴力の効果が甚大であるかを際立たせるためにやむをえず、理念を持って用いられているグロテスクな表現なのだ。深見の小説において、暴力による死は対極にある同胞への愛情と表裏一体な形で常に描かれている。それゆえの銃なのだ。現代におけるガンアクション小説の最高峰の一つというべきボストン・テラン『神は銃弾』（一九九九年。文春文庫）の書名が本書の中でオマージュのように言及されるのは、決して偶然ではない。

犯罪小説の分野において、銃器は極めて大事な要素である。一度引き金が絞られれば、そこからは取り返しのつかない力が放たれる。不可逆の悲劇（もしくは喜劇）を演出するための最高の小道具として、銃を事実上の主役とする作品がこれまでも多く書かれてきた。その代表例がギャビン・ライアル『もっとも危険なゲーム』（一九六三年。現・ハヤカワ・ミステリ文庫）である。狩猟に惑溺する余り、人を撃ちたいという欲望を抑えきれなくなった男と、標的に選ばれた主人公との死闘を描いたサスペンスで、マンハント小説の里程標的作品でもある。また、ダグラス・フェアベアン『銃撃！』（一九七三年。早川書房）は、退屈な日常を持て余したために無意味な銃撃戦を始める男たちを描いた異色のサスペンスで、銃というものの恐ろしさを逆説的に浮き上がらせた名作だ。

そうした作品群の中に、狙撃手という存在を描いたものがある。狙撃手とは単なる長距離射撃の名手であるだけではなく、スコープの中にとらえた標的を仕留め、その命を間違いなく奪うという異能力の持ち主でもある。自分の身体の延長として銃器を扱うというフェティシズムにも似た感覚、周囲の事物に溶け込んで殺人の瞬間を待ち続けるという非人間的な労苦の結果に辿《たど》りついた孤高の心境、そして何よりも自分の指先の動きが人の命を奪うという魔術のような力を得たために起きた人格の変化・崩壊といった、他にはない要素がこのジャンルには存在する。二〇一五年初頭に元狙撃手の過去を持つクリス・カイルが実体験を綴ったノンフィクション『アメリカン・スナイパー』（ハヤカワ文庫NF）を原作とした映画が日本でも公開され、殺人機械のような実像が賛否両論の反響を巻き起こしたことは記憶に新しい。

狙撃手小説の代表作としてはスティーヴン・ハンターが『極大射程』（一九九三年。現・扶桑社ミステリー）に始まる、ボブ・リー・スワガー・サーガを著している。もはや死と同衾《どうきん》する以外に生きる途はなくなった主人公の内面という難しいテーマに挑んだ作品であり、銃器による暴力表現を考える上では必読の名作だ。また、本書を読んで興味を持った読者にはパトリック・ルエル『長く孤独な狙撃』（一九八六年。ハヤカワ・ポケット・ミステリ）も一読をお薦めしたい。ルエルはイギリスの作家レジナルド・ヒルの別名義で、一人の女を愛してしまった狙撃手の男が、彼女のために闘う物語である。愛と背中合わせの死というテーマは『ライフルバード』とも重なり合う部分があるはずだ。その他、狙撃という行為から暴力の意味を問うジョー・ゴアズ『狙撃の理由』（一九八九年。新潮文庫）、狙撃という行為をミステリーのどんでん返しの中で描いたジェイムズ・ハドリー・チェイス『射撃の報酬5万ドル』（一九七〇年。創元推理文庫）、家族愛と狙撃手という正反対のものを結びつけた意欲作、荻原浩『ママの狙撃銃』（二〇〇六年。現・双葉文庫）なども興味ある方のために書名を挙げておく。

最後に、深見真の作歴を簡単に紹介しておきたい。

一九七七年生まれの深見は、二〇〇〇年に「戦う少女と残酷な少年・古流兵術式密室」（『戦う少女と残酷な少年　ブロークン・フィスト』に改題の上、二〇〇二年に富士見ミステリー文庫から刊行）で第一回富士見ヤングミステリー大賞、二〇〇二年に『アフリカン・ゲーム・カートリッジス』（同年十二月刊行→現・角川文庫）でカドカワエンタテインメントNEXT賞と、二十代前半でいくつかの新人賞を獲得してデビューを果たした。活劇を熱く描く、特に銃器操作の細部を怠らずに文章化して読者に現実感を与える、といった特徴は初期作品から既に顕著だった。

出世作となったのは二〇〇五年六月に発表した『ヤングガン・カルナバル』（トクマ・ノベルズＥｄｇｅ→現・徳間文庫）で、表の顔は高校生、実は銃器の扱いに熟練した暗殺者という主人公たちを活写した活劇小説として人気を集め、短篇集一冊を含む十二冊が刊行されるシリーズに成長した（二〇〇九年完結）。それ以外にも「疾走する思春期のパラベラム」（二〇〇六～二〇一一年。ファミ通文庫）「ＧＥＮＥＺ」（二〇〇九～二〇一三年。富士見ファンタジア文庫）など多数の活劇小説シリーズを著している作者だが、本書のような単発作品も多く手がけている。

ＳＦ的設定を盛り込んだ『アフリカン・ゲーム・カートリッジズ』（前述）をはじめ、元自衛官の主人公が妻を殺した非道な犯人とその背後にあるものに能力の限りを尽くして闘いを挑む『ゴルゴタ』（二〇〇七年九月。徳間書店→現・徳間文庫）、同じく自衛官とヤクザの相棒小説『ブラッドバス』（二〇一一年九月。同）、重火器武装が当たり前になった近未来の日本を舞台とする『硝煙の向こう側に彼女』（二〇〇九年一月。エンターブレイン→『硝煙の向こう側に彼女　武装強行犯捜査・塚田志士子』と改題し現・講談社文庫）、過去の心の傷を発条として凶悪犯に立ち向かう女性刑事を描く『猟犬』（二〇〇九年九月。講談社→『猟犬　特殊犯捜査・呉内冴絵』と改題し講談社文庫）などの諸作がある。

こうした単発系の作品の最新版が本書ということになる。最初に書いたとおり抜群におもしろいノンストップ・スリラーとして、また否応《いやおう》なく生命を奪う銃を主な小道具として用いた暴力小説として、さらには孤独な魂の持ち主同士を描いた恋愛小説として、無類におもしろい一冊だ。こうした作品をまた読みたいと私は強く希望する。深見真のガンアクションが世に溢《あふ》れ、愛と血と祈りで世界が塗り変えられますように。

（すぎえ・まつこい／評論家）

本書は、二〇一三年四月に小社より単行本として刊行されました。

ハルキ文庫

ふ 8-1

ライフルバード 狙撃捜査《そげきそうさ》

著者 深見《ふかみ》 真《まこと》

2015年8月18日第一刷発行

発行者 角川春樹

発行所 株式会社角川春樹事務所
〒102-0074 東京都千代田区九段南2-1-30 イタリア文化会館

電話 03(3263)5247(編集)
03(3263)5881(営業)

印刷・製本 中央精版印刷株式会社

フォーマット・デザイン 芦澤泰偉
表紙イラストレーション 門坂 流

ISBN978-4-7584-3936-7 C0193 ©2015 Makoto Fukami Printed in Japan
http://www.kadokawaharuki.co.jp/[営業]
fanmail@kadokawaharuki.co.jp[編集] ご意見・ご感想をお寄せください。